风起长安

周媛 著

陕西师范大学出版总社

图书代号：WX18N1738

图书在版编目（CIP）数据

风起长安/周媛著. —西安：陕西师范大学出版总社有限公司，2018.12（2019.5 重印）
ISBN 978-7-5695-0361-6

Ⅰ.①风… Ⅱ.①周… Ⅲ.①散文集－中国－当代 Ⅳ.①I267

中国版本图书馆CIP数据核字（2018）第245706号

风 起 长 安
FENG QI CHANG'AN

周　媛　著

责任编辑	胡选宏	
责任校对	许　雯　王奉文	
装帧设计	锦册	
出版发行	陕西师范大学出版总社	
	（西安市长安南路199号　邮编：710062）	
网　　址	http://www.snupg.com	
印　　刷	北京虎彩文化传播有限公司	
开　　本	787mm×1092mm　1/16	
印　　张	17.25	
插　　页	1	
字　　数	230千	
图　　幅	19	
版　　次	2018年12月第1版	
印　　次	2019年 5 月第2次印刷	
书　　号	ISBN 978-7-5695-0361-6	
定　　价	48.00元	

读者购书、书店添货或发现印装质量问题，请与本公司营销部联系、调换。
电话：（029）85307864　85303629　传真：（029）85303879

真诚和爱酿就的暖

◎ 薛保勤

这本书是周媛散文随笔的结集,是她多年来所见、所闻、所知、所感、所悟的记录,淡淡的墨香洋溢着暖暖的亲情、友情、乡情,可以从中体味到一种浓浓的爱。这种爱是一个有着文学情怀的新闻工作者,对事业的爱、对生活的爱、对家国的爱、对生命的爱。

周媛有近三十年的新闻从业经历。多年来,她深入生活、聚焦社会,研究人生、体悟生命,用手中的笔捕捉生活的光、生命的芒,弘扬生活之善、传播生命之美。其作品多次获得不同层次的新闻奖和文学奖,这些奖项可以看作社会对她的能力、品格和价值理念的认可和赞同。

有人曾勾画过记者的"专业走向",认为好记者最终应该去当作家。现实生活中,有的人既是记者还是作家,两种角色相辅相成、相得益彰、相映成趣。"存在决定意识",其实,不论记者还是作家,都需要走进生活、提炼生活、关照生活,都需要用文化这个坐标系去审视自己、审视人生、审视社会,用作品去展示、评判生活、人生、生命的是非曲直。记者这一职业为好记者成为好作家奠定了基础。

读了这本书，我感到生活已经赋予了周嫒记者的敏锐和作家的情怀。在记者这条路上，周嫒走得周正、勤勉、坚实；在文学这条路上，周嫒走得真诚、执着、踏实。这本书就是周嫒用记者特有的眼力、脚力、笔力和作家的穿透力，研究生活、探索生活、反映生活的重要成果。

这本书中的每个人、每件事、每幅景，都充盈着生活的气息、生活的味道。作者笔下的陈忠实，"一个人能让别人时时记着他的好，不是一天的事，而是无数次的真诚换来的"；笔下的咸阳原，"民谣往往代表着民心"，从上下两千年、多个角度解读大秦之都和秦人风骨，既厚重又有趣；笔下的四府街，是那样充满人文气息，展露市井生活，流淌着爱的细流；笔下的秦岭峪口，博大浩瀚，深邃挺拔，气象万千；笔下的汉宣帝，纵横捭阖间，展露了作为中兴之君、经营丝绸之路第一人的雄才伟略；笔下的广仁寺，更如一枝汉地雪莲，你能感觉到她的雍容华贵……从古至今，家事国事，娓娓道来，这些是何等的器宇轩昂、何等的情深义重、何等的威风八面！

作为老西安，周嫒既写长安的风物人情，也从长安出发，写新疆、青海、甘肃、四川等更广阔的天地。她从记者和作家的双重视角观察世界、解读生活，显示了丰富的生活阅历、广阔的人生视角，以及从容真切的文笔。艺术的最高境界就是让人动心，让人的灵魂经受洗礼，让人发现自然的美、生活的美、心灵的美。

读完这本书眼前一亮，用时髦的话说就是"有获得感"，而且是仁者见仁、智者见智的获得感。优秀的文学作品，就应该有这样的力度和温度。曾几何时，浮躁之风盛行，文学艺术界尤甚，看得人揪心。扎根人民成了口号，深入基层成了标签，采风成了居高临下的旅游，低俗媚俗作品大行其道，无心担当、不负责任。作品的"格"，如同其作者的人格一样，被踩在脚下。

人间正道是沧桑。"正道"正在归位。我们的社会所需要的温暖、正义、向上的亮色，正在成为新时期文学的底色。周媛和更多的作家们正认真地、默默地、不停息地为此努力着！希望周媛的真情切实温暖到你！

2018年9月25日于西安

（薛保勤，著名作家、诗人，陕西省新闻工作者协会主席）

那 人

怀念陈忠实先生 / 003

心随帆影过长空 / 011

赵季平家事 / 017

"秦腔正宗"李正敏 / 025

母亲的花 / 030

凝望马健翎雕塑 / 034

对话樊洲 / 040

《秦腔》·听雪·读人 / 044

盛沉其人 / 050

鸿儒良医武之望 / 055

肖焕先生画牡丹 / 061

让我为你唱支歌 / 064

花开不只借春风 / 070

"衰派一绝"刘毓中 / 074

诗书白浪涛 / 078

大家刘文西 / 081

杜陵原上谒宣帝 / 085

01

那　事

一张葱花饼 / 097

蓝田纪事 / 100

龙窝酒 / 106

坐个车车到咸阳 / 109

大禹与岣嵝碑 / 115

长安过会 / 118

那幢让人崇敬的小楼 / 123

"八办"有口井 / 127

紫柏幽谷英雄气 / 130

长安的七夕 / 134

那年高考 / 139

寻访陇州血社火 / 141

虎趣 / 143

一曲长歌唱英雄 / 145

秦岭觅猴 / 150

草堂寺　烟雾井 / 154

那　景

四府街 / 159

探访子午峪 / 166

昭化是座城 / 174

黄柏塬情思 / 178

踏雪访汤峪 / 183

紫阳水 / 191

汉地雪莲广仁寺 / 195

古道咽喉说蓝峪 / 198

诗意昆明池 / 207

伊犁观河 / 213

抱龙峪记游 / 217

爱上旬邑 / 226

神奇麦积山 / 232

青海的色彩 / 237

十里黑沟走祥峪 / 242

甘谷行 / 250

黎坪走笔 / 255

后记 / 261

那人

怀念陈忠实先生

2016年4月29日是陈忠实先生去世的日子，时间过得真快啊，转眼两年多过去了。这期间，生活发生了很多变化，而我依然过着忙碌琐碎的日子。只是忽然就会在某个夜晚想起陈忠实先生，想起他曾给予我的无私帮助和温暖，想着他已永远不在人世时，心中便涌起无限的悲酸。

曾经无数次地写过有关陈忠实先生及《白鹿原》的报道，那是让人多么踏实和喜悦的事啊。陈先生不说套话，开门见山，直来直去，每次采访完都有收获，心中增添无尽的力量。

1997年，陈忠实先生的长篇巨作《白鹿原》获得第四届茅盾文学奖，这是继路遥《平凡的世界》获得茅盾文学奖后，陕西文学的又一重要收获，引发了文坛震动。获奖不久一个月色明朗的夜晚，在南大街的一处茶社，西安晚报社专门为陈忠实获奖举行庆功会。那时的他五十多岁，人很精干，言语不多，为人谦和。只记得王愚先生发言时激动异常，语速很快，贾平凹称自己"喜悦如莲"，而陈忠实的致辞整理出来就是一篇美文，那么真诚，那么自信，他言谈的核心就是"文学神圣"。

二十多年来，每当想起、提起陈忠实这个名字，就让人觉得温暖，他严谨、质朴、宽厚，"静水流深"这样的词用在他身上再恰当不过。

还记得那个让人心碎的清晨。2016年4月28日晚我在报社值班，看完稿子签完版已经很晚，第二天一早却出奇地早早醒来。这一天跟以往没什么不同，天气晴朗，太阳很红。忽然就接到新浪网陕西频道总监付士山先生的电话，他询问："听说陈忠实先生今早去世，是不是真的？"我有点懵，脑子一片空白，但很快镇定下来，说："一我没听说，二应该不是真的，因为春节后还跟陈老师通过电话，他说正在恢复。"付总说："那就好。"然后，我打开手机，朋友圈里已有消息，可怕的是肖云儒先生也发了悼念的文字。这简直让人猝不及防，如五雷轰顶！这到底是怎么回事，这噩耗来得太快、太猛、太突然，老天爷啊，你不公平！

当天下午我赶到陕西省作家协会，作协大院高桂滋公馆门前人潮涌动，花圈遍地，许多认识或不认识陈忠实先生的人都自发前来悼念，四周弥漫着悲痛的气氛。这时我方确信陈忠实先生是真的离开我们了，一时热泪横流。我后悔没有见到他老人家最后一面，终生遗憾！

陕西省作协院里的一切是那么熟悉，这里曾诞生过一位伟大的作家，这里曾留下他的足迹、气息，镌刻在巨石上、出自陈忠实先生之手的"文学依然神圣"几个大字依然遒劲有力。而我也曾多次来这里采访他，向他请教。当年我加入陕西省作家协会时，陈忠实老师就是介绍人。他，让我在文学上找到组织，有了靠山。

恍惚间，仿佛陈忠实先生并没有离我们而去，推开他办公室的门，他还会客气地迎你进来，亲自倒水泡茶，还会送你最新版本、有亲笔签名的《白鹿原》，带你一起欣赏他近期的书法……

一个人能让别人时时记着他的好，不是一天的事，而是无数次的真诚换来的。陈忠实先生就如他的名字，从不来虚的。他曾说："真话不方便说时可以沉默，但决不能说假话。"

他长期生活在城市，但骨子里依然有着农民情结。北京人艺剧组创排话剧《白鹿原》，几次来西安体验生活，他带着导演林兆华、主演濮存昕等一干人原上原下地跑，仔细品味白鹿原的风物人情，我作为记者一路随行。陈老师带着大家看窑洞、看农具、看牛羊，对农村的一景一物都那么熟悉、热爱。他跟老农拉家常，跟老腔艺人聊天，不时开怀大笑。他跟农民、土地有着一种天然的亲近，不知道的人分不清哪个是老农哪个是作家。

电影《白鹿原》拍摄时，我曾随陈老师到合阳拍摄现场采访，零下十二度的气温，老人家一待就是一天。合阳农村非常适合《白鹿原》外景的拍摄，土屋、窑洞、祠堂、戏台都是现成的，非常真实。陈老师四处走走看看，并坚持看完一出戏的反复拍摄，始终兴致勃勃。天冷，陈老师穿得并不暖和，剧组工作人员用纸杯倒了开水端过来，让他赶快暖暖手，陈老师却说不冷。一场戏下来，扮演小娥的演员张雨琦披着军大衣冲陈老师跑过来，豪爽地说："陈老师，等戏拍完，咱们还要一起喝酒呀！"陈老师笑得十分开心。剧组刚成立时，有人提出让陈忠实扮演鹿三，我也觉得这个主意好，但被他拒绝了，说"剧组的好意咱领了，但咱确实不适合去演"。

陈忠实先生跟《西安晚报》的交情很深，常说自己是晚报的忠实读者，每年都提醒我给他送晚报的报卡，有什么独家新闻也第一时间告知晚报。2011年我被抽调到西安世园会搞宣传，一天接到陈老师的电话，他听说世博园里有一组《白鹿原》的大型沙雕做得很好，想去看看，让我帮忙联系。那天，天气晴朗，陈老师在报社副总编程建设和我陪同下，坐着电瓶车在园子里游览，在大型沙雕《白鹿原》前驻足，他仔细欣赏，啧啧赞叹，说窑洞、马车以及黑娃、小娥几个人的造型很逼真。他跟管理沙雕的工作人员握手，感谢他们的辛勤付出。世博园里的不少石头上镌刻着陈老师的墨宝，特别是一面巨石上刻的那首脍炙人口的《青玉案·滋水》，让他凝神朗读："涌出石门归无路，反向西，倒着流。杨柳列岸风香透。鹿原峙左，骊山踞右，夹得一线瘦。倒着走便倒着走，独开水道也风流。自古青山遮不住，过了灞桥，昂然掉头，东去一拂袖。"这首词情感饱满，气势豪迈，大家争着在这面巨石前跟陈老师合影。看得出陈老师那天心情很好。游览结束后他执意请我们吃饭，并争着买了单，挡都挡不住。

陈老师是一个非常重情的人。我们交往二十多年，知根知底，互相信任，互相交心。不论报社还是个人，有什么事需要他出席、帮忙、题字或签书，他都答应得很爽快，从不打磕绊。2012年，我参与"《西安晚报》现象"研讨会的筹办，负责邀请文艺界嘉宾。当天，王西京、雷珍民、赵振川、高建群、李星等几十位文艺界名流齐齐到场，陈忠实、贾平凹两位文学巨匠更是同场出席，他们的支持给了我们极大的鼓励。两位老师的文学处女作都是在《西安晚报》上发表的，他们都说自己跟晚报有着很深的感情，晚报有事召唤，义不容辞。

2014年3月吴天明导演去世时，晚报上发了一张吴天明、张子良和陈忠实当年一起吃羊肉泡馍的照片。陈老师看到报纸后，给我打电话想找到这张照片的原版。几经辗转，终于打听到这张照片的拍摄者是著名书法家、作家马治权。我跟马老师联系，他很快发来原照，我洗印放大后给陈老师送去，他捧着照片端详半天说："这上面的三个人两个都走了，当年都是多么好的朋友，谢谢你呀！"

陈忠实先生有时也很郁闷，作家从维熙从北京给他寄来在地摊上买的《白鹿原》盗版书，以及冠以他名号的艳情低俗之作。他把我叫到书房，打开柜子，二十多种盗版《白鹿原》赫然眼前。而那些低俗之作的扉页上竟也煞有介事地写着"小说被认为是一个民族的秘史"。虽然气愤，但陈老师对此也无能为力，只能通过晚报呼吁读者不要上当。

想起来，他还冲我发过火。我朋友的姑娘路惠婕喜爱文学创作，准备出一部散文集，朋友想请陈老师过目，看能不能写篇序言，把孩子鼓励一下。我给陈老师一说，他没有推辞，说先看看书稿再说。回家后他发现书稿里夹了一点稿费，于是给我打电话发火道："年轻人创作我一定会支持，但给任何人写序我都不会收报酬！"不久，陈老师让人送来手写的序言，足足八页稿纸！他说这姑娘很有才气。后来，这篇序言还被收入他的新书《白墙无字》中。

陈老师是一个很讲信义的人，说到做到，显示了关中汉子的质朴本色。2013年初春，陈老师给我打电话，说山西女作家、电视连续剧《平凡的世界》编剧葛水平要来西安，想到白鹿原上看看，到时一起上原摘樱桃，让我等电话。过了快两个月，我差不多都把这事给忘了，陈老师有天打来电话说，葛水平这次来西安行程紧，没来得及上原摘樱桃。但他既然给我说了,就得让我吃上樱桃,他会很快让人送来。这么大的作家还惦记着这么小的事,我忙推辞,说报社附近小南门里就有樱桃卖,想吃了很方便,不用费心专程送来。但陈老师说人家给他送来了,他也吃不完,坚持让司机杨毅送过来两箱红樱桃。那味道,又香又甜,绝对是我吃过的最好的樱桃。

后来,陈忠实老师因为身体原因,很少出席活动,我们见面不多,仅有几次让他签书时见过。有次朋友举办活动,买了五十本《白鹿原》想让陈老师签名。我跟陈老师联系,他只说两个字"你来"。到了西安石油大学他的工作室,他从三楼窗户扔下钥匙,我们把房门打开。多日不见,陈老师明显苍老了,头发几乎全白,脸色发灰,只是一双眼睛依然沉稳睿智。见人来,他也不多说,翻开书埋头就签,我在一旁帮着拆书的塑封,盖章子。他嘴疼,不停咝咝地吸着气,气色也不好。我们不敢过多打搅,办完事没坐十分钟就离开了。回来后我冲朋友发火:"什么重要活动,你签那么多书,你看陈老师身体成啥了,以后不能再去打扰!"后来一次跟陈老师通电话说起这事,他说:"给读者签书是我最乐意的事,说明还有人在看《白鹿原》,你不要有啥过意不去。"

说真的,我很牵挂他的身体,但又无能为力。总说去看他,他都不让去,说不方便说话。每次打电话问情况,他都说:"人不美。""治了吗,吃的啥药?""治着呢,不顶啥!"他病情严重,我有时在外面参见活动,听到有人谈及陈老师的病,总是心头一紧,不愿听到不好的消息。但我知道他很坚强,配合医生,坚持做化疗,再难受都不说。生病期间,陈老师集中看了一批茅盾文学奖获奖作品,他说:"看看人家的作品,咱们也可以从中借鉴。"可以说,他生命的最后,一直有文学陪伴,他从来都没有放弃写作。

2015年11月30日中午,我和朋友搞了一些爱心萝卜、白菜送到陈老师家。民间有风俗,送白菜、萝卜就是送平安,东西不值钱,就想图个吉利。刚从医院打针回来的陈老师尽管身体虚弱,但见到我们十分高兴。他说因为吃饭困难，他在医院打了营养针。我们聊了好一会儿。我回忆起我们共同经历的有趣的事，想让他高兴，果然，他咧着嘴哈哈笑了，很开心。他老伴王阿姨说，好长时间都没见他说过这么多话。

陈老师的家很朴素，也不甚暖和。我们去的时候碰巧家里空调坏了，工人正在修，叮叮咣咣的。说话时，我们客人坐在沙发上，陈老师就坐在茶几旁的小矮凳上，凳子上面有用绳子固定的棉垫子，这是他的"专座"。尽管嘴疼，但他说话依然掷地有声。我感谢陈老师长期以来对报社和我工作的支持，他听后还是那句话："有啥事，你言传！"我说等你身体好些了咱一块吃饭，你想吃啥。他说最想吃羊肉泡馍。这句话把人逗笑了，心一下松快下来。我们都在想，过了年陈老师就会慢慢好起来了。他离不了秦腔、足球、羊肉泡，离不开白鹿原和朋友们。

2016年春节过后，大约3月的一个早晨，我匆匆赶去上班，还没出院子就听见手机响，拿出一看，是陈老师打来的，让我十分惊喜。电话接通，忙问他的身体，陈老师还是那句"人不美"。他打电话来是要我们部门一位记者的电话，说有事联系。我说您不用记电话，我立即让记者给您回过去。记者没耽搁，马上打通陈老师电话，原来陈老师问她一件小事，我松了口气。这是我跟陈老师最后一次通电话。

2016年4月29日，五一前夕，艳阳下的我却感到透骨的寒冷。这一天，中国文坛一棵参天大树轰然倒下了。好在还有《白鹿原》。

2016年5月5日，我早上五点起床，去南郊西安殡仪馆送陈忠实老师。我带着采访本、笔，给手机充满电，就跟以前每次去采访他一样，做好准备。很久了，我真是想念陈老师，今天终于可以见到他了。然而，陈老师躺在菊花丛中，穿着新衬衣，任我怎么唤都不醒，不起来，不笑。那一刻，我泪如雨下，终于知道，陈老师真的离开我们了，世界上再也没有这个人了！

忽然忆起，2014年春天，我曾应陈老师之邀到白鹿原上西安思源学院赏樱花。走在樱花大道上，迎着漫天飞舞、纷纷扬扬的樱花雨，陈老师说这就叫"落英缤纷"。那次同行的还有作家叶广芩，陈老师开玩笑称她"大妹子",叶老师则唤他"陈大哥",两人于是笑个不停。送陈老师时,叶老师忆起那天的事,落泪了。

作为一个作家,他是成功的;作为一个人,他的离去令无数读者、朋友痛彻心扉,伤怀追忆。他是一个高尚的人,一个大写的人,他的生命重于泰山。

他是陈忠实。

【补记】

冬夜观话剧《白鹿原》

怀念一个人,可以有很多方式。

2017年的第一个夜晚,我冒着严寒前往人民剧院,观看由陕西省人民艺术剧院排演的原创话剧《白鹿原》,以此怀念陈忠实先生。

因为是元旦,天气又冷,我想很多人会选择在家里享受天伦之乐,或呼朋引伴去逛商场品美食。晚上七点,钟楼地下盘道的人流已经饱和,水泄不通,想挤到前边去完全是徒劳。在每个出口,潮水般的人流向四面八方奔涌,人人都是步履匆匆的。

在这样的节日里,谁会有耐心去看一场时长超过三小时的话剧?令我意外的是,人民剧院内外竟围满了人,许多人举着钱在焦急地找票,剧场里更是座无虚席。

演员们很用心,全剧的格调凝重,布景以黑色为主调,灯光明灭幽暗,人物形象丰满,心理刻画细腻,整部戏充满秦人的阳刚之气。

观众非常热情。在三个多小时里,几乎无人离场,更无人喧哗,近千人的场子里非常安静,来晚的人踮着脚尖进来,找到位子悄悄坐下。人们以一种虔诚的心在欣赏,因为它是陈忠实的《白鹿原》。

记得很多次,话剧《白鹿原》,或者歌剧、舞剧《白鹿原》在西安上演时,陈忠实先生都在现场,与观众一起欣赏。有一次他还自掏腰包,拿出两万元买了一些票赠送给朋友们。演出结束后,陈老师总要应邀上台说两句，向演职人员和观众表示感谢。那一刻，所有人举着相机手机往台前拥，无数双手伸向这位平易近人的作家，争相一握，欢呼声掌声响成一片，经久不息。那阵势，那声浪，仿佛要将剧场的屋顶掀起！

2017年元旦之夜的《白鹿原》演出，陈忠实先生没有出现。演出结束后，尽管已是夜里十一点，但观众久久不愿散去，将演员们团团围住。提起陈忠实先生，说起《白鹿原》，大家的情绪是那么激动，表达的情意是那么一致，这样的话题总也说不完，道不尽。记得多年前北京人艺排演话剧《白鹿原》时，陈忠实先生带着剧组主创人员上白鹿原采风，走进一庄户人家，他往太师椅上一坐，笑呵呵地问："看我像不像白嘉轩？"逗引得老农和剧组人员笑声一片。此刻，观众争着跟剧中的"白嘉轩"合影、交流，这个人物的身上无疑凝结着陈忠实先生的气质、仁义、宽厚、勤劳、自律……

在开往2017年的人生列车上，陈忠实先生中途下车了，让我们无限留恋和怀念。这趟列车上的人们，迎来了新年，将会看到更多更美的风景。

心随帆影过长空

屈指算来,方济众先生离开人世已三十多年了。陕西美术界的同道、他的学生、朋友依然在怀念他、研究他。

说到方济众,著名画家赵振川满怀深情,因为方济众是他父亲赵望云的得意弟子。他俩虽以兄弟相称,但因方济众长赵振川二十一岁,赵振川对师兄非常尊敬。"在我父亲的学生中,我与方济众先生相处的时间最长,受他的教益最深,彼此也最为熟悉。"

方济众1923年出生于陕西勉县武侯镇方家坝村,从小酷爱绘画,当过中小学美术教师。1946年,他经人介绍拜赵望云先生为师学画,从此走上专业美术之路。

西安解放后,主持陕西美术工作的赵望云给回到陕南老家的方济众写信,告诉他,已在西北画报社为他找到一份工作,希望他到西安来。"1949年10月,我记得我正在巷子里玩耍,抬头看见方济众先生背着一卷行李,右手提着一条用麻绳拴着的咸鱼,身后跟着他的爱人,正向我家走去,我心里一阵高兴,不由得喊了一声:'济众哥!'"赵振川对当年的情景记忆犹新。

黄胄、方济众、徐庶之是赵望云先生在20世纪40年代后期收的三位学生,他们一度都住在赵家。当时赵望云孩子多,开支大,全家就靠他画画为生。日子虽不宽裕,但对艺术的追求让师徒聚于一个屋檐下,大家的精神是充实乐观的。

1954年,方济众由西北画报社转到西安美协工作,他的工作室就在美协前院。搞艺术是需要天赋的，在绘画方面，方济众既勤奋刻苦，又天资聪颖，被赵望云看作可造之才。他当时的作品，带着鲜活的生活气息，又有对陕南山水田园的独特感受，充满着诗情画意。1959年，在纪念新中国成立十周年的全国美展上，方济众创作的国画《山乡邮递员》，做到了让生动具体的人物入山水画，有情节和生活场景，又有传统的笔墨手法，在当时的中国画坛引起较高的关注。

如今社会上有一种误区，就是认为画越大越好，越有价值。其实，画作的价值并不完全取决于尺幅大小。以小品成大家者，方济众就是代表画家之一。打开方济众的画作，一股清新气息扑面而来。他的许多尺幅小品，表现的却是宏大的意境，追求的是质朴、自然的画风。

美术评论家沈奇曾说，方济众先生能"以小见大"，成就了一个诗意田园的世界。这世界，如雪间春草，更似炎夏清露，给人以"真"的激发、"善"的启悟、"美"的抚慰，以其纯正高远的情韵，给人们以"回到家"的感觉。

"长安画派"老一代画家深入生活，到大自然中去的创作理念，可以说贯穿于方济众先生的整个绘画过程。他之所以能成为现当代中国画史上极为重要的代表性人物，能够为国画创新做出开拓性的贡献，与他长期深入生活密不可分。他是生活的歌者，是生命的诗意和田园精神完美的描绘者。沈奇说："以我个人观点来看，中国山水画田园诗意的表现，方济众先生在当代是做得最好的一个。他是'长安画派'承前启后者，既延续了辉煌，又有所创新发展。"

初夏的乡间田野，绿意盎然，一个口吹短笛的牧童正骑着水牛放牧，牛儿在一旁吃草，牧童爬到树上睡着了……对一些上了年纪的人来说，20世纪60年代，上海美术电影制片厂拍摄的水墨动画片《牧笛》无疑给他们留下深刻而美好的印象，这部动画片曾获丹麦安徒生童话片国际金质奖。当年剧组邀请李可染做人物造型设计，方济众担任动画片的山水背景设计。小桥流水、绿柳成行、竹林幽深的江南小景，以及崇山峻岭、飞流千尺的宏大气象，第一次以丹青水墨的形式展现于大银幕

上，观众仿佛在生动美妙的画卷中穿行，不由为方济众先生不凡的想象力和高超的画艺叫绝。之后，方济众又担任水墨动画《鹿铃》的背景设计，同样大获好评。

翻看方济众的画册，发现他的画路极广。他擅长画山水，但画人物、花卉、鱼禽，也一样出色。他的书法所达到的高度，在他同代人中也是不多见的。在20世纪40年代，方济众就已经是一位优秀的诗人，在赵望云先生主编的《雍华》杂志上，他经常发表新诗，并且跻身当时北方诗人行列。

1953年，方济众的《云横秦岭》入选第一届全国美展并被中国美术馆收藏。之后创作的《秦川一角》《山春》《山林雪后》《平湖春晓》《山野的春天》《灯笼会》等大量作品，都给当时的中国画坛吹来一缕清新之风。

在艺术上的探索求变，使方济众的作品个性独具。他丰富了中国画的题材，强化了中国山水画的视角感受，他的艺术实践有力地回答了有些人对中国山水画表现力的质疑，并为中国山水画在当代的发展提供了非常有意义的研究个案。方济众是当年参加美协西安分会进京展的"长安画派"六位画家中最年轻的一位，也是石鲁和赵望云病中和去世后"长安画派"的实际旗手。

"归向吾庐情未已，笔含春雨写桃花"，陕西国画院的主楼门厅前，镌刻着方济众先生亲笔书写的这副对联。在陕西画坛，方济众不仅是一流的画家，而且极具远见卓识——"文革"后，陕西美术事业大量恢复性的工作，都是在他的主导下完成的。他亲手筹建创办陕西国画院，并担任第一任院长。

当年陕西国画院成立后，方济众从陕西各个艺术团体遴选了一批优秀青年画家，精心培养，如苗重安、崔振宽、王有政、郭全忠、罗平安等。这些人如今大都七八十岁了，都已成为陕西乃至全国国画创作领域的主将。

苗重安回忆，当年方老让年轻画家五年内不要急于拿出作品，要潜心学习,并以他当时的声望,聘请了全国著名的大画家李可染、吴冠中、叶浅予、陆俨少、黄胄等到画院任教。这些先生来到陕西这块土地,在初期的画院所在地,在设施非常简陋的情况下给年轻画家授课,前后持续了几个月。20世纪80年代,陕西国画院与北京、上海、广东、江苏国画院齐名,跻身全国五大画院行列。"方老虽不在画院领工资,主要精力在省美协,但他是我们画院的精神支柱。"苗重安说。方济众对年轻画家的扶持与培养,对陕西美术界的影响可谓深远。

方济众在艺术上有很高的追求,一直保持着旺盛的创造力。他在《谈艺录》中说:"有人问我今后在艺术上有何想法,我想是这样的:一是必须和'长安画派'拉开距离;二是必须和生活原型拉开距离;三是必须和当代流行画派拉开距离;四是重新返回生活、认识生活,重新返回传统、认识传统,特别是民间传统;五是摆脱田园诗画风的老调子,创造新时代的新意境;六是不断地抛弃自己,也要在抛弃中重新塑造自己。"他在艺术上的求新求变给"长安画派"注入了新的活力。即使现在再看他五六十年前的画作,依然不觉得过时。

汉中勉县武侯镇方家坝村有方济众的故居,家乡的山水田园可以说是他心灵永远的归宿。方济众自号雪农,给两个女儿起名方藜、方禾,足以看出他对家乡、对土地的眷恋和挚爱。"文革"中,方济众不可幸免也受到冲击。他的女儿方禾回忆说,1968年底,她和姐姐方藜作为西安市第一批知青赴宝鸡千阳插队落户,临行前,父亲为她们作诗一首:"英年幸有养花天,已是枝头红欲然。小院常感风雨寂,大野倾看百卉鲜。莫向温房争俊俏,应如霜菊攀悬崖。世上岁有难人事,全在女儿志气长。"当时写这首诗时,她的父亲还被关在牛棚,处境可想而知,但纵使身处逆境还不忘激励后人。

受父亲牵连,方禾多次参与招工都因政审被阻,后被招工到秦岭南麓深山洋县工作,信息闭塞,条件艰苦,她几乎对前途失去信心。就在此时,方济众背着画夹,风尘仆仆地来到洋县看望女儿,还带来一大堆零食。写生归来,他从山上采来大把明艳的野百合花。他的乐观,让女儿不由鼓起直面生活的勇气。

"文革"期间，方济众全家下放洋县白石公社。面对不平的遭际，方济众没有丧失对生活的希望，而是以"一个久别故园的孩子回到母亲怀抱"的游子之心，写下"汉水巴山是旧乡，笔砚生涯忘惆怅。最是晚凉堪跳处，稻花丛里鱼米香"这样的诗句。方禾说，父亲用情、用心滋养着画笔，先是温暖自己，再是打动别人，有一种"画为心声"的执着。

方济众曾说："品德不高，画风不高，画如其人是至理。"他是一位道德修养极高的人，面对坎坷磨难，他总是乐观从容。他为人朴素和蔼，性格中却有异常坚强的一面。

赵振川说，方济众先生是一位有操守、有情怀的艺术家。他回忆说："'文革'期间，在一次会议上，有人重提我父亲赵望云的'右派'问题，平时为人谦和的方先生拍案而起，怒斥对方对已做出结论的问题重新纠缠，让我父亲少受了一些伤害。"他说父亲生前多次提到此事，经常念叨"济众是个厚道人"。

位于汉中的陕西理工大学建了一座"方济众艺术馆"，这让方老的家属，以及同道、学生倍感欣慰。方济众先生的贡献、作用和成就，随着时间的推移，愈发显得珍贵和重要。艺术界人士感慨，方济众先生是一脉深藏的艺术富矿，"对方先生深入地认识和研究，有助于我们在艺术创作的道路上走得更远，路子更宽！"

赵季平家事

赵季平不是一个喜欢张扬的人，我与他多次接触，完全是围绕着他的艺术创作进行交流。从《黄土地》《红高粱》到《好汉歌》，从《乔家大院》《笑傲江湖》到《大宅门》，具有广泛影响的音乐作品一部接一部。赵季平就像一座艺术金矿，每次挖掘都会有令人惊喜的收获。

赵季平曾说："没有我的妻子，不会有我今天的成绩，这话没有一点水分。"在妻子去世后，他又告诉我："在这个世界上，我只有儿子这一个亲人了，我要为他好好活着。"

生活中的赵季平有着怎样的情怀，他与儿子赵麟又有着怎样曲折动人的父子之情？我忽然对此产生了浓厚的兴趣。一个深秋的夜晚，我来到赵季平的家中，第一次听他谈起了妻子、儿子。

一

作为"长安画派"创始人、国画大师赵望云的儿子，赵季平的身上有着一种大家子弟的做派和天然而独特的艺术气质。赵季平与妻子孙玲相识于西安音乐学院，那时他们一个在读大学，一个在附中上学。赵季平大学毕业后进入陕西省戏曲研究院担任乐队指挥，孙玲附中一毕业就被分配到陕北宜川，后来又到遵义文工团拉大提琴，吃了不少苦。1971年，这对有情人结婚后，依然过着天各一方的日子。儿子赵麟出生前，赵季平专程跑到遵义把挺着大肚子的孙玲接回西安。"那时可受罪了，大冬天，又快过年了，火车上人特别多。第一天到火车站，我领着孙玲不敢坐，一直等到有卧铺才上了火车，买了一个卧铺、一个硬座到了成都。当时没有直达车，得在成都转车。我一夜没睡，就找了个电影院，不知道放的什么电影，在里面睡了一觉。第二天又坐上车走了一天一夜才回到西安。"1973年的大年初七，赵麟在西安红会医院出生了。

尽管已过去了四十多年，可赵季平对儿子出生时的情景仍记忆犹新。"赵麟出生的前一天晚上，也就是大年初六，我父亲做了一个奇怪的梦。梦见发大水，水把父亲冲走了，这时水里漂过两根木头，父亲赶紧上前把木头抓住，这一抓人惊醒了。父亲把这个梦告诉母亲，母亲笑说，这是个好梦，你要抱孙子了！第二天，赵麟就来到我们家了。赵麟原来叫赵林，这名字就是他爷爷给起的，林就是双木嘛。上大学后，他妈才改成麒麟的麟，意思要他上进，事业上有更大的发展。

"赵麟是头天下午四点五十生的，因为医院有规定，不让见，直到第二天早上我才见到。我有儿子了，那高兴劲儿就别提了。我还记得娃出生时体重是五斤四两，不太胖，但结实着呢。"

1973年，"文革"还没有结束，年近七旬的赵望云老先生身体不太好，加上遭受着政治上的迫害，心情很抑郁。孙子赵麟的出生，就像严冬里的一束阳光，温暖了老爷子的心。赵季平说："生完孩子孙玲就再没回遵义去，我们再也不想过两地分居的日子了。我是乐队指挥，研究院离不开，孩子满月孙玲就调到我们乐队拉大提琴。一家人终于团聚了。"

一代绘画大师赵望云对孩子们寄予很大期望，他同时也很关心孩子们的家庭生活。说到此，赵季平给我说了这样一件事：孙玲怀上孩子后，当时一个人在遵义，家里挺挂念。一天，赵望云到丈八沟陕西宾馆为领导们作画，回来时带了一些苹果。晚上，他把赵季平叫到家里。"我一进家门，就看见老爷子和我妈把苹果一个一个用麻纸包好，再细心地装到柳条筐里，自己一个都舍不得吃。让我用自行车驮上，送到西安火车站西站，寄给孙玲吃。孙玲收到苹果后特别高兴。对我们兄弟姊妹，父亲从来没有这样过，可见他对孙子的心有多重。"

20世纪70年代，人们的生活水平普遍不高，当时赵季平的工资是五十八块，孙玲是三十八块五。为了接济他们，赵望云每月从自己的工资中拿出二十五元给赵麟买营养品。赵季平说："赵麟刚刚四岁，爷爷就去世了，如果他能多活几年，看看孙子今天的发展，肯定特别高兴。"

二

也许人们想象不到，在外人面前儒雅和善的赵季平对自己的儿子竟很少有笑脸，以致赵麟长大了依然有点害怕父亲。

"儿子出生刚十五天，戏曲研究院组织下乡演出，我是乐队指挥，不走不行。这一去就是近三个月，为了照顾孙玲，我们只好请了一个保姆。等我回来，赵麟已经百天了，成了个大胖小子。

"赵麟一岁半的时候，我就横下心把他送到西安马坊门红色托儿所，又叫'红托'。我和孙玲都要工作，我尤其忙，空闲时间还想搞些创作。我给孙玲说，决不能被孩子拖累，使咱们的事业受到影响。每天早上送托儿所前，孩子哭喊着不愿意去，孙玲也哭，但我坚持这么做，再哭都得送。我自己都觉得我心硬得很。

"赵麟小时候性格内向，缺乏一般孩子那股天真活泼的劲头，神态时常是木木的，不是很聪明，但他心地非常善良。从托儿所出来后，他就上了离家最近的文艺路小学，学习成绩也一般，不是那种特别拔尖的孩子。"

也许没有几个孩子不挨父亲打的，赵麟也不例外。五岁时赵麟就跟着西安音乐学院的老师学钢琴，平时都是妈妈带着，赵季平有时间了也过问一下。"有时孩子弹不好琴，我一着急就动手打他，娃哭着还得弹。以后孩子慢慢大了，就很少打了。赵麟小时候没处去，我上班时常把他带到演出的乐池里。我在那里指挥，给他搬个凳子坐在旁边听戏，台上唱啥他听啥。这娃后来能吼两句秦腔，就是那时给灌的耳音。"

在教育孩子方面，赵季平有着自己的想法，他从不刻意让孩子学这学那，而是细细地观察了解孩子的兴趣爱好。他对赵麟说："我和你妈可以培养你的兴趣爱好，但以后从事什么职业必须由你自己来选择。"赵麟上初中一年级时，赵季平正式找儿子谈了一次话，问他今后的路打算怎么走，是想学音乐还是学其他功课，如果想以音乐为终生追求，具体又想学什么专业。他对儿子说："我对你的选择绝不强求，你做出选择后，我会给你创造最好的条件。我给你一个礼拜的时间考虑。"结果没等一个礼拜，赵麟给出了令他意外的答复："爸，我想学作曲。"

赵麟的初中是在西安市第九十三中学上的，初中毕业后，也就是1988年，孙玲带着十五岁的赵麟开始向音乐的殿堂进发了。

三

孙玲带着赵麟先上北京，考中央音乐学院附中，考试前赵麟上了中央音乐学院的补习班。补习班经常要测试学生的音乐基础，视唱练耳听写是必考课。几次测试下来，老师找到孙玲说，你娃的基础太差，得好好补补课，抓一抓。为此，赵麟情绪也很低落。孙玲赶忙给赵季平打长途说明情况，赵季平立马从西安飞到北京，给赵麟教了一招：听和弦连接有窍门，第一遍听低音，第二遍勾画出旋律线，最后做和声连接。赵麟悉心揣摩领会。第二天赵麟回到家后眉飞色舞，兴奋地说："爸，今儿考的全对了。"连老师也纳闷："没想到赵麟进步这么快，这后边绝对有高人指点！"

在北京考完之后，孙玲带着赵麟马不停蹄赶到上海，报考上海音乐学院附中，最后赵麟被中央音乐学院附中录取。

这些年，赵麟为多部电视剧创作主题曲，在乐坛已小有名气。对儿子所取得的成绩，赵季平深感欣慰，他说："赵麟在音乐创作上的起点高，而且很有想法。我听过他写的一些曲子，跟我基本是两种风格。对于他的创作，我基本不过问，人家是独立的。"

著名导演黄建新拍电影《谁说我不在乎》时，听人介绍就找到赵麟，让他给这部影片写曲子。开始是顾及赵季平的面子，只抱着试试看的想法，没想到听过赵麟写的音乐后相当满意。电影上映后，赵麟还专门买票请赵季平和孙玲去澳华电影院看这部片子。赵季平说："看的过程中我挺激动，因为音乐确实写得不错，符合片子的整体风格。"

我打趣说："想跟陈凯歌、张纪中、黄建新这样的大导演合作的人多了，这么好的事都落在赵麟头上，你的名气大，是不是也让赵麟沾了不少光？""那当然，怎么说也是近水楼台嘛，有人引荐会少走很多弯路。赵麟二十八岁开始写《射雕》音乐，我二十八岁还在戏曲研究院弄秦腔呢。但近水楼台的前提是得有才，没有才气一切无从谈起。赵麟上学时属于不显山露水的那一类学生，许多人没想到他现在会这么厉害。"

2001年5月，赵麟和相恋几年的女友陈丹阳结婚了。陈丹阳与赵麟是中央音乐学院附中的同学，当年漂亮的陈丹阳对赵麟并没有什么特别的感觉。毕业后陈丹阳被分配到中国歌剧舞剧院工作，专业是弹竖琴。之后她到日本留学四年，学习经济管理专业。回国后在一次同学聚会上，她与赵麟再次相遇。听同学们说起赵麟取得的成就，丹阳的心中突然有了一种异样的感觉，这个曾经被自己忽视的人竟是那样出众、优秀！眼下，他们的女儿已亭亭玉立，这让赵季平甚感欣慰。

四

作为赵季平的妻子、赵麟的母亲，孙玲是维系全家情感的纽带，她曾自豪地说："我培养了两个音乐家，两个作曲家。"

赵季平说："赵麟长这么大，跟他妈最亲了。他在北京上大学时，我跟他通电话就两句话，问问学习、成绩什么的就完了，他跟他妈一聊就是四十分钟，从学习到生活，从对未来的设想到恋爱结婚，无话不谈。当得知他妈的病情时，赵麟整整哭了一晚上。"

2001年6月5日，孙玲因病情严重住进医院，7月份转至北京通县胸部肿瘤医院。那段日子让赵季平刻骨铭心。每天，他从北京市区到医院要往返奔波一百公里。天天如此，一直坚持了一年半时间。每当孙玲化疗时，赵麟和丹阳就住在病房，日夜守着妈妈。在治疗最艰难的日子，赵麟正在为陈凯歌的电影《和你在一起》创作音乐。由于操心妈妈的病情，面对五线谱，他没有一点心情。孙玲看着儿子说："你要挺住，不要情绪低落。人生有两种痛苦，一种是肉体上的痛苦，一种是精神上的痛苦。有时候精神上的痛苦更令人难过，挺过去就成功了！"趴在妈妈的病床前，赵麟含着泪完成了这部电影音乐的创作。

儿子在身边，无形中为赵季平分担了不少压力。陈丹阳从日本回来后，在辽宁鞍山办了一个明星幼儿园，在当地很有名气，收入也不错。为全力以赴陪婆婆治病，陈丹阳咬牙卖掉幼儿园，日夜守护在婆婆身边。同病房的人羡慕地问孙玲："这是不是你女儿？"当得知是儿媳妇时，所有人都露出了惊讶的表情。

得知孙玲去世的消息后，著名导演陈凯歌和夫人陈红第一时间飞至西安赵季平的家中。陈凯歌说："在赵季平的事业和人生中，如果没有孙玲是无法想象的。赵季平的所有音乐，都承载着孙玲的贡献。在北京见到孙玲最后一面时，我感到再没机会吃她擀的面了。"

孙玲真是不愿意离开她挚爱的家，为了这一对父子，她付出了毕生的心血。赵季平原来住在西安市长胜街戏曲研究院的老家属院，任何一个到过他家的人都不会想到，堂堂作曲家竟是在这么狭小的天地里完成一流音乐作品创作的。房子虽面积小，但被孙玲收拾得一尘不染。后来他们在西郊分到一套四居室，孙玲高兴坏了，她不让赵季平动手，从设计、买材料到装修都一手包揽，把这个家布置得格外舒适温馨。有一次遇到楼里停电，孙玲硬是提着装修材料顺楼梯上到二十二层的家中。得知自己的病情后，孙玲没有一点消沉，她甚至拿着X光片指着病灶跟大夫商量治疗方案，表现出异乎寻常的坚强。她说："我不能走，我走了这父子俩可没人给做饭了。"

"现在家收拾好了，儿子也长大了，有出息了，该享福了，可她却走了。"赵季平现在最爱做的事就是一个人静静地翻看以前跟妻子的合影，他指着几十年前的黑白照片感叹说："看，那时候我们多么年轻。"又指着孙玲在家中为他按摩肩膀的照片叹息道:"以后再也不会有这样的福分了。"在他的书房,我曾聆听过他为电视剧《青衣》写的主题曲,毛阿敏演唱的,他说他把对孙玲的哀思都寄托在这首歌里了。

五

赵季平兄弟七个,他排行老四。在家里,母亲对她的爱子以排行呼名。母亲认为赵季平除了音乐天赋过人外,其他方面都不如哥哥弟弟灵醒,便亲昵地叫赵季平"傻老四"。

"我虽然写出了很多音乐作品,但说到底,我并不是一个懂得生活的人。一年四季,基本上不沾家务事,整天埋头于创作中。每天一进门,孙玲已经把面擀好,把肉炖好,把臊子都做好了,天天如此。娃小的时候,孙玲要带孩子,还不能误了拉琴。赵麟学钢琴,也是孙玲盯着,天天陪着。说老实话,我这辈子最对不起的人就是我的妻子。说起来别人肯定不信,自孙玲去世后,我的生活真是从天上掉到地下了。在外面别人看着我挺风光,其实心里苦得很,但又能给谁说去?往年这个季节,孙玲早就买回羊肉,炖好一锅汤,给我做热腾腾的羊肉面。现在,我常常连自己的衣服都找不见。"

还有一件事让赵季平特别心酸。他们家原先养着一只小狗,小狗一个月大时,被赵麟买了回来,它浑身雪白,很通人性,赵季平和孙玲都非常喜欢,孙玲还给它取名叫"牛家"。孙玲去世后,"牛家"跑出家门,至今再没回来。"可能是真的丢了,让它走吧,找回来看着还伤心。"

对赵季平而言,儿子现在就是他人生的精神支柱。现在每当天气变冷,赵麟就提醒父亲加衣服,千万不要感冒。过去孙玲在时,这父子俩有了矛盾,孙玲就得当调解员,现在他们失去了共同的亲人,两个男人的心贴得更近了。几个月前,赵麟与父亲做客中央电视台《艺术人生》时说过这样一段话:"小时候挨父亲打时我就想,等我长大了,看你还敢这么打我不。我上初中以后,父亲就不打我了。记忆中,妈妈打得多一些，父亲忙自己的事，教育我的事都是妈妈管。母亲是我和父亲沟通的桥梁。比如，我和父亲有些看法不一致，我争不过他，也就不说了，然后我不理他，他也不理我。这时我母亲就当桥梁，把我的想法告诉父亲，再把父亲的想法说给我听。现在我们不用桥了，我们能直接沟通。只是刚开始时还转不过这个弯儿，一个过去老对你严肃的人，现在冲你笑，好像也挺恐怖的。"

孙玲临终时嘱托赵麟，一定要照顾好父亲。现在赵季平每次到北京，就跟赵麟、丹阳住在一起。赵季平说："我想我有这样的感触，与自己的妻子走过了风风雨雨，当她非常健康，我们的生活都很正常的时候，感觉不到多么珍贵。一旦她病倒了，我就觉得头上的这片天没了。一个人的事业再成功，也离不开亲情的温暖。为了儿子，我要好好地生活，好好地创作。"

【补记】

这是十多年前的一篇旧文。许多年来，我写过不少关于赵季平音乐创作的文章，而写这位大音乐家的家事，还是头一次。十多年前的那个夜晚，在他推心置腹的娓娓倾诉中，一个音乐家深藏于心的儿女情长展现出来了：他不仅是一位优秀的作曲家，更是一个好丈夫、一个好父亲。十多年间，赵季平先生担当中国音乐家协会主席、陕西省文联主席等要职，诸事繁忙。我们虽然见面不多，但在内心，始终有一种亲人般的感情。后来，赵先生在朋友帮助下找到生命中的另一半，饮食起居有人照顾，心情转好，创作不减。而赵麟也成长为一位优秀的作曲家。不久前，他带着亭亭玉立的女儿参加央视《经典咏流传》节目，赵麟弹琴，女儿演唱他作曲的王维诗《使至塞上》，旋律深沉，嗓音清纯，一时震惊四座。我得知这些信息后非常高兴，心里时常默默祝愿：好人一生平安、幸福！

"秦腔正宗"李正敏

在秦腔艺术的天空,李正敏是一颗璀璨的巨星。

二十多年前,大约1995年,秦腔名家杨凤兰主演的戏曲艺术片《王宝钏》与观众见面了。杨凤兰的演唱委婉深情,令人陶醉。当时有人告诉我,她传承的是"敏腔",也就是由秦腔大师李正敏开创的一种声腔流派,从此我便对有"秦腔正宗"之誉的李正敏先生有了一些认识。

在陕西戏曲界,每提及李正敏先生,几乎无人不叹服。2015年是李正敏先生百年诞辰,不少人的悼念方式,就是演唱他流传下的、妇孺皆知的经典唱段,特别是《五典坡》中王宝钏的唱段,让人百听不厌。

1915年,李正敏出生在西安白鹿原张李村一个贫寒农民家庭。1926年,十一岁的李正敏随父亲到西安谋生,入正俗社学戏,师从高登岳、党甘亭、陈雨农、"船户娃"梁箴这些戏曲界的顶尖人物。十三岁时就在名师们的辛勤磨砺、精心传艺中显现才华,出科后成为正俗社的"台柱子"。他清丽端庄的剧照曾长期悬挂于西安老字号——南院门大芳照相馆的橱窗内。

李正敏在秦腔《五典坡》中扮演的王宝钏,堪称经典,也成为他的传世之作。在他的思想意识中,王宝钏是相府千金、大家闺秀,尽管苦守寒窑十八载,靠挖荠菜度日,但在气质上绝对有别于普通乡野村妇,因此在表演中要突出人物守节中的骨气、贫寒中的端庄。"老娘不必泪纷纷"一段唱腔,可以说浓缩了李正敏唱腔的精华:含蓄朴实,抑扬顿挫,刚柔兼备。秦腔音乐家杨天基曾说:"李正敏的嗓音在同辈同学中并不是太好,但成就是最大的。他根据自身条件,摸索出一套自己的弦法规律,别人从高(声)处拿人,他从低(音)处取胜。"李正敏在台上演的不只是"戏",更是"人",他以唱传情,情之所至,观众也忍不住"泪纷纷"了。

让整个秦腔界为之轰动,也让李正敏名声大噪的一件事,发生在1935年。这一年,经陕西籍电影明星周伯勋推荐,上海百代公司邀请李正敏赴沪录制秦腔唱片。每张唱片的片头,都是周伯勋用地道、朴实、浑厚的陕西话来报告剧目。此次,李正敏共录制了《赶坡》《探窑》《二度梅》《断桥》《血泪鸳鸯传》等八张秦腔唱片。这些唱片迅速流传,其影响之大,堪称空前。李正敏"秦腔正宗"的名号被正式叫响。

李正敏一生始终都在艰辛地奔波。从上海录制完唱片回到西安的第二年,他离开正俗社,创办正艺社,自任社长。李正敏名正堂,字艺华,正艺社因此得名。正艺社驻演于西大街桥梓口正街剧场,因李正敏的影响力,剧社火爆一时。后来因剧场倒塌和日本飞机轰炸,演职人员被迫离开西安,辗转于陕西、甘肃诸乡镇,搭台唱戏,卖艺度日,最终剧社因负债重重而解体。

当时西安戏班众多,相互竞争,艺人们生存困难。1946年,李正敏又与秦腔名旦何振中筹备大华社,并任导演及主演。但大华社也只支撑了两年就倒闭了,李正敏只好另搭江湖班社演出,维持生活。1949年,已经在秦腔界打拼了二十三年、大名鼎鼎的李正敏来到大荔朝邑剧团任职。这里虽然地界小,但总算有了相对安稳的落脚点,不用再过颠沛流离的日子。

1952年,李正敏赴京参加第一届全国戏曲观摩会演,有幸见到梅兰芳先生,同为旦角名家,两人进行了亲切交流。那次会演中,李正敏在一出现代戏中扮演一个没有名字、没有一句台词的民兵。这么大名头的演员跑龙套,许多人很不解,然而在李正敏眼中,"没有小角色,只有小演员"。

1953年，李正敏迎来事业的春天，进入西北戏曲研究院（今陕西省戏曲研究院前身）。当时担任院长的戏剧家马健翎对李正敏格外器重，先让他担任训练班主任，后又任命他为院里最为重要的二团团长，职责以教授学员为主。

1956年7月26日，李正敏在《陕西日报》上发表署名文章，谈他对培养青年演员的认识。文中他告诫青年演员，不能演了几出好戏，就骄傲起来，"乱说乱动，卖弄技巧，使表演失去意义"；而老师，也应该彻底放弃"留一手"的思想，毫无保留地把自己的艺术经验传授给下一代。他还写道："为什么梅兰芳先生已六十多岁的人了，仍能在舞台上做动人的表演，而我与王天民、何振中等，年龄不过四十上下，为什么在舞台上活动就有了很大困难，这就是没有进行刻苦锻炼，功底差的结果。"有远见、真诚、虚心的他，给秦腔界树立了典范。

舞台上，李正敏扮演了许多脍炙人口的角色，王宝钏、白素贞、李艳妃、胡凤莲……舞台下，许多人觉得他很神秘。戏剧导演王小民说他第一次见到这位"粗眉毛的黑脸汉子"，根本不相信他是演旦角的。秦腔老演员吴德回忆当年的李正敏："体态匀称，举止不俗，平易近人，和善慈祥。身着传统的对襟黑色夹衣裤，白衬衫、圆口鞋，庄重朴素。在剧院时，他从不与人高声和红脸，以身作则，在圈内口碑极佳。"

李正敏多次说过，演旦角不容易，要把男人的嗓子变成女人的嗓子，一个是练，一个是要吃苦，精神上还要受折磨。为了保护嗓子，即使有人找茬，也要强忍委屈，赶快走开，因为一激动、一吵架，嗓子就可能出问题。李先生有个癖好，每次上台前要喝一个生鸡蛋。问原因，他说不喝嗓子干。

李正敏先生的亲传弟子李凤云，如今已是年过七旬的老人，仍然不辞劳苦地给戏曲研究院的小演员们排戏。1960年，作为训练班学员的李凤云第一次被人领着去拜见老师。"当时李先生的家在南院门车家巷，研究院给他分有一间宿舍，平时他和师母就住在院里。"李凤云回忆说，"头回见李先生，他没有给我教戏，而是叫师母、我和他下跳棋。走棋的时候我谦让先生,不抢先,他跟师母对视一笑说,这娃懂规矩,可以教。"

在李正敏的心中,要演戏先做人。除李凤云外,马蓝鱼、李应贞、霍慧君、杨凤兰、郝彩凤、马友仙、孟遏云、陈尚华、余巧云、肖若兰等名家均受其教益。当时在训练班,李正敏教戏,夫人高小霞教历史。高小霞是大家闺秀,知书达理。李正敏创立班社最困难的时候,在西大街开有"世兴奎"纸店的岳父高德庵曾慷慨解囊,为正艺社修建剧场。

"李先生给我排的第一出戏《三娘教子》的本子,就是他和师母一起写的。"李凤云说。先生演戏严谨、规范,强调"要讲究不要将就"。为唱好戏,他睡觉时在脖子底下垫块砖,让喉头松弛。练丹田气时,小腹上顶一个木把子,气息上下动,就说明气没有沉下去,两边动,气息才是正确的。他给学生们教"王宝钏跪倒送娘亲"的动作时,扑通就往水泥地跪下去,膝盖青肿了好长时间⋯⋯

正当李正敏满怀信心要把自己几十年的艺术经验传递给下一代,把"敏腔"发扬光大时,"文革"开始了。李正敏被诬陷为"反动学术权威""戏霸""旧班主",受到欺凌和批斗。这期间,他的情绪十分低落,几度崩溃。李凤云记得,当时先生病重,她到医院探望,先生说梅兰芳从艺五十年出了一本书,他也想写,让学生们把纸和笔拿来。但这个愿望还没有实现,先生就英年早逝了,年仅五十八岁。

大约十年前吧,灞桥区几位农民来报社找到我,说他们想在白鹿原张李村李正敏先生的家乡盖一座纪念馆,经费由农民自筹,还准备搞一次秦腔义演活动,希望报社能给予报道。当时义演在案板街易俗大剧院举行,连演三天,场场爆满,一票难求。所有名家不取分文报酬,门票收入全部用于筹建纪念馆。在现场,多年致力于戏剧宣传的我深切感受到戏迷们对"秦腔正宗"的崇敬,对李正敏先生的热爱。

李正敏先生的长孙女李萍回忆,爷爷在世时最高兴的一天是1972年2月7日。"这天爷爷骑着自行车回到车家巷15号的家中兴奋地说,今天院里给他彻底平反了,还给他补发了被扣的十个月的工资。"平反这天是腊月二十三,到正月初二,李正敏先生就病倒了。病情严重时,不少戏迷前来探望,并带来不少治病的偏方。1973年12月12日,李萍带着小米粥和爷爷最爱吃的"潼关酱笋"前往红会医院,半道上接到爷爷去世的消息。"顷刻间,南院门、大小车家巷就像发生了什么大事,人们相互转告,共同惋惜,前来祭奠的人络绎不绝。"李萍记得,著名秦腔艺术家任哲中在灵堂前深深鞠躬,一句"艺华哥走了",非常凄凉,在场的人热泪盈眶。有人说:听了任哲中这句话,心里比听《周仁回府》还难受。

"敏腔"真正打动人的是深情,这一独特的艺术饱含着大艺术家对人生透彻的理解。作为秦腔艺术的耕耘者、开拓者,李正敏先生那渐行渐远的背影永远清晰温暖。

母 亲 的 花

母亲今年七十五岁，平时喜欢画画，当我把准备给她办一次画展的事告诉她时，她反应的激烈程度出乎我的意料："不行，不行，画得不好，展出来让人笑话呢！"

我一脸严肃地说："办画展的地方都找好了，消息也发布出去了。你现在的任务就是把最满意的作品找出来，整理好，我统一拿去装裱。"

母亲一听，更急了，说："你快给人家说，咱不弄了，妈不敢给我娃丢人。"

但是，我去厨房取个馍吃的工夫，母亲就翻箱倒柜起来。她先把书柜里的画搬出来，又让父亲站上凳子把柜子顶的画取下来。她把所有画都摊开在床上、地上，一张一张地翻看。很快，牡丹、月季、紫藤、水仙、向日葵、兰草、桃子、公鸡、蜜蜂、仙鹤层层叠叠地铺了一屋子，几乎没有可下脚的地方。那些花儿、草儿、动物，色泽是那么明艳，神态是那么鲜活，仿佛一下照亮了整个屋子。

母亲是从六十五岁开始学画的，至今整整十年。在此之前，她那双粗糙的手不是在烟熏火燎的厨房炒菜擀面，就是给我们兄妹三人缝衣裳、纳鞋底，忙里忙外。

想起来，母亲这辈子也吃过不少苦。

她出生于农家，排行老大，下面四个弟、妹。母亲小时候学习成绩优异，考试都是班上前几名，但思想守旧的爷爷认为"女娃以后都是人家的人，嫁出去的女子泼出去的水"，执意不让母亲上高中。老师来做工作、母亲哭闹都无济于事，最终她只能接受这个事实。同学们都到县城上高中了，母亲却挑着担笼去地里拔草。她干活不惜力气，担草时总要比别人装得多，沉重的担子常压得她喘不过气来。后来，在老乡的帮助下，母亲进了西安城。早年母亲在绿化队工作，任务就是栽植行道树。二十八岁时，她已是三个孩子的母亲。过去妇女产假是五十六天，产假刚一满，母亲就把娃娃绑在床头，去上班了。她跟男人一样扛粗大的树干，走路腿发软，虚汗浸湿后背。干完一天活，母亲就像从水里捞出来的一样。

那时家里经济紧张，每月等不到父亲发工资，家里就没钱了，只好向邻居告借三块五块救急。但再穷，我们买书的钱，母亲总能凑出。每到年底，母亲都催促我们兄妹去订来年的《少年文艺》《读者》等书报读物。母亲说："那是皇上买马的钱，谁都不能动。"母亲想把自己没上完学的遗憾，在我们身上加以弥补。

母亲心灵手巧，对花儿情有独钟。她在绿化队上班时，户外工作接触最多的就是树啊、草啊、花啊。她喜欢观察花，知道许多花的习性，因此她画的花就有生气。母亲还会织毛衣花儿。幼年记忆中，经常半夜醒来，母亲还就着微弱的灯光，专注地织毛衣，累了一天竟毫无倦意。竹签子在她手中上下翻飞，一朵朵花就织出来了，比外面机器织的都匀整。她更会用五彩丝线在衣服上绣花。有一次，我不小心把墨水染到白裤子上，弄得一团黑，洗也洗不掉。正着急时，母亲拿过去看看，然后取出丝线，在那团墨上绣了一朵牡丹花，下面接上褐色的枝干和嫩绿的叶子，衬托得那朵牡丹活灵活现，裤子穿上更漂亮了。

渐渐地，我们长大了，母亲也退休了，不像以前那么操劳了。一天，她到邻居家串门，看到跟她同龄的阿姨正在画案上作画，宣纸上的鸟儿、花儿色泽饱满，跟活的一样。母亲惊得叫出声来："天呀，你咋会画画，还画得这么好？"阿姨笑说："我都学了几年了，其实你也可以学。"母亲两眼不由一亮。

母亲做任何事都自己拿主意，她马上去老年大学报了绘画班，到书院门买了宣纸、毛笔、砚台、颜料，便开始画画了。尽管我们家从没有人搞艺术、弄书画，但母亲有兴趣，我们就全力支持。我还找朋友给母亲刻了两方闲章，以实际行动表示支持。

"你妈听课最认真了，上课去得最早，每次都坐第一排。"邻居阿姨说。我知道，母亲学画是多么勤奋。她让父亲在阳台上安了个简易画案，每天在画案前一站就是三四个小时，完全沉浸在绘画的世界里。她喜欢画花鸟，尤喜画牡丹。她不拘于一定之规，多方求教，博采众长。著名画家肖焕办讲座，她赶去旁听；西安美术学院刘保申教授在书画频道授课，她早上六点起床收看；她喜欢画家罗金保的画风，专程登门求教。会画画的人哪怕只教她一点，她领悟了也觉得收获不小。母亲爱画牡丹，她说："我想画出牡丹的雍容、富贵、洁净之气，花跟人的品性是一样的。"

母亲一生辛劳，她常能从绘画中悟出人生道理，生活中解不开的难题、不能释怀的往事，在画画中都想开了、看淡了。每次回家，看到母亲在画案前忘我地挥毫，墙上又挂出一幅幅新画，听母亲絮叨每朵花的意趣，便觉得非常幸福。

在母亲眼中，世界是那么美好，她画牡丹、月季、水仙、紫藤、葵花，也画仙鹤、蜜蜂、公鸡、小鸟、游鱼，有六尺大幅，也有斗方、扇面这样的小品，真是多姿多彩，气韵生动。朋友们见到母亲的画，很喜欢，向母亲求画，母亲有求必应，精心绘画，甚至装裱好送给人家，分文不取。有人孩子结婚，新房里挂的就是母亲画的牡丹，说是"喜气得很"。在我的鼓励下，母亲学会了使用微信，加入了几个绘画群，时常凝神欣赏群友发来的画作，赞叹不已："看人家画得多好，咱还努力不够！"去年，母亲的画两次获奖，被收入画册，还有一幅入选在亮宝楼展出。她拿回宣纸、毛笔等奖品时，开心极了。

十年来，母亲默默地画，几百张画藏在家里，姹紫嫣红，明快质朴。而我最清楚，画画让她的生活变得多么充实美好。

母亲的花更多地开在她的心里，从不示人张扬。我想，就让母亲的花在大庭广众下"绽放"一次吧。画得专业不专业又有什么关系呢？

　　2018年三八节当天，母亲的画展如期开幕。那些"开在墙上"的花吸引了那么多人，许多大画家也给母亲点赞。母亲跟许多认识的、不认识的人在画作前合影，满捧鲜花，激动得双颊绯红。事后母亲对我说："这是我一辈子最高兴的一天！"

　　我爱母亲，我爱母亲的花。

凝望马健翎雕塑

陕西省戏曲研究院排练场外的花园里，有一尊高大的铜质雕像，花岗岩底座上镌刻着"人民艺术家——马健翎"几个刚劲的大字。一位"美髯公"身披大衣，手拄拐杖，凝视前方，显得刚毅睿智。他就是著名剧作家马健翎先生。

一

2017年11月一个寒冷的冬夜，纪念马健翎先生一百一十周年诞辰大型戏曲晚会在陕西省戏曲研究院举行，因为有众多戏剧"梅花奖"得主倾情献艺，这场演出可谓一票难求。许多戏迷从四面八方奔来，聚拢在研究院剧场内外，谈论着马健翎创作改编、至今盛演不衰的经典剧目，敬佩之情油然而生。

1907年，马健翎出生于陕北米脂一个贫民之家，父亲曾是乡村教师，因思想进步被革职，兄长做党的地下工作，因叛徒告密而英勇就义。这样的家庭为马健翎的成长营造了极其特殊的氛围。他名飞雕，健翎是他的字，杜甫有诗"何当有翅翎，飞去堕尔前"，健翎既表明一飞冲天的壮志，又与他日后从事戏剧事业相契合：翎子多用于戏剧人物造型，头插两根翎子的小生往往扮相英俊，雄健英武。

马健翎十七岁考入榆林中学，四年后毕业任教，二十岁时加入中国共产党。他懂乐器，尤其擅长讲故事，经常带学生排演思想进步的戏，很快被国民党特务盯上，差点被逮捕，只好逃离陕北顶替兄长马云程进入北京大学学习。第二年，他借探望生病兄长的机会回到西安，观看了易俗社等很多班社演出的新戏，对王天民、李正敏、苏哲民、耿善民等名角的表演大为赞叹，从此对戏剧产生了浓厚的兴趣。

马健翎从一个进步青年，成长为一代戏剧巨匠，主要有几方面因素：一是米脂等陕北地区，民间说唱、戏曲艺术土壤丰厚，使他从小就受到艺术的滋养；二是他在北京大学曾悉心学习哲学、《诗经》、宋词元曲，这为他戏曲创作打下牢固的文学基础；三是他行走陕北、求学北京，后因生活所迫赴河北任教，在四处奔波、风雨飘摇的人生中，广泛接触了社会，了解了民众疾苦，领会到戏剧创作的大方向。

在北京大学就读期间，马健翎常去戏院看戏，梅兰芳、程砚秋、荀慧生、尚小云等表演艺术家的戏无一不看。当时他经济十分艰难，一次为了买戏票，竟在寒冷的冬天当了自己的一件棉袍。这件事被同学们知道后，大家凑钱才把棉袍赎了回来。

二

抗战爆发后，马健翎回到陕北，在延安师范任教，并组建乡土剧团，自己兼任编剧和导演。这期间他创作了多部话剧、秦腔，极大地鼓舞了民众抗日热情，其中秦腔《中国魂》久演不衰，成为他的代表作。紧接着，在毛泽东倡导下，马健翎与诗人柯仲平一道，成立陕甘宁边区民众剧团（今陕西省戏曲研究院前身）。

对现代人来说，马健翎的名字已相当陌生，但提起他创作的戏剧作品，那真是如雷贯耳，戏迷们皆耳熟能详。就拿《血泪仇》来说——堪称秦腔现代戏的经典——这出戏讲述了贫苦农民王仁厚一家老小从国统区河南到陕甘宁边区的艰难经历，其中"手托孙女好悲伤，两个孩子都没娘"唱段，凄怆苍凉，激昂悲愤，流传甚广。眉户剧《十二把镰刀》则描写了陕甘宁边区青年铁匠王二、桂兰夫妇，为支援部队生产，通宵达旦赶打十二把镰刀的故事。全剧只有一场，两个人物，故事结构简单，给观众留下了剧情集中、人物单纯、主题鲜明之感。除此之外，马健翎创作的《一条路》《穷人恨》《大家喜欢》《保卫和平》《查路条》等秦腔、眉户剧，唱词真切质朴，生活气息浓郁，极大地鼓舞了民众的抗日热情，成为传唱近八十年的"红色经典"。

"你从哪达来，从老百姓中来。你又往哪达去？到老百姓中去……"民众剧团团歌中的"民众意识"，使马健翎的创作贴近大地，与民众相通。他的作品传递着底层老百姓的生命呐喊之声，引发了整个陕甘宁边区乃至所有解放区军民的情感互动。

马健翎既是一位多产的现代戏作家，又是一位创作历史剧、改编传统戏的能手。1942年到1948年，他编写、改编的戏曲作品就有《打渔杀家》《葫芦峪》《王佐断臂》《回荆州》《斩马谡》《金沙滩》《反徐州》《八大锤》《顾大嫂》《鱼腹山》《伍员逃国》等十多部。这些剧作情节感人，语言生动，人物形象丰满，在陕甘宁边区和各抗日根据地广泛演出，产生了深远的影响。毛泽东、周恩来、朱德等领导人曾观看过部分戏剧的演出，给予了热情支持和鼓励，马健翎也被边区政府授予"人民群众的艺术家"称号。

三

中华人民共和国成立后，马健翎担任西北戏曲研究院（今陕西省戏曲研究院前身）院长，此时，他的创作从现代戏转为历史剧。在陕西广大地区特别是乡村，传统戏可谓久演不衰，其中的人物、情节以及前辈演员的表演都令广大戏迷津津乐道。改编传统戏，如何保留精华，去其糟粕，便是一件需要十分谨慎的事，高手往往能在保持其原汁原味的同时，"化腐朽为神奇"。

陕西乡间形容女子娇媚，多称其像"胡凤莲"，夸小伙子长得帅，就称赞他是"田玉川"，这两个在陕西家喻户晓的戏剧人物，出自秦腔经典剧目《游龟山》。《游龟山》原名《蝴蝶杯》，1932年由西安易俗社赴北平首演。1952年，马健翎将两本《蝴蝶杯》改编为一本《游龟山》，去粗取精，使剧情更为紧凑，人物形象生动传神，该剧本在第一届全国戏曲观摩演出大会上荣获剧本奖。在那次观摩大会上，西安易俗社十八岁旦角演员肖若兰因主演《游龟山》中的胡凤莲一角，一举成名。而《游龟山》之《藏舟》一折中"耳听得谯楼上二更四点，小舟内难坏我胡女凤莲"委婉细腻的唱段，更成为肖派代表性唱段，显示了马健翎剧作诗情画意的浪漫之美。像《游龟山》这样成功的改编还有很多，如改编传统戏《四进士》《太平庄》《游西湖》《窦娥冤》《赵氏孤儿》等。几十年来，这些剧目盛演不衰，既成就了马健翎，也成就了众多的秦腔名角。

不论是现代戏还是改编传统剧，经马健翎之手推出的秦腔、眉户、碗碗腔何以如此受群众欢迎，成为后人难以超越的高峰？有专家认为，马健翎的创作实践所留下的最宝贵经验是：戏曲必须走大众化的路子，既要反对庸俗，更要反对一味地雅化。据说马健翎每次创作完稿后，先要将剧本念给炊事员们听，如果这些人听不懂或者不喜欢，他就会反复修改，直到他们点头为止……

著名剧作家陈彦认为，马健翎不仅在艺术上独领风标，更是一位懂行的卓越管理者。"他1941年从柯仲平手中接过民众剧团大旗，1949年率团奉调进入西安，尽管当时身兼诸多重要职务，但他始终认为唯有'扎扎实实搞戏才是本行'，为此他甚至放弃更高的职务升迁。"

陈彦认为，马健翎先生管理的核心，第一是"先把人拢到一起"。他的这种人才观，不仅把西北五省区的众多戏曲精英"拃在了一堆儿"，还把远在福建的著名国画家蔡鹤汀、蔡鹤洲兄弟都吸引来为剧团"画布景"。第二是"观众不买账啥都不顶"。这不仅是一种创作指导思想，更是一种市场经营理念。第三是"一棵菜精神"。所谓"一棵菜"，就是一台戏的演出要像一棵完整的大白菜那样有向心力、协同力和协调性。这三点便是马健翎先生获得创作与管理双丰收的根本经验。加之他真正地爱戏、懂戏、用生命滋养戏的情怀与精神，最终把一个"十几个人、七八条枪"的"乡土剧团"，带到了集研究、教学与示范演出于一体的"西北戏曲最高学府"的艺术高地。

四

生活是马健翎戏剧创作的源泉,也是他悟出现代戏舞台上"像与不像"的根本。

著名秦腔表演艺术家吴德回忆说,20世纪50年代,为了从生活中汲取更多的创作素材,马健翎先生甘愿长期住在离西安城约三十里的长安县贾里村,以此作为他和剧院演职人员长期深入生活的创作基地。"他带着我们深入农村体验生活,将现代戏的表演课堂带到现实生活中。他要求我们广泛地和农民交朋友,并将自己的见闻或感到有趣的人和事随时记录下来,作为创作的素材和资料。同时这也是作业,必要时,他要亲自抽查。"当时农村条件艰苦,为了改善演职人员的伙食,有一次马健翎院长拿出自己的稿费,叫人到西安饭庄买了一蒲篮腊牛肉送到贾里村,让大家十分感动。

吴德至今记得,马健翎院长当时就住在贾里村一孔经过简单修整的破窑里,离窑门二十米就是滔滔河流,河水清澈,鱼虾游弋,不远处就是满目青翠的终南山。马院长又让人在院里栽些桃树、杏树,便对这个创作环境很满意了。离贾里村不远,就是著名作家柳青写作《创业史》的生活基地——长安县皇甫村。柳青也是当时陕甘宁边区民众剧团的文化教员之一,和马健翎曾在一个锅里搅过勺把,他们是无话不说的老同事、老战友。当年,马健翎和柳青经常在长安相聚,谈论文学艺术。

1965年,是马健翎生命的最后一年,这年,戏曲研究院排练眉户剧《雷锋》。参加演出的戏曲名家焦瑞霞清楚地记得,当时身患重疾、疲惫不堪的马健翎先生就躺在排练场的一张光板床上,看着演员们排戏。有一场是生病住院的雷锋不顾护士劝阻,非要去救火的戏,正当大家作难这场戏怎么处理时,躺在床板上的马健翎突然站起,几步走到窗前,一跃从面前一米多高的窗户跳了出去,给演员们做示范,全然忘了自己身患重疾。在场的所有人都惊呆了,随之茅塞顿开。

2006年，马健翎先生百年诞辰的前一年，陕西省戏曲研究院决定为他立一座雕像，永远纪念这位人民艺术家。雕像落成后，研究院几代艺术家纷纷赶来观看，大家感叹说："老院长永远不会走了。"几十年后的今天，马健翎先生创作改编的众多剧目依然流传于西北大地，一代又一代演员在舞台上塑造着他剧本中的角色，践行着高台教化的职责，这就是艺术的力量。

对话樊洲

樊洲,著名画家,先后师从"长安画派"领军人物石鲁及康师尧先生,擅长山水、花鸟创作。他扎根秦岭,将目之所及、心之所感,以画笔呈现,所作秦岭山水画具有独特的风姿面貌。炎夏,我应邀至山中,求教于先生。

周媛:您早期曾认真研习临摹历代大家作品,对于传统绘画理解颇深,在后来的创作中又不断摸索创新,最终形成独特的绘画语言,您认为这种实践的意义在哪里?

樊洲:没有形成自己的绘画语言,终其一生停留在学生状态,画家当中这种情况很普遍。中国山水画发展一千多年来,集合了许多前辈的智慧,达到了相当高度,但发展空间依然很大。这犹如人类现在认识宇宙的有限,再认识的空间很大。

真实地表达对人生宇宙的认识,发现绘画表述的新域,提供新的图式,扩展绘画的疆域,这是艺术家的天职。我从小修习中国绘画,立志为中国绘画发展尽力。传承中国文脉,发扬中国文化,是情结也是使命。几十年的探索试验中,我始终对中国文化精神不离不弃,希望走出一条沿着中国绘画文脉有所发展的新路,但在发展上有所作为谈何容易!有对人生宇宙大彻大悟的境界,有对人类文化的全方位了解,有绘画专业达到相当高度的功力,才算具备发展条件。大约有两条路线切实可行:一是在现有高度上超越;二是发现新领域。不论走哪条路,能做

出点滴成绩已难能可贵了。新的艺术形式，必然是经过了许多思考与实践后创造的，时机到来自然瓜熟蒂落，水到渠成，但它的学术含量是需要历史检验的。中国绘画体系延续了数千年，虽然近百年遭遇冷漠，但文脉并未断绝，现在与将来，仍会有许多具备鉴赏力且有诚敬心的智者耕耘于此，有价值的创造必然会随着时光的推移放出光彩。

周媛：笔墨及笔墨结构之美是中国画创作的精要所在，您的代表作《深水静流》《上善若水》等是否通过不同寻常的笔墨结构，体现了一种气质和精神？

樊洲：笔墨的高难度是中国绘画体系衡量画家水平的标尺，人生境界也很重要，阳春白雪因其高，必然和者寡。笔墨包含了作者的学识、修养、才情及人生境界，行家里手才能体会认知。王子武先生的笔墨高度在专业界是有共识的，他的作品将西方造型理念和中国笔墨完美结合，是20世纪中国人物画的里程碑。我从艺五十年，前四十六年的修为只能算是铺垫。2009年体会到大山的内在结构与律动，发现了曲线交织画法，有了自己独创的绘画语言，才算成了一个真正意义上的画家。常年在山里看山画山，在山水云雾间与大自然亲近，对道释思想有了深层体验，自然就有了世外气象。这种现象一方面是主观追求，另一方面是生存状态使然，真实的画家必然会通过作品表达出内在的气质与精神。中国文化认为水性至大，如水聚强势、水柔通达、水利万物、水流不腐、水静深流、水流有序、水形万象、水清至察、水滴石穿和水蓄巨能等内涵，用曲线交织画法能很好地表现，所以，2009年以来我画了许多以水为题的作品，用以表达我对水性至大理念的认同。

周媛：中国山水画南宗、北宗的两位开宗者王维与范宽都是在终南山成就的。您在终南山隐居实修二十余年，对山水绘画最本质的体悟是什么？

樊洲：真正的绘画是表现内在世界，是表现事物的活力、运动以及韵律，绘画的高境界是和大自然的创造力融会，这样才能超越套路的层次步入化境，作品才能洋洋洒洒，气象万千。新世纪山水画如果还停留在"卧游""澄怀味象",就谈不上发展,这些古人早就做到了。

周媛:您开创的韵律山水及曲线交织画法,体现了音乐与绘画的贯通,这是否跟您长期研习古琴有关?

樊洲:因为操弄古琴,玩味音声,我才体验到所有艺术的高境界具有音乐的属性,是表达事物的内在律动。巴赫的音乐我最喜欢,表达了无法言传的宁静与和谐。抽象绘画最接近宇宙本体,我在这些作品中获益良多。曲线交织画法使山水画创作超越了事物表象的描述,音乐的元素在其中起了重要的作用,给观赏者提供了自由想象感悟的空间。这点与传统绘画不同,开拓了新的领域。

周媛:一个大艺术家既要有雄厚的绘画功力,更要具备丰厚的文化修养,您几十年研修自省,对此是否有着更深的理解?

樊洲:把学养比作筑基,犹如金字塔结构,底盘越大,塔尖越高。但学识修养再深厚也有局限。大象无形,大音稀声,个体生命与创造万物的宇宙本体融会,方为大道!

周媛:当下绘画风格呈现多元化,您是否会一直坚守作品的宏大气象和纯正品格,继续保持清静悠然的生存状态?

樊洲:韵律山水充分地传达了中国文化精神。这些作品吸纳西方抽象艺术的理念及古琴音乐的品质,包括太极拳阴阳转换连绵不断的意态,回归中国绘画传统,这种回归是在哲学和美学的高度审视下的回归。我会继续保持清静的生存状态,继续完善曲线交织画法,坚持画下去。

《秦腔》·听雪·读人

——与贾平凹聊创作

正是春节前,古城西安的雪特别多,纷纷扬扬的。一个寒冷的冬日,我如约走进贾平凹先生的书房。他刚起床,正端着一杯茶品着,见了我便说:"又下雪了,好得很!"像以往一样,他书房的门窗是紧闭的,窗帘是一年四季拉着的,屋里开着灯,客厅中央两只直径足有一米的汉代陶罐里燃着香,映衬得满屋的古董——瓷器、拴马石、香炉、佛像氤氤氲氲。"你怎么知道下雪了?"我好奇地问。"我听见了。"他缓缓道。

这就是贾平凹,一个才气逼人、神秘莫测的著名作家,你永远不知道他心里在想什么。对此,他解释说:"其实作家的习性,包括长相、为人等等跟读者并没有多大关系,要了解一个作家,最好的办法是看他的作品。""但是我,包括很多读者,对你这个人都很感兴趣。"于是贾平凹让我坐在高档皮沙发上,他则坐在我对面的一个小板凳上,点燃一支烟,说道:"那你就问吧,你问啥我回答啥。"

一

贾平凹已出版了十六部长篇小说,其中他最钟情的还是《秦腔》,这部作品让他获得了一个作家在中国长篇小说界的至高荣誉——茅盾文学奖。至今,《秦腔》出版已超过十年,回过头看,这部小说依然饱满动人，可以说是贾平凹文学创作里程碑式的作品。于是我们的叙谈就从《秦腔》开始。

秦腔是中国最古老的剧种之一，主要流传于西北五省，在三秦大地，特别是广大农村具有极强的生命力。逢年过节，亲人去世吼唱秦腔是秦人表达快乐、倾吐悲酸的最佳方式。

小说《秦腔》并不是写戏台上所唱的秦腔，它解读的是中国农村的历史，以凝重的笔触，讲述了农民与土地的关系及新时期农民的生存状态。

"当时你怎么想到要写这么一部长篇？"

贾平凹稍作沉思，说道："对于西北的农村、农民和土地，我是非常了解的。土地供养了我们一切，农民善良而勤劳。但是，长期以来，农村却是最落后的地方，农民是最贫困的人群。中国的改革开放最早从农村开始，土地承包责任制实行后，农村确确实实发生了翻天覆地的变化。那时到农村去，你能感受到一种蓬勃的有生气的东西，所以我早期写了《腊月·正月》《鸡窝洼人家》《小月前本》和《浮躁》，那真是用源自生命的喜悦心情去写的。但是这么多年过去了，农村仍滞止不前，出现了更复杂的问题，农民的生存是很艰难的。我去过许多农村，尤其对故乡的事更清楚。对于农村、农业和农民的认识与以前绝不一样，有一种悲凉的东西常在我心头。我忧患，又矛盾，又无可奈何，总想写写我感受到的东西。"

在陕西东南，沿着丹江往下走，到了丹凤县和商县交界的地方，有个叫棣花街的村镇，那就是贾平凹的故乡。他出生在那里，并一直长到十九岁。"我感激故乡给了我生命，把我送到城里。每想起故乡那衰败的老街，那老婆婆在院子里用湿草燃起熏蚊子的火，火不起焰，只冒着酸酸的呛呛的黑烟，我就有种强烈的冲动要为故乡写些什么。我以前写过，那是整个商州，真正为棣花街写得太零碎太少。我清楚，故乡将出现另一种形状，我将越来越陌生。我决心以这本书为故乡树起一块碑子。"

与《浮躁》式的现实主义，《土门》式的象征主义、神秘主义，抑或《高老庄》式的自然主义相比，贾平凹认为《秦腔》万变不离其宗，但在叙述角度上、文字上，绝不同于以前的作品。《秦腔》写的是一堆鸡零狗碎的泼烦日子，是还原了农村真实生活的原生态作品。贾平凹在写法上取消了长篇小说惯常所需的一些叙事元素。使用这种写法，作家是要冒一定风险的。

"我不敢说这是一种新的文本，但这种行文法我一直在试验，以前的《高老庄》就这样，只是到了《秦腔》做得更极致。"贾平凹打比方说，"在时尚于理念写作的今天，时尚于家族史诗写作的今天，我把浓茶倒在宜兴碗里会不会被人看作是清水呢？穿一件土布袄去吃宴席会不会被耻笑贫穷呢？这样写长篇，难度是加大了，因为很多读者习惯翻着读，我担心他们会因为'没意思'而将之丢到尘埃里去。因此必须对所写的生活很熟悉，细节要真实生动，节奏要能控制，还要写得好读。弄得不好，是一堆没骨头的肉；弄好了，它能使生活逼真，使作品褪去浮华和造作。"

《浮躁》作为"商州系列"的第一部，奠定了贾平凹在文坛的实力派地位。而在《秦腔》中，他以凝重的笔触，讲述了农民与土地的关系、新时期农民的生存状态，解读了中国农村二十年历史。《秦腔》是一部"反史诗的乡土史诗"，有史诗般庞大的规模和厚重的质地。贾平凹用文字还原和营造了一个活生生的世界，对传统乡土是一种"回归与告别的双重姿态"。

二

说到读书，贾平凹说自己读的书比较杂，对喜欢读什么书说不上来。"因为读之前也不知道这书到底好不好，适合不适合自己，读了才知道。这就跟探矿一样，有些地方你费了很大劲，折腾了半天，却发现没有矿，但有功劳，至少知道了这个结果。我看书是乱看，有些书看过即忘，有些受用终生，就这样不断地淘汰，不断地选择。"

"我上大学后读的书比较多，'四书五经'虽没有系统看过，但通读了《古文观止》。30年代的作家如鲁迅、茅盾、沈从文的书都看过。相对而言，沈从文对我的影响更大一些。他的作品大气，我觉得我和他的气质相投合。我也喜欢张爱玲、三毛的散文,还喜欢略萨的《绿房子》。不知你有这种经历没有,在林林总总的作家和作品中,有些作品正好撞击到你的灵与肉,让你顺畅地走进作家的心灵,而人人叫好的作品不一定能感动你。这就好比肉是好东西,但不一定人人都爱吃。"

贾平凹说自己的作品"形式是民族传统的",但自己"骨子里则崇尚外国文学的东西"。他笑言,进城后自己也找来许多有影响的外国名著读,对托尔斯泰、屠格涅夫、泰戈尔、川端康成等等都采取"拿来主义",虽博览群书但"不求甚解",只寻找人家的长处为自己所用。贾平凹还有一个"怪癖",就是从不跟别人交流外国文学,因为他从不记也记不住作品中人物的名字。"那些名字太长了,看书时能把名字跟人对上号就行,一讨论就露馅儿了。"

因为父亲,贾平凹及家人在"文革"中遭受非人的磨难,使贾平凹小小年纪就对政治产生恐惧。对于公开出版的一些外国文学概论、外国文学译著,他自认其政治成分太浓;一些优秀的外国作品因种种原因并未被介绍到中国,他自己不懂外语,无法了解。他对《西方绘画史》《世界美术史》等书有浓厚的兴趣。"艺术方面的书翻译过来基本不走样,艺术没有国界。从这些著作中,我了解了印象派、象征派的绘画技巧,并在自己的作品中加以借鉴。"

贾平凹本人不会说普通话,任何场合,包括做客中央电视台都是一口土腔。他说:"听各地人说话,说话本身就是音乐,节奏旋律都在里边。有人说我的语言,读着木木的,嚼着筋筋的。我不喜欢张牙舞爪的语言,我主张憨一些、朴一些,这可能与我的性格有关。从作品的语言可见一个作家的气质、性格,他成长的环境,他的学识修养,等等。"读书时,他也特别留意别人的语言,对汪曾祺、孙犁、沈从文、周作人等大家的语言特别欣赏,但绝不照搬。

他在读书,也在读人。他这样调侃读书人:"好读书必然没有好身体。一是没钱买蜂王浆,用脑过多头发稀落,吃咸菜牙齿好肠胃虚寒;二是没权住大房间,跟孩子争一张书桌,心躁易得肝炎;三是没时间,白日上班，晚上熬夜，免不了神经衰弱。读书人上厕所时间长，那不是便秘，是蹲坑读书；读书人最能忍受老婆咕囔，也不是脾性好，是读书人入迷两耳如塞……"

三

"当你感觉到身体的某一部分存在的时候，这一部分就病了；当你一个人在山谷里行走唱起歌的时候，心里就惶恐透了；当你知道了一个熟人的好处的时候，他一定是死了……"许多人只把贾平凹看作小说家，其实他是从写诗起家的。他的第一首诗登在20世纪70年代初丹凤县苗沟水库的《工地战报》上，他担任《工地战报》的"主编"是他文学生涯的开端。他的诗通晓直白，表现平淡，内涵朦胧。谁都能看得懂，但不同人有不同的体会。他有一首小诗，题目叫《题三中全会以前》，只有十四个字："在中国，每一个人遇着，都在问：'吃了？'"再如《单相思》："世界上最好的爱情，是单相思，没有痛苦，可以绝对勇敢。被别人爱着，你不知别人是谁；爱着别人，你知道你自己。拿着一把钥匙，打开我的单元房门。"

贾平凹是作家，但他主要的经济来源却是书画，写一幅字都是明码标价，这就让人有了贾平凹贪财、吝啬的说辞。他苦笑道："这也是不得已的法子，来求字索画的人太多，多得已经打乱了我的正常生活，这样做是为了挡住一些人。但效果不明显，该来的还来，一个不少，反倒得罪了不少人。"自干起这个"第二职业"后，贾平凹也不得不承认："比写作来钱快多了。"

贾平凹是一个很重情义的人，因此朋友很多，上至高官，下至普通百姓，三教九流，无所不包。几乎与《秦腔》同时面世的是贾平凹的散文集《朋友》，他在《朋友》一文中写道："我在乡下的时候，有过许多朋友，至今二十年过去，来往的仅有一二，八九皆已记不起姓名，却时常怀念一位已经死去的朋友。我个子低，打篮球时他肯传球给我。……在名与利的奋斗中，我的朋友变换如四季。走的走，来的来，你面前总有几张板凳,板凳总没空过。……有危难时护佑过我的朋友,有贫困时周济过我的朋友,有帮我处理过鸡零狗碎事的朋友,有利用过我又反过来踹我一脚的朋友,有诬陷过我的朋友,有加盐加醋传播过我不该传播的隐私而给我制造了巨大麻烦的朋友。……最难处理的是那些想帮我忙却越帮越乱的人。……地球上人类最多,但你一生的交往最多的却不外乎方圆几里或十几里,朋友的圈子其实就是你人生的世界,你的为名为利的奋斗历程就是朋友的好与恶的历史。"

不过贾平凹还是喜交朋友,他认为朋友多多益善。朋友是春天的花,冬天就都没有了。朋友不一定是知己,知己不一定是朋友。要生活就不能没有朋友,因为出了门,门外的路泥泞,树丛和墙根又有狗吠。

贾平凹每两三年甚至一两年就有一部长篇问世,他旺盛的创作力使人惊叹。"为什么要不停地写?因为我觉得我还能写,就一部部地写下去。我现在的精力、人生阅历和写作条件可以说都是最佳状态,我自认性格懦弱内向,不善言谈,不喜交际应酬。对生活有了新的思考,我总习惯拿起笔。这两三年我想到陕南陕北走走,采采风,积累一些创作素材。"

早在1982年,著名作家孙犁为贾平凹散文集《月迹》作序,就称赞他"是一位勤勤恳恳的人"。他写道:"他的产量很高,简直使我惊异。我认为,他是把全部精力、全部身心都用到文学事业上来了。……他像是在一块不大的园田里,在炎炎烈日之下,或细雨蒙蒙之中,头戴斗笠,只身一人,弯腰操作,耕耘不已的青年农民。"

盛 沉 其 人

他没有啥身份，甚至没有一个领工资的单位，他只有一张身份证，上面的名字是：盛沉。

在当下，如果没有一点社会身份，对一个画家来说意味着尴尬和不被认可，但盛沉不以为然。他说这一切都是自己的选择，他的理想就是当一个纯粹的画家，不受约束，四海为家。当然，他也难免孤单、寂寞、烦躁，这时他就会走向画布，在上面一层一层地涂抹油彩。

初冬的一个午后，我驱车一个多小时从城里跑到西部大道上的一间画室，专程去看盛沉。我们认识三四年了，此刻的他跟早先并无变化：一头乱糟糟的自来卷，衣服上沾着灰尘和颜料，表情木讷，漫不经心，只是说到他感兴趣的话题，眼睛才会突然显出神采。画室里堆满了已经完成或未完成的油画，至少有百余幅。盛沉说："我的情感都在画里，我每天拼命地画，就想画得好一些。"

盛沉的画反映的多是西部乡村的景致，乡间的土墙、窑洞、麦草垛、玉米秆，还有流淌的河、成排的树、辛劳的农人……在他笔下逼真而生动，又透着苍凉的气息。一年里，盛沉有一多半时间都开着他那辆硕大的破车奔波于乡间的沟沟坎坎，没有尽头，不知疲倦，就像一头西部高原的牦牛拼命地吸收着生活的养料。著名油画家郭北平曾评价说：盛沉的笔下终有些"苦涩"，绝无甜烂圆熟的媚世，这和他的经历和气质有关。

1969年岁末，盛沉出生在甘肃庆阳宁县一个普通农家，他从小能吃苦，上地干活下沟挑水，就是没画过画。

盛沉是在县城上的高中。高二时，班上有个同学喜欢画画，常背着个大大的绿画夹。盛沉对此非常好奇和羡慕，于是被"拉拢"着也去画画。后来，以画画为由逃课成了家常便饭：他整天和班上的"坏孩子"混在一起，因为他们甘愿给他当"模特"。折腾几年，终于考上了位于兰州的西北师范大学。

盛沉学的是美术教育专业，1994年大学毕业后，他到西安一所小学当美术教师，这样他才有了西安户口。五年后，一心想闯画坛的盛沉在没有任何门路的情况下，从学校辞职了。用他自己的话说，"不想给自己留任何后路"。

以为靠着一支画笔就能闯天下，但残酷的现实很快击碎了他的梦。由于没有生活来源，他不得不为商家画广告牌、刷标语，偶尔也带带课，当几天家教，甚至还办过一家公司，不过三个月就关门了。

辞职后才知道工作对一个人多么重要。长达三年无事可做，两次考研因英语没有通过均落榜。曾经拿画笔的手，为了生活，每天在菜市场挤在老头儿、老太太中间挑土豆，绝望的心情无以言表。偶尔也会一手抱着孩子一手拿画笔胡乱涂画。"当时，画什么，怎么画，心里都是茫然的，画的画也毫无章法。"

这时，一个人出现了，改变了他的人生轨迹。那就是我国著名油画家朱乃正。

2002年，朱乃正一路从青海写生到庆阳。盛沉闻讯后从西安赶过去跟随两天，见到了朱乃正的整个写生过程。"原来画画是这样的！"盛沉说自己忽然"开窍"了。朱老师还耐心地给他改了画，评价他的画很"质朴"。那一刻，他的绘画热情一下被激发出来了。同年9月，盛沉考上西安美术学院的研究生班，导师就是著名油画家郭北平。入学后他感觉到，虽然师范毕业了，但画画还没有真正入门。那段时间，他如饥似渴地画了比大学四年还要多的画，毕业作品还获了奖。这对于曾经深陷绝望的他来说，真是莫大的鼓舞。从此，画画成了盛沉唯一的谋生手段。

在我认识的画家中，盛沉是外出写生最频繁、时间最长的一个，而且多是一个人默默跋涉。从甘肃到青海，从陕北高原到内蒙古，山西、安徽、河南、西藏……一走就是两三个月。长期的风吹日晒，加上满头乱卷，不修边幅，盛沉一副"落魄"样儿。

开始没有车，外出写生他都坐长途车，自己背着行李、画夹，流连于荒漠戈壁，吃住在当地老乡家。每到一地，白天写生，晚上养精神，跟农民一样日出而作，日落而息。

有次在甘肃山丹县写生，一早睡醒，发现瑞雪初晴，景色出奇，盛沉顾不上吃饭，抓起画夹奔向屋外。选好景，他席地而坐，专注地画起来。很快，四周挤满好奇的孩子。临近中午，他忍不住嘟囔："哎呀，快饿死了！"过了一会儿，一个孩子给他送来一个足有两斤重的大馒头，并指着远处一个穿红衣的小女娃说："是她叫我送的，她不好意思过来。"像这样的事，每次写生都能遇到。于是，写生途中的艰辛和寂寞，常常被乡间独特的景致、乡民的善良淳朴化解。

2007年，盛沉沿河西走廊天水、兰州、武威、张掖、酒泉、嘉峪关写生，一路画了近百幅画。同年，他以"永远的西部"为主题在西安举办首次个人画展。恩师郭北平特意写了《感动河西》作为画展前言，评价说，盛沉的画，无论是人是景，都刻上了一种悠长的人性的印痕，看上去自然、亲切、感人。

展览结束，盛沉在朋友劝说下卖了部分画作。他立刻买了一辆越野车，有了车，他就不用负重走路去画画，能随时外出了。

盛沉笔下的画总能跟儿时的生活联系起来，让人感受到生活中最本质的景观、最朴实的人。他说，当对绘画领悟到一定程度、理解到一定高度后，会发现生活中到处都是绘画题材，自己以往从未留意的景物非常入画。一个画家，对生活挖掘得越深，对绘画的理解就越深。

从乡村走向城市，再从城市回到乡村，盛沉一直在寻找心灵的栖息地。儿时熟悉的画面，土坡、柴堆、窑洞、麦垛、池塘、野花……无不留下人生活的痕迹，承载着几代人的情感命运，而这些都作为"落后"的象征濒临消失。于是，盛沉的画中又弥漫着苦涩的味道，透着沧桑的色彩，充满着对乡土的眷恋。

盛沉的画风受到业界的关注，也获了不少奖。之后应酬多了，不时被邀去参加朋友或大老板的宴请，吃一些昂贵的、稀奇的东西，他常因不会吃而成为别人的笑料。于是回家就着花生米喝老白干，醉了就睡，睡醒就画，觉得这才对味，这才是他想要的生活。

画作成堆，塞满仓库，想要销毁的画也成堆，闲下来翻着看看，保留下来的无不凝结着真挚的情怀，像西部的音乐、戏剧一样苍凉而耐人寻味。2012年12月，他又举办了"渐行渐远的记忆——盛沉传统民居油画展"。这次展出的画作在技法上更娴熟了，画面饱满生动，极富艺术的张力。著名作家贾平凹看后说："无论是色彩还是构图，一下子让我感受到了强烈的震撼。这些画作表现了黄土高原中一些原生态的、朴实无华的内容，一种生命勃发之感在画面中尽情跳跃。我想，画家是用自己的生命体悟画出了这批作品。"

站在盛沉的画前，你能深切地感受到，他的画和如今许多绘画作品流露出的甜蜜安逸的氛围不同。其画中的黄土地不是雍容富贵的，而是贫瘠、困苦的象征，其中透出作者坚韧不拔的精神，从画面所涌动的情绪中能感受到画家内心的挣扎与呐喊。

画展座谈会上，面对扑面而来的赞誉，不善言辞的盛沉窘红了脸，但他心里是兴奋的。最后轮到他发言，他慢吞吞憋出三个字："吃饭吧。"虽然有了点名气，但他依然不擅长客套礼数、迎来送往。一个艺术家近乎固执地热爱艺术，其结果可能与时尚格格不入。但当你看到他的作品时，那种亲切的气息又会强有力地感染你。

朱乃正说他质朴，贾平凹说他豪爽，郭北平说他木讷，他说自己笨拙。而我认为，盛沉的性格决定了他的画"虽土而不俗，景简而意远"。其画最大的特点是以意抒情，注重景物的灵魂和内在的神韵。盛沉自己说：一个人画画，经常有思维阻塞画不下去的时候，但他从未想过放弃；有时灵感四溢，自己想要表达的都展现在画里了，就觉得很幸福。

站在自己的画作旁，盛沉说："其实一幅画直观呈现出来的东西很少，更多表达的是画家对生活的体会，是大自然、是生活提供了丰富而美妙的绘画对象，画家通过心灵的过滤、情绪的把控，把最精彩的东西留在画面中。"

盛沉又要出一本油画集，这是他对自己近几年绘画生活的一次总结。之后，他又要出去写生了。

鸿儒良医武之望

三九的一天,我们一行冒着严寒,专程来到阎良区武屯镇,寻访一代儒医武之望先生的遗迹。

中国医药学堪称一座宝库,其历史源远流长,发展至明清时期,已日臻成熟,出现了门派林立、名医辈出、著述颇丰的鼎盛局面,武之望就是这一时期的杰出代表。

武之望(1552—1629),字叔卿,号阳纡,明代陕西临潼阜广里广阳屯(今西安市阎良区武屯镇广阳村)人,关中鸿儒,著名医学家。他博闻强识,著述颇丰,一生致力于医学研究,造福苍生,先后有《济阴纲目》《疹科类编》《济阳纲目》等近二百万字的医学著作问世。他热爱桑梓,编纂的《临潼县志》和倡建的栎阳桥保存至今。

在家乡武屯镇广阳村,武之望的大名可谓家喻户晓。四百多年来,当地百姓对这位名医大儒的事迹一直津津乐道。如今已年过九旬的武之望十二世孙武也夫先生说,除医学成就外,先祖武之望在政治、军事、方志、文学、音律、书法等方面也颇有建树。"我幼年时,家道虽已中落,然家中尚有先祖医著等古籍数百册、明清字画数十幅,皇帝圣旨、古玩多件,《武氏族谱》一套。可惜'文革'中这些珍贵遗产连同先祖塑像、墓园被毁无余,每念及此,无不心痛怆然。"改革开放以来,武之望的医著被多次再版,其学术思想引起医学界的重视。

"地以人而名贵,人以地而扬名。"据专家考证,武之望的先祖世居陕西白水县,后因战乱迁居至阎良区武屯镇广阳村。广阳村北曾是秦汉栎阳城所在地，因商鞅在此变法而闻名。其南有清河，北、东两面为石川河，"两水环抱，中据其胜"，可谓一方灵秀之地。武之望出生在一个耕读之家，从小经史子集无所不读，尤喜司马迁和苏东坡的文章。其族叔武带川时为当地名医，精通医术，武之望常求教于他。

明万历十六年（1588）八月，武之望在西安西门内的陕西贡院参加乡试，一举考中解元（乡试第一名）。次年春，他赴京参加会试、殿试，考中进士。1590年，武之望走上仕途，任霍邱（今安徽省霍邱县）县令。武之望上任后，缩减公费开支，减轻人民赋税，使百姓安居乐业，连偷盗者都绝迹了。他离任后，当地民众为其建立生祠以纪念。

武之望是关中人，他长什么样呢？据康熙本《江都县志·名臣传》记载："之望长身玉立，丰采映人。政和教肃，士民安之。"他身材高大挺拔，风度超群，一身正气，对上不谄媚，对下不傲慢，磊落果断，许多人想找他走后门都碰了壁。武之望因政绩卓著被提拔到吏部，任考功司主事，次年调任吏部文选司主事。此时的他意气风发，荣归故里时也让村人十分羡慕。

然而好景不长。在吏部任职期间，武之望因"生平正色，立朝不为朋党，遇事独断，曾不依违两可"，遭到排挤，后调任南京兵部车驾司主事。官场的复杂斗争，使他苦闷不已，遂称病回归故里，时在1603年。

回到家乡后，武之望闭门苦读，潜心研究医学，为民诊疗。他撰写的五卷本《济阴纲目》存医案多例，足见所下功夫之深。万历三十四年（1606），家乡麻疹肆行，发病急骤，幼儿均患，农村无医无药，乡民愁苦不堪。武之望的一个孙子年仅两岁，也患此疾，全家人心急如焚。武之望到处寻找医书，发现管橓所著《保赤全书》后，如获至宝。他认真研读，检索处方，配了几剂药给小孙子服用后，没想到麻疹透发，热退病愈！武之望用同样的办法为家乡儿童治病，无不药到病除，一下救活了近百名儿童。一时间，他的名声传遍四野八乡，求医者络绎不绝。

"海内登坛思国士，中朝题柱记仙郎。"正如武之望归故里时，其

好友陈邦瞻在南京送别他时所作的诗句一样，朝廷没有忘记这位忠臣，准备二次起用他。1609年，也就是武之望回故里的第六年，他复出了，再次担任南京兵部车驾司主事，同年任兵部员外郎，次年任郎中。在之后的几年，武之望不断被委以重任，然而由于官场争斗、同僚倾轧，性格耿直的武之望难以立足。1626年，他一连三次上疏乞休，皇上恩准他回乡养病。1628年，武之望病假已满，再度复出，出任都察院右都御使兼兵部侍郎，并总督陕西三边（陕西、甘肃、宁夏）军务，可谓位高权重。

三边总督号称"天下第一军门"，故里群众至今仍尊称武之望为"武军门"。当时总督府设在宁夏固原，武之望本想凭自己的才干整饬边防，安稳民心，报效国家，但当时明朝廷已是国库亏空、腐败滋行，致使百姓赋税沉重，流离失所，农民起义此起彼伏，社会动荡不安。这一切，让年届七旬素来体恤民疾的武之望忧郁成疾。崇祯二年（1629）三月十二日，武之望在宁夏固原三边总督府病逝。他去世后，归葬故里，被祀为乡贤。

武之望生活在明代后期，当时政治黑暗，朝纲不振，他在极其复杂的社会环境中度过一生。他三度出仕，宦海沉浮三十余年，最终以其正直清廉的形象留在世人心中。

武之望不仅是一位大儒忠臣，更是一位解民于危困的良医。不论是回乡休养期间，还是戎马倥偬的任上，他从未放弃医疗实践和著书立说，最终成为杏林一杰。

在武之望的家乡，至今还流传着许多有关武之望为群众诊疗疾病的逸闻趣事。临潼区交口街道的贺定一先生讲述过一个武之望"移搭手"的故事。说是明朝时当地有个人叫刘诚，长年在兰州做生意，有一年回家过年，让武之望给他检查身体。武先生说："你身体眼下虽然很好，但七八月间要害搭手病。"搭手就是背部生疮。刘诚听了很紧张，但他还要回兰州做生意，不能在家久待。武之望说："我把疮给你移到小腿上，兰州医生如果当一般疮给你医治，千万别治，谁认定是搭手，才能治好。"到了七月底，刘诚小腿上果然生了一个疮，当地许多医生都认为是一般疮，只有一个落魄的乡村医生认出是搭手病，并对移搭手的名医赞不绝口。刘诚的病治好了，而武之望妙手移搭手的事也在医界传为美谈。

作为关中名儒，武之望的文学造诣颇深，有不少精美的诗文留存于世。有一年，武之望登上临潼骊山，放眼四望，吟诗一首："苍翠郁嵯峨，石根带薜萝。龙蛇巢树杪，虎豹宿山阿。夕照穿林迥，芳菲铺地多。巉岩迷去路，隔巇听樵歌。"被当地诗人所推崇。

武之望一生坎坷，他为官、从医，就是渴望营造朗朗乾坤，解百姓于病痛之中，然而现实的污浊让他忧愤难抑，他曾作《初秋有感》一诗表达这种心情："我爱秋天好，人嗟生事亏。郊园资虎豹，血肉厌狐狸。竭泽鱼堪痛，焚林鸟尽悲。倒悬阿日解，一问为凄其。"

个性耿直的他，在许多诗作中表达了对无辜遭贬的愤愤不平，对当权者良莠不分的谴责，更透露出对前途的迷惘担忧，以及对人民的同情和对前贤的追念。

由于武之望学识渊博，官位显赫，清初武氏族人将他祀入宗祠。武氏宗祠在1862年于战乱中遭到毁坏，1914年，武之望的第九代孙武钧召集族人重修宗祠，使之成为当时临潼渭北地区最大的一座宗祠。历经岁月的沧桑，目前存世的仅有1917年武钧撰文的"临潼武氏重修宗祠碑"，碑身通高三米多，碑首上雕有螭龙，碑文已斑驳不清，碑座残损。此碑现存于陕西中医药大学医史博物馆。

村中老者称，曾在武屯镇泾惠渠上一水泥桥侧见到一块诰命碑，碑文系万历二十一年（1593）九月九日，武之望任江都知县时，皇帝敕赠武之望父母的一道圣旨。该碑原立于武屯街南武之望父母坟前，现被当地一村民收藏。

武之望墓在今阎良区武屯镇东约七里的中合村，现在此处已成村民宅基地，武氏后人准备出资重修，打造"鸿儒故里"文化名片。

位于阎良城区南六公里清河上的栎阳桥，为青石砌成，长三十米，是1627年武之望在家休养期间倡议修建的。当时清河水滔滔奔流，乡民们过河要来回摆渡，十分不便。栎阳桥方便了百姓出行，成为渭北的交通咽喉。之后栎阳桥历经数次加固整修，得到精心保护。

武之望博学广识，整编医著，解救人民群众于病苦之中；他热爱桑梓，"事关地方利弊，则慷慨切陈"，修志建桥，造福乡里；他为人平和，从不以才能势位欺压他人，品德高尚。武之望先生纪念碑如今矗立在阎良区武屯镇文化广场，由其后人捐资所建，同乡文化学者撰写碑文，成为人们追念先贤的所在。

肖焕先生画牡丹

与著名画家肖焕先生相识多年，敬重中有一种亲近。因为我们都是长安人，他家在子午镇，我老家在郭杜香积寺，离得并不远。肖先生年过八旬，仍常回家转转，一口地道乡音不改。有次说起长安，肖先生呵呵一笑，道："美院的刘永杰、茹桂也是咱老乡。"当然还有吴三大、崔振宽等众多名家。

长安是一块宝地，人杰物丰，自古出名人，仅书画界就名家辈出，把这方宝地闹腾得红红火火。幸蒙老乡前辈们不嫌弃，我与大家相处得颇为融洽。

有一天，肖先生从北京回来，嘱我到美院一趟。我知道，先生每天下午要好好睡一觉的，便在下午四点半赶到。在肖先生的画室里，他正跟画家陈联喜等人聊得开心，见我到来马上摆凳泡茶，看得出心情很好。先生此去北京，是参加全国政协的一个书画展。这是一个全国性活动，陕西有八人的作品入展，包括苗重安、王西京、肖焕、杨晓阳、郭全忠、潘炜等，"陕军"画作在京引起热烈反响。让肖先生高兴的是，这次赴京有夫人李老师相伴。"走前机票都订好了，你李老师就是不让去，她担心我的身体。"肖先生呵呵笑着说。自几年前查出患有"腔梗"，李老师对他照顾得更为精心，"看管"得也更严了。没办法，肖先生专门到交大一附院咨询，医生打包票说："放心去，没问题！"这下肖先生吃了定心丸，回家后再做夫人的思想工作。最终李老师还是同意了，但一路相陪，不离左右，让肖先生的北京之行特别开心。

"画展结束后，你李老师也跟着参观了鸟巢和水立方，那些建筑真是宏伟啊！"

肖先生的两位女学生在场，她俩一个是旅行社的老总，一个是医务工作者，业余时间跟着先生习画，颇有才气。寒暄已毕，肖先生提笔展纸，"给你画个牡丹，刚好她俩在场，我边画边讲"。这真是难得的机会。先生几笔勾画出牡丹的花瓣，他画的牡丹不但富贵大气，更有一种灵动活泼的韵味。他并不画满，而是留下几片空白。"再美的花也有阳光照不到的时候，对于牡丹来说，花瓣的形态并不是单一的，色彩也不同，有的亮一些，有的暗一点。"先生笔下的牡丹，有两片花瓣竟无色彩，只用红笔勾了个浅浅的边，看上去独有美感。我知道，这是先生首创的画法。

在我的印象中，喜画牡丹的人比比皆是，但笔下的花往往流于浓、俗、艳，反而遮掩了花的雍容之气。要知道，牡丹给人的感觉不光是"富"，更难得的是"贵"啊。正如一个人，非常富有但乏贵气，便少了些韵味。贵气跟金钱多少没有关系，它显示的是一种尊严、自律和沉稳。

"有时是花躲在枝叶背后，阳光照不到，有时是阳光照在花瓣上面反光，因此呈现在观者眼前的牡丹是不同形态的，并没有一定之规。这样才真实，显得有生机，不死板。"先生的话让我陷入沉思，花尚如此，人又何尝不是这样？正如生活中不会永远充满阳光和欢笑一样，"人生不如意事常八九"，心情阴郁的时候，看看肖先生的牡丹，看看那一片片虽生在同一枝杈上，但形状不同、命运各异的花瓣，便会释然。一位长者曾语重心长地说过："如果一朵娇艳的花，在别人还没看到时，就被一片叶子遮住了，而且是永远地遮住了，再无出头的日子，那片叶子成了花唯一的天，那又会是怎样的一番情景？"当时只为那花担忧，并不知道他是借花喻人。

离开肖先生的画室时天已微黑，我搀扶着老人家慢慢走出电梯，竟有一种舍不得离去的感觉。"您晚上有什么安排吗？"我轻声问。

"怎么啦？"先生一愣，关切地问道。"如果没什么事，我想请您吃饭。"肖先生哈哈一笑，道："我晚上吃饭很简单，你李老师熬了稀饭，菜是凉调萝卜丝，我晚上就吃那。""算啦，您别回家了，咱们去吃好的。"我坚持着。"不啦，我晚上不敢吃好的，不好消化，家常饭最好。"肖先生一直把我送到美院大门口，嘱咐道："以后有时间多来啊，小乡党！"我向他挥手作别，转眼便融入川流不息的人群之中。我知道，不论今后面对的是光明还是黑暗，生活都将继续……

让我为你唱支歌

——歌唱家郝萌的故事

很喜欢一首名叫《板蓝花儿开》的歌：

　　小时候山野里

　　春风吹来开满了板蓝花

　　我总是采几朵戴上我的头发

　　日日夜夜陪伴在我身边……

人们都知道板蓝根，而板蓝花却是一种不知名的花儿。它质朴、含蓄、深情，小小的花朵、淡淡的芬芳，在人们不经意时绽放。

每当听到这首歌，我就会想起一位青年歌手——郝萌，因为她就像一朵板蓝花儿。

一

郝萌是陕西省歌舞剧院歌剧团艺术总监，国家一级演员，尽管年纪不大，却是歌唱界年轻的"老革命"。她五岁开始唱歌，从陕西省小天鹅艺术团、西安市青少年宫一路唱下来，小小年纪就参加全国少儿歌手比赛，并拿到大奖，还曾代表国家出访演出，直至考入西安音乐学院声乐系。她的艺术才华，以及对音乐的独特感觉来自家庭熏陶。父母多年从事艺术工作，琴瑟和谐，让她耳濡目染，深受启发。在音乐学院，她师从著名歌唱家孟小师。进入陕西省歌舞剧院后，她又成为老一辈歌唱家白秉权的爱徒。

我认识郝萌之前,常听陕西音乐界人士提起她的名字。在许多大型活动中,也不时见到她的身影,只是她在台上引吭高歌,光彩照人,我在台下身心享受,开心不已。对于我来说,认识一个歌手,听她的歌就足够了。

搞艺术的人,与我们这样的常人相比,也许内心要丰富得多,他们会以一种独有的隐秘的方式,感悟世界,与生命对话,因此对人生、对爱理解得更深。郝萌演唱过很多首歌,包括《送你一个长安》《亲亲的老百姓》这样的名曲,都给我留下了深刻印象。

一个偶然的机会,我们有了一次深聊。卸下了舞台上的光环,她站在人面前就像一个邻家小妹。扎着马尾辫,皮肤光洁,不施脂粉,一双大眼睛机智灵活。她身上散发着阳光的味道,温暖淳厚,笑声朗朗。

就是这样一个率真朴实的姑娘,已在陕西省音乐界有着相当高的知名度。她曾获得文化部第十届群星奖陕西赛区一等奖,第十一、十二届CCTV全国青年电视歌手大赛陕西赛区金奖,还在2008年演唱北京奥运会陕西段火炬传递仪式主题歌。

在艺术的道路上,郝萌已奔跑了三十年,如今依然奋力地向着一个远大的目标前行。她的身上,展现了老陕的刻苦、执着、上进,她把全部的精力都奉献给了音乐。

二

郝萌的音乐专辑,收录的歌大多跟陕西有关,她尽情地表现了对这片热土的眷恋与挚爱。她的歌,有咏唱古都历史文化的《长安月》《送你一个长安》《有朋自远方来》《丝路追梦》《八水润西安》《西安是首歌》;有展现陕北风情的《我的陕北》《毛眼眼》;有讲述陕南风物人情的《画里洋县》《丹凤朝阳》《秦岭最美是商洛》《中华太极城》。她的歌还尽情赞美雄奇的山川,如《三月三上华山》《太白积雪最美妙》《望终南》;更展现迷人的地方特色,如《铜川谣》《请到我们韩城来》《洽川恋歌》……难得的是,这些歌都是原创!对于歌手来说,演唱原创歌曲要比翻唱经典老歌难得多,这一首首歌中,饱含着歌手对词曲的理解、诠释,每首歌都是歌手的二度创作,都凝结着歌手的情感体验。

伴随着郝萌高亢婉转、真挚朴实的歌声,人们惊喜地发现,陕西处处有佳话,放眼都是迷人的风光,山清水秀,物丰情浓。

而郝萌在演唱这一首首歌之前,也都要实地感受各地的乡情和淳美。在演唱《秦岭最美是商洛》前,她多次到商洛山中采风体验,那飘荡着泥土风味的山野清风,那神秘清幽的秦岭腹地,那憨厚淳朴的农人乡亲,让她深深陶醉。她在歌声中融入对这一方水土的爱,情真意切的表达,感染了无数听者。

2017年夏天,中国民间情歌大会在合阳洽川举行,包括降央卓玛在内的国内众多一流歌手云集洽川湿地爱情广场,在上万观众的欢呼声中,飙歌炫技,让一场晚会高潮迭起。郝萌上台了,一袭红裙,亮丽端庄,她演唱的是传扬海内外、陕西人耳熟能详的《送你一个长安》。她的演唱大气、淳美、豪迈、动情,每一句"送你一个长安",都将对长安的爱、对家乡的爱层层升华,每一个"送"字从她口中喷薄而出时,都伴随着她那富有神采的眼神、豪放的手势、婀娜的身姿,让观众对长安的自豪感油然而生。

"送你一个长安,一城文化,半城神仙……"在《送你一个长安》诞生后,许多歌手都演绎过这首歌,在许多人心中,郝萌是目前唱得最好的。她的演唱为何能如此情真意切,如此打动人心?除了高超的演唱技巧,更因为她在歌中融入了情感和爱的表达。

三

大型歌剧《大汉苏武》是陕西省歌舞剧院创排的继《张骞》《司马迁》之后"大汉三部曲"的压轴之作。排演前,许多人不相信郝萌能扮演苏武的妻子索仁娜这一重要角色,更有人担心她承担不了歌剧的演唱，把剧演砸了。对郝萌来说，这是她歌唱生涯中一次难得的机会，毕竟不同于以往舞台上只是演唱，这次要融入表演，实实在在地扮演一个角色，她感到了前所未有的压力，同时也有挑战自我的兴奋。

苏武的故事是一曲忠诚爱国的千古绝唱，舞台上呈现了苏武出使、遇劝降、受囚禁、被牧羊、获荣归等经典片断，十九个寒暑，他手不离大汉符节，对大汉忠贞不贰，渴饮雪、饿吞毡，展示了一个大写的"人"的人格光辉。这样一位英雄，怎能没有爱情？草原女儿索仁娜感动、感怀于苏武的拳拳之心和铮铮铁骨，深深爱上了他。她在点燃他生命之火的同时，也明白漂泊的游子最终还是会回到巍巍中原大地。

这部歌剧突出的使命是塑造英雄，展现爱国情怀，但也需要爱情，为全剧营造浪漫的气氛。索仁娜是全剧的重要角色，她美丽、柔情，又不失草原人的豪放。她的出现，让苏武在残酷的生存环境中感受到温暖，为他增添了活下去的勇气。索仁娜爱上苏武，但苏武最终离她而去，因此她和苏武一样，都是绽放了光彩之后的悲剧性人物。

扮演苏武的米东风年近花甲，与郝萌年龄悬殊，而郝萌也没有角色的生活体验，两人表演风格更不尽相同。但是郝萌经过与米东风上百次的磨合，与剧组上下无数次的沟通，终于成功地塑造出了这个人物。剧中，郝萌深情亮丽的嗓音与米东风细腻老道、大气浑厚的歌声互为映衬，强烈的反差更为全剧增添魅力。

一直以来，乐坛上有"美声唱法""民族唱法""通俗唱法"的普遍叫法，郝萌认为这些唱法的界线并非不能打破，各种唱法可以互相融合，互为借鉴。她在演唱歌曲时，常能在不同唱法间自如转换，以此达到诠释歌曲的最佳效果。

就拿《大汉苏武》来说，这出歌剧的音乐元素众多，横跨秦腔、美声、现代舞、交响乐以及中国古代民间乐器等领域，形成了独特的国际化情感表达方式，而且要求演员不带麦演唱，也要让最后一排观众能听得清，这对于演员的演唱技巧是全方位的考验。郝萌能在大段咏叹调的演唱中融入多种音乐元素，较好地诠释剧中人物在不同情状下的音乐状态。能做到这些，与她多年来在多种唱法方面的不懈探索有直接关系。机会往往会眷顾有准备的人。

四

整个《大汉苏武》剧组，加上乐队、合唱队，演员阵容近二百人，主角就那么几个，大多数人的名字不会出现在节目单上，每次演出的报酬也微不足道，可大家依然整晚整晚地坚守在这个舞台上。这是让郝萌最为感慨的。每次演出结束，她都要向台前幕后的演职人员深深鞠躬致谢，有时忍不住饱含热泪。

太难了！不是么？她是唱民歌的，歌剧需要美声，她能跻身这个舞台不容易。将民族、美声的唱法融为一体，从而在声乐表现上闯出一条新路，对她、对整个剧组都是一个挑战。

在中国，歌剧是曲高和寡的小众艺术，市场并不看好。而且，排演一场大型歌剧，全团上下更要经受难以想象的"折磨"。郝萌知道，自己在舞台上能完美地呈现角色，踏踏实实地演好每一场戏，得益于她身后强大的编导力量及众位演员的鼎力支持。她逐渐进入角色，以人物的情感撞击观众的心灵。她说每次演出结束，她都大汗淋漓，有一种身心被掏空的感觉。

感恩节那天，我听到郝萌演唱的《感恩的心》。她的确是不可多得的演唱高手，将这首歌演绎得真挚动情。作为一名歌唱演员，她用歌声传递着美，传递着人间大爱，在收获掌声的同时，自己的精神也丰盈起来。

著名诗人余光中说过这样几句话：

> 理想不是实惠的东西
> 它往往不能带给你尘世的享受
> 因此你必须习惯无人欣赏
> 学会精神享受
> 学会与他人不同

郝萌说："我享受了很多掌声,更庆幸自己享受了很多孤独。孤独时能静心思考,得到很多浮躁时感受不到的力量。孤独需要心志,我相信自己有这样的意志力,我也依赖着这种自信一步步坚定地走来。"

此时,《板蓝花儿开》的歌声再次飘荡耳畔:

亲亲的板蓝花

…………

岁岁年年带上我们最真最真的报答

飘向了大地千万家

…………

迎着风雨开呀开不败

板蓝花儿,它是那么普通,又是那么芬芳;它是那么柔弱,又是那么顽强。如一个歌者,在音乐中绽放。

我真想听郝萌唱这首歌。

花开不只借春风

世上的花儿各有风韵,然而牡丹却独享着"花中之王"的美誉,何焉?皆因此物生得既富且贵,暗含了自古以来人们对人生幸福的天然理解。

春暖时节牡丹开,然而,春节前夕,我在西安美术学院博士生导师、著名画家王保安教授的画室里却见到了五株栽在花盆中的牡丹。毕竟时令尚未走出严寒,这牡丹不像春日的牡丹姹紫嫣红,花是一色的紫粉色,柔柔的,相配的叶片不大,色泽透绿,嫩嫩的,香气也不甚浓郁。我想这应当是为春节特意栽培出的花品,花期很短,热热闹闹一阵子,过了年就该枯萎了。

我一向不喜欢过于人工化的东西,不接地脉,便少了灵气。冬季的牡丹也是如此,但她毕竟为冷寂的冬天增添了一抹暖色,并只开一季。心里倒有些怜惜,同时有了期待。

那天,我问王老师过年的安排,他说:"哪儿都不去,我要画牡丹呀。"跟王保安教授交往多年,知道他的山水画是很俊逸的,他在这方面也付出了很多心血。过人的勤奋和聪慧,成就了他在当今画坛的地位。

我不懂绘画,不知其繁杂的技法,但很喜欢王保安教授笔下的山水。有一次我在他的一幅大作前驻足很久,并向王教授述说我的感受:"我感觉这山水仿佛可以无限地拉长伸展,让人想走进去,寻访到山的深处。而画中的担柴人、鼓琴者似乎你一唤就能回头,这种感觉很奇

妙，是欣赏其他山水画时少有的……"

也见过王保安教授的花鸟画，这不奇怪。当下在艺术界包括画坛，许多人都在做"跨界"的尝试，在茫茫的艺术丛林中左奔右突，想找到一条出路，然而成功者似乎不多。或许是"术业有专攻"，能画好一样已相当不易；或许是图个新鲜，转换一种情志，自己没当回事，别人也很少关注。

王保安教授也喜欢画花，曾画桃花、杏花于宣纸、瓷器、扇面上，桃花的妖娆，杏花的婉丽，让人眼前一亮。景致虽小，境界不俗。虽也办过花鸟画展，但多在自我赏玩，好像漫不经心，随意涂抹，一阵风吹过，花气就散了，不如挺立的山那么夺人心魄。

而画牡丹却不易。在花鸟画的天地里，牡丹最易入画，却难画好，加之有前辈饱受"国色天香"的浸染，穷其毕生精力，终练就独到的水墨技法，笔下牡丹姿色不凡，画技之娴熟，后人怕是很难超越。因此他说要画牡丹，我担心这是心血来潮，最终落个"眼前有景道不得，崔颢题诗在上头"的尴尬。没想到他下了功夫。

一个春节，王保安教授每天蛰伏在画室，沉浸在自己营造的花的世界中，与花对视、对话，窗外的喧闹对他来说似乎已是毫不相干。

大年初十，我在王保安教授的画室欣赏他笔下的牡丹，竟有二十幅之多。花盆里的牡丹已经枯萎，可纸上的牡丹却鲜活了起来。一幅幅画作尺幅都不大，纸片也不太规整，有些画在练书法的草纸上，有些画在皱巴巴的麻纸上，有些画在卷边少角的黄宣上，随手拈来，看似无意却有心，与画在普通宣纸上的画相比，倒另有一番情趣。

细观这些入画的牡丹，突出的感觉是用笔随心所欲，线条多变，有的粗犷，有的精细，墨的层次丰富，着色大胆。这些花中的贵族在月下、在水中、在屋前、在田野呈现出不同的景致，极像曼妙的女子：有的奔放，有的温润，有的娇羞，有的半开半闭，有的醉态迷人，幅幅情态不同，在风中摇曳着，香气便弥漫开来……

贾平凹曾说过，女子有无魅力，不在于相貌，而在于"态"，而此种"态",理解起来就是一种独特的气质风韵。花又何尝不是如此?再漂亮的花缺少了意境和情趣,美便打了折扣。眼前的牡丹含风带露,叶和茎前伸后躲,支撑着团团锦绣,红黄黑蓝各色交织,氤氤氲氲的,看似迷乱,却极有章法。

惯常画家笔下的牡丹多是大家闺秀,纤尘不染,枝叶烘云托月般地捧出雍容的花朵,而此花却多了些媚态和烟火色。与花对语,耳畔仿佛传来缕缕古琴曲,千回百转,缠绵动人。

我时时感觉这已不完全是牡丹了,她集中了多种花的姿色和神态,从画家心灵中滋长开来,典雅灵动,张扬着生命力。她来自生活,更来自画家超凡的想象力。

著名画家王金岭生前曾评价其高足王保安是"画痴",至此我方信然!他有着过人的才气和耐力,对艺术执着的追求,让其"下笔如有神",从而超越自我,跨入新的疆界,使作品呈现出不凡的气象。

"衰派一绝"刘毓中

秦腔是一个古老的剧种,历史上曾涌现出许多卓越的秦腔艺术家,他们风采各异,艺术成就很高,其中不乏开宗立派的大师,刘毓中先生便是其中一位。

一个剧种,能产生流派的先决条件是它必须拥有一套完整的表演体系,与国粹京剧相比,秦腔在流派形成和传承方面远没有形成自己的鲜明特色,缺乏广泛的影响力。为此,陕西秦腔流派传承发展中心近年来承担了许多工作,在中心举行的"刘(毓中)派艺术传承班"上,我有幸走近了这位大师。

刘毓中(1896—1982),字秀山,陕西临潼人,父亲刘立杰(艺名木匠红)是清末民初著名的秦腔须生。刘立杰先前做木工,因嗓音特别好,遂登台唱戏,一举成名。用他的高足刘易平先生的话说,是"真正的天罡音"。旧戏班出身的刘立杰深知学戏之苦,不愿意后代再入这行。从小酷爱戏曲的刘毓中多次央求父亲,十六岁才入西安易俗社学须生。梨园行的弟子七八岁就开始练功,而到他这般年纪功已很难练出来,教练们也不看好他,不愿意给他说戏。

当时易俗社学员演出和学习任务十分繁重,每天黎明即起,练功、排戏,九时早饭后上文化课,中午演日场戏,下午四时饭后再练功,晚上演出。在如此紧张的安排下,刘毓中以"人以十回,己以百回"来告诫自己。他从小对戏曲耳濡目染,加上天资聪慧,勤学苦练,因此技艺大进。一次剧社演出《宁武关》,主角突然生病,他自告奋勇化妆救场，一鸣惊人。教练长陈雨农当时在台下大为惊奇，亲自喝彩，并送他一个"胆大红"的绰号。从此，刘毓中渐渐步入名演员行列。

过去戏曲班社于风雨飘摇中艰难生存，艺人们常常颠沛流离，四处谋生。刘毓中的艺术生涯也历经坎坷：1928年加入秦钟社，1931年组建新声社，于陕西、宁夏、甘肃等地演出多年，1946年后任教于明正社、晓钟剧校等班社，1950年重返易俗社。多年的磨砺，使他在艺术上日臻成熟。刘毓中善于博采众长，勇于革新创造，艺术功力深厚，演技精湛，尤其擅长"衰派"老生，京剧大师马连良赞誉他为"衰派一绝"。在长达七十年的舞台生涯中，刘毓中在《烙碗计》《忠义侠》《三滴血》《火焰驹》《走雪》《卖画劈门》《游龟山》等多个秦腔经典剧目中塑造了别具一格的舞台形象，创造了以"精、气、神"为表演理念的性格化、感情化、意境化的表演艺术，他的艺术风格对秦腔艺术的发展产生了深远的影响。

在秦腔众多流派中，刘毓中所创立的"刘派"在表演上极具特色。刘毓中的嗓音宽宏深厚，行腔酣畅淋漓，有一种遏云破雾、顶天立地的气势。他善于用大段唱腔反映人物的内心矛盾，塑造的人物形象栩栩如生，具有强烈的艺术感染力。刘毓中曾说，要成为一个好演员，没有捷径，就得拼命苦练，用心揣摩。早年入易俗社时，由于不受教练待见，他常背着人偷偷学艺。社里没有大镜子，为了能看见练的姿势确保正确，他冬天在太阳下练，夏天在月光下练；到乡下演戏时要赶台口，没时间练功，他就经常不坐车，利用赶路的空子，跟着牛车练台步，跑圆场；眼睛无神、呆板，晚上就点着香头练，中午对着太阳练；练靶子功、耍枪花、舞大刀时，身上被打得青一块、紫一块，膝盖也磨破了皮，他仍不停歇。非凡的毅力，挥洒的汗水，为他后来成为文武双全的名角奠定了坚实的基础。

大师之所以成为大师，必定有他过人的地方。就拿练基本功来说，刘毓中对艺术的精益求精很值得现在年轻演员学习。他认为，练功不是一件容易事，手势、身架、台步这些基本功就像盖房一样——欲盖房，先打墙,要打墙,先打夯。他曾总结说:练功先要"会",就是知道怎么演,台上是什么动作;会了以后要求"熟",即把会的东西随时能够熟练应用;会了、熟了,还不够,还要"精",即达到好看,要美;艺术最高的境界是"巧",即把功练"化"了,演员与所扮演的角色融为一体,表演丝毫不能显得做作和勉强,这才算真正练到"巧"了。

除了练功,刘毓中认为看戏也是一种很好的学习方法。名角们演戏时,他常在台侧仔细观看,琢磨哪些地方好,为什么要这样演。道理想通了就加以练习,想不明白就向名角请教,对于表演挖深钻透,避免只学到皮毛。就拿老生一门来说,刘毓中演过《二启箭》中的刘备、《卖画劈门》中的白茂林、《烙碗计》中的刘子明,这三个人物,一个是帝王,一个是穷书生,一个是员外,地位有别,性格各异,需要塑造出不同的神采。

戏剧评论家范克峻回忆说:"刘毓老演过上百本的好戏,折子戏更不胜枚举。1953年,我在西安易俗社看了刘毓老演的秦腔传统戏《释放》,那才是精品。在这之前,我看过秦腔名须生刘易平、萧顺和、刘金荣所演的《释放》,虽然各有千秋,但是总体上都赶不上刘毓老,现在更少有人演出此剧了!"他认为刘毓中先生塑造了那么多忠臣良将、忠厚长者的舞台形象,感染和教育了那么多老百姓,应该说他是使表演艺术升华的美学大师。

"衰派"的"衰",并非专指"衰老",而是泛指"衰微""衰败""衰落"等等,其角不限于白须,也包括黑髯。刘毓中扮演过的角色不少是命运不济、处境欠佳者,他将自己对人生的感悟融入角色,正生黑髯,精气神足,正气凛然,于细微处见功力,引发戏迷的强烈共鸣。

有戏剧专家认为,求变意味着革新,然而,戏曲的革新从来不是推翻和颠覆传统,它必须遵循自身发展的客观规律,在这个前提下,对以往艺术经验的总结和整理显得尤为重要,这也是艺术发展的根本。秦腔并不缺乏求变的演员,而是需要自觉的演员和有文化责任感的演员。刘毓中先生不仅是秦腔名角,更是一位具有文化担当的艺术家，他亲手培养了一大批秦腔优秀演员，他们中的许多人后来都成为戏曲舞台的台柱子。

表演艺术家王保易是刘毓中先生的弟子，他说刘毓中先生的师父是秦腔名家"麻子红"李云亭，但他不拘泥于一师之教，而是善于向许多前辈求教，再经过自己苦心钻研，日积月累，才取得令人瞩目的成就。

秦腔艺术家桑梓作为"刘派"艺术传人，曾得刘毓中先生亲身教诲，交往几十年，师生建立了深厚的感情。"1962年，刘老亲自给我传授《祭灵》，告诉我演戏要学会和掌握以动显静、以静显动的法则，要让观众听好、看好，有回味。'文革'中，恩师遭受不白之冤，被关进牛棚，身患重疾，我想办法寻医救治，使他身体得以康复。"桑梓先生回忆说，"改革开放后，历史剧恢复上演，刘老在家里给我排了他的看家名剧《杀驿》。排练中一举一动、一招一式从严要求。他一边排戏，一边不厌其烦地讲解该剧的结构层次、人物变化、舞台动作、气氛要求、锣鼓运用等，并对鼓师、琴师做了专门的安排，这出戏上演后观众反响特别热烈。之后，刘老又给我排演了《释放》《烙碗计》《二启箭》等剧目，让我懂得了什么是真正的艺术。"

刘毓中先生在舞台上塑造了众多脍炙人口的人物形象，在生活中，他同样扮演着令人崇敬的角色，抒发着一位艺术家的真挚情怀。这也是刘老离世三十多年，人们依然在传颂他、怀念他的原因。在漫长的艺术生涯中，刘毓中先生从不以名角自居，哪怕是现代戏中的群众演员，他也积极参演，舞台上一丝不苟。他在世八十六年，八十五岁时还在演出。也正是八十五岁时，刘毓中先生正式成为一名共产党员，当时他激动地表示：生我者父母；知我、救我、教我者党。肺腑之言，让人肃然起敬。

诗书白浪涛

说起与书法家白浪涛先生的交往，总结起来就是：认识较早，见面不多，印象深刻，时时关注。他时而深居简出，时而行踪不定，有闲云野鹤般的潇洒。他高高的，似乎还有些文弱，但动作极快，雷厉风行。

2006年前后，一个傍晚，我与时任西安易俗社社长的冀福记等朋友相聚。之后，冀社长兴致颇高，要引荐我认识一位朋友，并强调这个人值得认识，必须认识。于是从市中心驱车到高新区，七拐八绕，在一个写字楼一楼拐角处的一间画室里找到白浪涛。入夜时分，整栋大楼都是黑的，唯有这间画室亮着昏黄的灯，一个高大的身影正在案前挥毫。画室不大，有些简陋，但作书的人那种专注、自在，那种一泻千里的书写气势，自带光彩，照亮了画室。

大家相谈甚欢，白浪涛因为听力不太好，我们说什么他不能完全听清，大多时候就微笑着点头，显得儒雅而谦和。他的长项是铺纸研墨，干活。那天，白浪涛给我写了一幅字，内容记不清了，只记得他写得很快，一副联不停笔，一气呵成。

前不久的一天，跟白浪涛聊天，说起我还珍藏着他十多年前的墨宝时，他立刻摆手道："快扔掉，简直不能看！"语气坚决。

这十多年来，白浪涛的书艺有了飞速的长进，书法界有目共睹。在全国书法大展中几次获奖，更使他跻身知名书法家行列。

因工作关系，我常接触一些书法家，我与他们交往更多地注重人品。古人云"字如其人",历朝历代诞生的书法精品难以计数,但流传下来的作品大多出自高洁之士,书法写到一定境界,不单是技法的修炼,更多是精神、意念的展示。

于是喜欢白浪涛的书法。在规范严格的书家面前,他的书艺看上去有些"旁门左道",似乎没有一定之规,但给人留下极深的印象。在字形意态林林总总的书法长廊中,我常常能一眼认出他的笔墨,那种笔走龙蛇的潇洒,对节奏把控的能力,让每个字都活脱脱的,被赋予了生命,他不是死巴巴地在"匠字"。

白浪涛出身蓝田一个普通农家,很早就涉猎书法,在那个物质和精神都极其匮乏的年月,这个爱好让他的内心变得丰盈而美好。他开始研习书法时完全靠自学,没有老师指点,这多少有些遗憾,但好处是能让他充分把握自己的心性爱好。从临摹清末书家赵之谦入手,渐融入"二王"的韵味,后又进入清华美院进行专业深造,他聪明而勤奋,一路走来苦乐自知。

当今长安书坛,李成海先生是当之无愧的大家,为书界后辈所崇仰。近年来,白浪涛为先生所器重,得其亲身教诲,临摹名帖,悉心领悟,专注实践,上下求索。他从传统入手,遵循章法,又融通诸体,循序渐进,终于形成自己的面目,书法有了大的气象。

艺术的最高境界是美,美的艺术能让人精神愉悦,养心修德。儒家提倡美与善相统一,艺术要"尽善尽美"。儒家美学坚持艺术与道德净化相联系,反对艺术片面追求感官刺激;强调艺术的情理统一,反对艺术情感抒发退变为无节制的动物性发泄。于书法我是外行,但毋庸置疑,我喜欢美的书法艺术。当下的书坛,乱象丛生,许多悬挂于厅堂广众之中的所谓书法,笔力荒散,扭捏作态,让人不忍直视。在这种名利熏心的浮躁风气下,还有一些人依然坚守着书法的正道,执着地探究艺术的真谛。我想,白浪涛是其中的一个。

无疑,白浪涛的书法给人美的意蕴的启迪,那一幅幅精心书写的作品,让人赏心悦目,如沐春风。孔子形容一个人的儒雅,用到一个词

"文质彬彬",认为人应该志向于道,立足于德,归依于仁,游憩于艺术园圃。白浪涛的气质应该也属于"文质彬彬"那种,他以行草见长,但楷书更是夺人,端庄之外,少了拘谨,多了散淡、飘逸之气,正如他的为人。

这些年,白浪涛也应邀参加一些书展,举办一些活动,但总的来说在圈里不算活跃,然而知道他的人并不少,可能还是因为书法赢人。有一年,他参加了陕西省书法院举办的"风骨"书法大展,参展书家基本上是中国书协会员,并都在全国书法篆刻展中获过奖,层次较高,白浪涛是其中的一员主将,让人刮目相看。其实多年来他也干了不少事,搞展览,出集子,办讲座,都是默默地干,行事低调,很少张扬。

最早的文字是刀耕火种,在白浪涛看来,书法的结构和章法、书法的本源就是生活,而非名人名作。他最高兴的是与几位坦诚相见、水平相当的同道交流,以别人的优长映照自己的不足,努力地迎头赶上。他的书法既有深厚的传统功力,又不断融入时代的特征,不泥古、不唯上、不盲目,因此就少了一些牵绊和诱惑。

在书法艺术的漫漫长路上,白浪涛稳稳前行,不时回望源头,给心灵以滋养,修整步履,积蓄力量。他追求着书法艺术诗性、从容、自由的境界,他会走得很远、很远……

大家刘文西

一顶灰色的延安时期的八角帽，一身朴素的灰衣服，这几乎成为刘文西标志性的装束。当我走进刘文西的家中时，他依旧是那身常年不变的装束。他的家中除了简单的家具，就是堆积着的大量资料和画册，处处可见一家人至今还保持着延安时期艰苦朴素的作风。他虽然人在城里，但是心却和陕北那片黄土地紧紧相连，当谈到自己的创作和无数朴素善良的陕北老乡时，老人渐渐打开了话匣子……

数十年来，在刘文西的笔下，人们总是能看到无数劳动人民鲜活、生动的身影，仿佛他们就立在画面中，笑盈盈地向你走来。《同欢共乐》《祖孙四代》《转战陕北》《知心话》《沟里人》《北斗》《解放区的天》《山姑娘》《虎娃》《黄土情》《湾湾黄河滩》……刘文西那亲切质朴、雄浑大气、蓬勃向上的画风，与扑面而来的陕北黄土气息，在中国画坛留下了浓墨重彩的一笔和美好而隽永的韵味。

刘文西始终把一颗赤诚之心放在黄土高原上，虽然已经画过难以计数的反映陕北劳动人民的重要作品，现在已是耄耋之年，走路都颤颤巍巍，但他还坚持每日伏案创作。2017年10月，刘文西百米长卷《黄土地的主人》向社会展出，此画连起来比大雁塔或是许多大厦还要高，因而引起轰动。刘文西先生说："目前我还画得动，这就很好了，我一定不会停下笔。只要我活着，就会一直画下去。我会尽全力，抓紧多画一些，因为对历史来说，这样的创作比搞展览有价值。我多画一段，就多记录一段人民的生活。"

"我是一段画上六米,然后再一点点地拼接起来,也就是把陕北一点一滴地组合起来。"说起这幅长卷的创作过程,刘文西非常感慨:"其实我在1983年就开始创作了,后来因为在西安美院当院长忙于行政事务,长卷的创作就一直搁置到了2005年,也就是时隔二十二年后才重新提笔创作。"

刘文西笔下已经诞生过那么多陕北题材的巨作,为什么还要用长卷来反映这片土地特有的风情呢?刘文西说:"单张作品虽然很多,但是没有分量,还是不足以表达自己内心的情感。比如说,秦俑之所以成为世界第八大奇迹,就是因为秦俑方阵是一个庞大的组合,这种规模的雕塑系统举世罕见,单靠两三尊秦俑,那肯定无法成为世人瞩目的奇迹。我的目的,就是想让这幅长卷惊动一下世界。"

在许多座谈会、研讨会及其他场合,常常能见到刘文西从怀里掏出自己珍藏了半个多世纪的一本小册子,并语重心长地告诫画坛后辈、青年学子:"这就是毛泽东《在延安文艺座谈会上的讲话》,这本书我之所以珍藏到今天,是因为毛主席的讲话精神指引着我毕生艺术追求的方向,对后来人的创作有着重要的启示作用。人民是国家的主人,人民也是艺术题材中最为重大的主题。"

刘文西认为,毛泽东《在延安文艺座谈会上的讲话》,标志着新中国文艺思想的成熟。他说:"这是一个很重要的讲话,一系列关于文艺创作的问题,都能在学习《讲话》之后得到解决。"在《讲话》的深刻影响之下,刘文西一生的艺术创作,也是在用实际行动践行着《讲话》精神。他所开创的"黄土画派",始终将笔墨集中在塑造具有黄土风情的劳动人民与人民领袖上。这几乎成为中国画坛一株光彩夺目的奇葩,深刻地影响着一大批画家,让他们追随和坚守。

半个多世纪以来,"黄土画派"以风格鲜活、豪迈淳朴的人物画为主。刘文西坦言,要想将人物塑造得出色,的确很难。首先要下很大功夫,学习西洋科学的造型规律,掌握高超的造型能力。"也许就是一根线之差,人物的表情就画不出来,哪怕只是一点儿的差别,人物的个性、心理状态、思想面貌就画不到位。所以,'黄土画派'的宗旨就是熟悉人、严造型、讲笔墨、求创新,只有熟悉、了解老百姓,心里装着老百姓,才能植根黄土,表现时代,出精品。只要真正地深入生活,到广大的劳动人民当中去,就有画不完的题材,看不尽的素材。我们'黄土画派'的艺术家们要反复到陕北去,去看那里的人、看那里的景,假如艺术家对表现的事物不熟悉,肯定无从下手,这都是毛主席早就讲过的科学规律。"

当然,刘文西被许多百姓熟知并喜爱,不仅仅是因为他在画坛的巨大声望,更是因为十四亿中国人都收藏有他的作品——每张百元人民币上的毛主席像原版就出自刘文西之手。刘文西说自己此生最大的遗憾是没有见过毛主席本人,但他为何能将毛主席的外形和神韵画得如此逼真传神?刘文西说:"我十分崇拜毛主席。"1957年,为了寻找毛主席在延安留下的足迹,还是浙江美院四年级学生的刘文西背着行李铺盖,坐着敞篷卡车,第一次走进了延安,进行毕业创作。他走过杨家岭,走过枣园,就住在主席当年住过的窑洞旁边。刘文西说:"毛主席走过的路我要走,见过的人我要访问,他写的书我要读。我对毛主席的崇拜,不是个人崇拜的那种情感,而是一种理想和信仰。因为毛主席常常跟群众在一起,他真心实意为人民服务。"

"我一辈子只画陕北,没有第二个心思,我的作品就是要歌颂生活在陕北的劳动人民。"多年来,刘文西深入陕北九十多次,足迹遍布陕北的二十六个县,结交了数百位农民朋友。可以说,他对陕北这片土地、对生活在这里的人早已有了刻骨的了解。"陕北人朴实、善良、勤劳、厚道,他们与陕北这块土地有着天然的感情,我时刻提醒自己,要将他们的精神面貌传神地勾勒出来。"

刘文西对陕北的深厚感情,从他给两个孩子起的名字就能看出,儿子叫刘丹,女儿叫刘山花,合起来就是山丹丹花。"我很喜欢山丹丹花,它是陕北特有的一种花,长在贫瘠的土地上,却能开得那么鲜艳,生命力非常顽强,就像陕北人民!"

刘文西说："我笔下的陕北人，一定是最淳朴善良的劳动人民，因为只有劳动人民，才能触动我的心灵，激发我的创作欲望和灵感。千百年来，劳动人民的奉献最艰苦、最实在，他们是品质最高尚的群体，他们不会向社会索取，他们的一生就是流血、流汗、奉献。"

在刘家，我看到一个熟悉的面孔，这不是刘文西曾画过的陕北女孩的原型白东芳吗？当年刘文西在陕北以白东芳为模特创作时，白东芳才九岁，现在她已人到中年，眉目间依然透着聪慧清秀。白东芳说："刘老师身体不好，我专门从陕北过来照顾，刘老师只要画起画来就不顾命，我准备在这里多待些日子。"

"心中有了广大的人民，作品就有了灵魂；失去了灵魂，作品就会有问题。为人民做事，灵魂就是健康的；只为个人利益，灵魂就是狭隘的。"在刘文西眼里，人物画没有灵魂就没有历史价值，不但经不起看，也没有保护的必要。"比如说秦俑的每一个形象都有时代感，还有关中人的特点。我笔下众多劳动人民，其实就是在塑造具有时代特色的人物，刻画他们的性格、表情、内心。这既是时代需要的，也是历史需要的，后人会在这样的作品中看到这个时代人们的风貌。"

杜陵原上谒宣帝

在古城西安东南隅有一处高阔之地,掩映在万亩林海中,环境清幽,草木繁茂。这就是汉宣帝刘询的归葬地——杜陵。

冬日的午后,信步走上杜陵原,脑海中便浮现出李白那首著名的《杜陵绝句》:"南登杜陵上,北望五陵间。秋水明落日,流光灭远山。"

杜陵位于西安市三兆村南,南北长约四公里,东西宽约三公里,陵墓所在地原来是一片高地,滈、浐两河流经此地,汉代旧名"鸿固原"。宣帝少时好游于原上,他即帝位后,遂在此选择陵地,建造陵园。

杜陵占地一百二十多亩,四周环绕有夯土围墙,墙基宽九米。墓冢在陵园正中,平面呈正方形,高三十米。陵前立有清代乾隆年间陕西巡抚毕沅所立的"汉宣帝杜陵碑"一通,碑铭清晰可辨。此外还有碑碣十余方。园内还有地下寝殿、便殿等遗迹,四周排水的沟渠仍清晰可见。近年来,考古工作者对杜陵进行了调查,并对其周围的遗址进行了一些发掘,出土了很多文物。

高祖刘邦建立汉室江山,文帝、景帝励精图治,武帝强盛国力、开辟丝绸之路,他们建立了卓著功勋。在中国历史上,人们所能记住的"名君"无不干出了一番轰轰烈烈的伟业,而如栋梁般支撑着国家大厦、稳固着社稷江山,开拓进取、造福百姓的"明君",也值得我们崇敬和追忆。虽非"名君",汉宣帝刘询作为"中兴之君",其坎坷、辉煌、传奇的一生，在今天看来，依然光耀现实，给人启迪。

即位前坐过牢的唯一皇帝

刘询（前91—前49），原名刘病已，汉武帝刘彻曾孙，戾太子刘据之孙，史皇孙刘进之子，是西汉第十位皇帝，公元前73年至前49年在位二十六年。

在西汉王朝（前206—25）所经历的二百三十一年风雨历程中，汉武帝在位时间最长，其他皇帝在位二十多年、十几年甚至几年的都有，刘询是继汉武帝之后在位时间较长的皇帝之一。

这样一位在西汉历史上比较重要的皇帝，其出世及幼年却遭遇了世人难以想象的艰辛坎坷。史书记载，刘病已出生数月即逢巫蛊之祸。征和二年（前91），丞相公孙贺之子公孙敬声被人告发以巫蛊咒武帝，与阳石公主有奸情。后公孙贺父子被下狱处死，诸邑公主与阳石公主、卫青之子长平侯卫伉皆被株连。随后，汉武帝命宠臣江充为使者治巫蛊。江充与太子刘据素有矛盾，遂陷害太子，并与按道侯韩说、宦官苏文等四人诬陷太子。刘据起兵失败，皇后卫子夫和太子刘据相继自杀。刘据的妻妾和三子一女皆死，唯独襁褓中的孙子刘病已逃过一劫，被投入大牢。

因为遭人诬陷，太子刘据一家身首异处、家破人亡何等惨烈，刘病已小小年纪失去祖父母、父母，成了刘据一系唯一的骨血。

也许是命不该绝，巫蛊之祸案发后，一个名叫邴吉的官员被调到京城任廷尉监，负责处理太子刘据案。这个邴吉在汉代比较有名，虽然官位不高，但性格刚直，为人仗义。邴吉知道太子是被诬陷的，怜悯刘病已这个无辜的婴儿，便让忠厚谨慎的女囚胡组、郭征卿住在宽敞干净的房间哺育皇曾孙。在邴吉的关照下，刘病已处境相对安稳，不仅活着，而且还比较健康。

刘病已的命运在他四岁时出现转机。

后元二年，也就是公元前87年，武帝生病。一天，朝中瞭望天象者急匆匆跑来向他禀告说，发现长安监狱方向有天子气，天象非同一般。武帝一想，这还了得，难道还有人跟他争位？于是派遣使者，命令将监狱中人一律处死。使者夜晚来到监狱外，邴吉紧闭大门，说道："皇曾孙在此。普通人都不能无辜被杀，何况皇上的亲曾孙呢？"邴吉大义凛然，以大无畏的气概拒不执行皇帝的旨意。到了天亮，使者无奈回去复命。武帝此时也清醒了，说："天使之也。"于是大赦天下，皇曾孙刘病已得救了。邴吉于是将刘病已送到其外家祖母史良娣家里哺育。

武帝后来下诏，将刘病已收养于掖庭，上报宗正并列入宗室属籍中。此时，皇曾孙刘病已的宗室地位才得到法律上的承认。

凡是能成就一番大业的人，青少年时期大多酷爱学习，见识高远。史料记载，当时少年刘病已向东海人澓中翁学习《诗经》，他高才好学，但也喜欢游侠，斗鸡走马，且常游山玩水，了解各地风土人情，因此也洞悉了百姓疾苦、吏治得失。这些都为他日后从政打下根基。

皇曾孙虽然被武帝下令召回宫中抚养，却更喜欢跑到宫外去远游。他屡次在长安诸陵、三辅之间游历，常流连于莲勺县（今渭南市临渭区交斜镇一带）的盐池一带，尤其喜欢跑到长安郊外的杜县、鄠县一带，去光顾杜、鄠两县之间的下杜城（今杜陵一带）。当时他居住在长安尚冠里（"里"和"社"是秦汉时代的居民社会单位，相当于后世的"坊"），他从这些市井的游嬉当中深切体会了民间的疾苦，也获得了不少诸如辨别百姓当中的奸邪之辈、察查吏治之道的得失一类的社会经验。

一个人的成功离不开贵人相助，除救命恩人邴吉外，张汤的儿子、掖庭令张贺对刘病已也极好。张贺原是刘据的部下，他自己出钱供刘病已读书，"辅导朕躬，修文学经术，恩惠卓异"。

史料记载，刘病已长大后，张贺"称誉皇曾孙，欲妻以女"。安世（张贺弟弟）怒曰："曾孙乃卫太子后也，幸得以庶人衣食县官，足矣，勿复言予女事。"张贺于是为刘病已迎娶掖庭暴室属官许广汉女儿许平君为妻。从这个记载看，张贺与刘病已关系非同寻常，好到想将自己的女儿嫁给他。尽管是上下级关系，张贺却像家长一样辅导他学习，操心他的终身大事。

读书游历，出入宫廷，流连于乡间市井，广泛结交朋友，十来岁的少年刘病已一直为自己积蓄着力量。

从市井布衣到号令天下

元平元年（前74）汉昭帝刘弗陵驾崩。昭帝在位时，减轻赋税，与民休息，内外措施得当，西汉王朝衰退趋势得以扭转，国家相对安宁。昭帝无嗣驾崩，权臣霍光等商议，立昌邑王刘贺为帝。但刘贺"荒淫迷惑，失帝王礼谊，乱汉制度"，所以只做了二十七天皇帝，就被以霍光为首的大臣废黜了。汉室江山一时处于风雨飘摇之中。

这时，内朝官邴吉与光禄大夫等大臣趁机建议，把流落民间的汉武帝曾孙刘病已迎入宫中，继承昭帝大统。在汉武帝的后代中，已没有更多的选择余地。邴吉极力赞扬这位十八岁的皇曾孙"通经术，有美材，行安而节和"，大臣会议同意了邴吉的提议。同年七月，大司马大将军霍光奏议让刘病已即位。

可以说，刘病已的即位跟邴吉的举荐有直接关系，整个过程相对平稳。对于即位，刘病已本人也许想过，但想不到会来得这么快。这中间还有一些戏剧性的情节：当时刘病已并未住在皇宫内，而是住在长安尚冠里。朝廷派宗正刘德驾车到长安尚冠里，找到刘病已，给他沐浴更衣，一通忙活。然后坐上太仆们早已备好的輧猎车，先到齐宗正府稍歇，而后入主未央宫，拜见皇太后。随后，群臣奉上玉玺、绶带，刘病已正式即位，更名刘询，世称汉宣帝。

在西汉二百三十一年的漫长统治中，后世更多地记住了汉高祖刘邦、汉文帝刘恒、汉景帝刘启以及汉武帝刘彻，因为他们或开国建邦，或巩固国力，或开拓疆域，使汉室江山雄霸于世界，与同时代的欧洲罗马帝国并驾齐驱，拥有当时世界上最先进的文明。

汉宣帝刘询作为中兴之君，在历史上的名气并不算很大，其功

勋、政绩在后世往往被忽视。然而翻阅历史典籍，发现汉宣帝在位的二十六年，应该是西汉王朝政治最清明、社会最稳定、人民幸福指数最高的时期之一，而汉宣帝卓越的治国理政才能在今天看来依然有着现实借鉴意义。

汉宣帝即位之初，面临的第一个挑战来自权臣霍光家族。他的危险在于，要么像昌邑王刘贺（汉废帝）那样短暂在位，旋即被废，要么被架空当个傀儡皇帝任人摆布。当时，朝政差不多全部掌握在霍光家族手里，霍光权倾朝野，他的儿子、侄孙、女婿以及堂兄弟等亲戚都担任着朝廷重要职位，形成了一个盘根错节、遍布西汉朝廷的庞大的势力网。

从一个平民变成至高无上的皇帝，汉宣帝明显地感觉到了朝廷内部来自霍光集团咄咄逼人的政治压力。即位之初，由于势单力薄，他克制隐忍，韬光养晦，什么事都先让霍光做主，从而消除了霍光集团对他的猜忌和提防，稍解了朝廷内部潜伏的政治危机。

接下来，汉宣帝开始巩固他的政治地位。他主推的第一件大事就是为他的曾祖父汉武帝"立庙乐"。这年是本始二年（前72）五月，汉宣帝即位不足两年。汉宣帝此招可谓一箭三雕：一是以为武帝立庙乐的方式来宣示自己才是武帝的嫡系遗脉，自己的继位是天经地义的，借以提高个人威信；二是标榜孝道，以示为武帝尽孝；三是当宣帝提议遭到长信少府夏侯胜的反对时，宣帝顺势将其投入大牢，来一个下马威，让大臣们都不敢小瞧自己这个没有外戚撑腰、全无根基的布衣皇帝。由此可见，西汉晚期刘向说宣帝"聪明远识，制持万机"在文帝之上，绝非虚言。

汉宣帝即位后的第六年，也就是地节二年（前68），霍光去世。宣帝亲临葬礼，按皇帝葬制的规格埋葬了霍光。这时，汉宣帝认为时机已到，开始亲理朝政。他重用御史大夫魏相，让魏相以给事中的身份参与朝中的机密决策，后来又提拔魏相做了丞相。继而任命邴吉为御史大夫，又委以自己的岳父平恩侯许广汉以重任，逐渐把权力收归己手。之后，汉宣帝借调整机构之机和明升暗降的方法，一步步削夺了霍光亲属的实权。霍家集团铤而走险，举行叛乱，但很快被早有准备的汉宣帝镇压，参加叛乱的人都被处以极刑，霍皇后（霍光次女霍成君）也被废除。在西汉朝廷中盘踞了十几年的霍家势力一朝覆灭，汉宣帝最终确立了他的绝对统治。

汉宣帝亲政后，推行了一系列政治制度，下大力气整饬吏治。他的一些见解举措，在今天看来依然具有积极意义。

在任用干部上，赏罚分明，并建立了一套对官吏的考核与奖惩制度。可以说，对干部的考核不是现在才实行的，而是在西汉就有了。

宣帝时期，是官吏"久任"制发展到较为完备的时期。规定官员在一个地方长期留任，不轻易提升调动，对良吏给以物质、精神两方面的褒奖，使他们亲近百姓，安心工作。

在惩治贪污腐败上，执法严明。一些地位很高、腐败贪污的官员都相继被诛杀。大司农田延年在尊立汉宣帝时，作用非凡，"以决疑定策"被宣帝封为阳城侯。后因修建昭帝墓圹，趁雇用牛车运沙之机，贪污三千万而被告发。有大臣为他说情，认为"春秋之义，以功覆过"。宣帝没有同意，派使者"召延年诣廷尉"受审，拟以重罚，致使田延年畏罪自杀。

宣帝不仅以执法严明著称，还以为政宽简闻名。由于他有过牢狱之灾，所以对冤狱深恶痛绝，提出要坚决废除苛法，平理冤狱。

同时，汉宣帝也是对"汉家制度"执行较好的皇帝。他认为执政不能仅靠道德约束，更要严明法纪。这一制度从汉宣帝以后，始终为后世所称颂和遵循，中国古代各王朝的统治者都不同程度地借鉴"汉家制度"的经验教训，以强化统治。

中国经营丝绸之路第一人

在宣帝中兴时期，值得称道的是宣帝执政后竭尽全力开发西域，经营丝绸之路。

西域覆盖今新疆阿勒泰地区、天山南北、塔里木盆地的广阔地区。

公元前2世纪左右，西域分为三十六国，这些国家大的有几十万人，人们多半从事游牧业。

自张骞通使西域，李广利征伐之后，至汉宣帝神爵二年（前60），匈奴内乱，日逐王降汉，匈奴失去右臂，汉宣帝便任命郑吉为西域都护，都护府设在乌垒城（今新疆轮台县地区），这也是中国历史上在西域设立的第一个行政机构。都护是西汉王朝驻西域的最高长官，"秩二千石"，都护以下，设有属官，"有副校尉，秩比二千石"。从此，西汉在西域的统治完全确立，朝廷对西域有权册封国王，颁赐官吏印绶，调遣军队，征发粮草。这说明，远在两千年前，原来包括巴尔喀什湖以东、以南的新疆地区已成为我国不可分割的一部分。

著名史学家班固在作《汉书·郑吉传》时高度赞扬郑吉之功说："汉之号令班西域矣，始自张骞而成于郑吉。"千百年来，这个真知灼见一直为一代又一代学者认可。安作璋、熊铁基在《秦汉官制史稿》下册"西域都护"一节中明确提出："西汉王朝联络西域各少数民族共同反击匈奴，至汉宣帝时，始取得基本胜利。于是始有西域都护之设置。"著名史学家钱穆也在《秦汉史》第五章"汉之中兴"一节中说丝路是"汉武武功，实至昭宣以后始得遂成也"。

汉宣帝在位以选贤任能著称，非常重视官吏的选拔任用。同样，他选派出使西域的官吏，大都有勇有谋，不辱使命，如：冯奉世出使大宛，击破莎车，威震西域；光禄大夫常惠使乌孙，征龟兹，屡建奇功；郑吉出使西域，破车师，降日逐王，再次威震西域。《汉书·循吏传》称道汉宣帝时人才之盛曰："汉世良吏，于是为盛，称中兴焉。"

在这种氛围中，大汉人才辈出。与乌孙和亲的解忧公主之侍者冯嫽，懂历史，识大体，熟悉西域事务，常持汉节代表公主到西域城邦诸国进行外交活动，被尊称为"冯夫人"。她的聪明才智被广为传颂，汉宣帝闻讯，亲自召见，询问乌孙国情，之后又做出惊人之举，委她以重任，令她"锦车持节"，以朝廷使者身份再赴乌孙。皇帝亲自下诏，派遣一女侍者持节出使西域，这在古代外交史上再没有第二例。

冯夫人没有辜负宣帝之重托，至赤谷城，分立元贵靡、乌就屠为大、小昆弥。一个弱小女使，不动一兵一卒，却能缓解民族矛盾，令人肃然起敬。冯嫽为国家的统一、民族的团结做出了很大贡献，在西域诸国中享有很高的威信，她也是我国古代第一个女外交家。清代国学大师赵翼在《廿二史札记·汉使立功绝域》中说：汉宣帝时"则不惟朝臣出使者能立功，即女子在外，亦仗国威以辑夷情矣"。

史载，汉宣帝下令派往乌孙和亲的公主及官属、侍者都要学习乌孙语，并在上林苑中建有学习胡语的机构，尽管班固未记其名称和详细地址（也许就在今日杜陵林海中），但这是一件值得关注的大事。时下仁人志士瞩目于丝路建设，我们穿越遥远的时空，追至汉宣帝时代，就会发现其重视和亲公主及其官属侍者的语言培训，至迟在汉宣帝执政时，上林苑已是皇家胡语学校的摇篮。可见宣帝经营丝路胸怀远志，思维缜密，堪称有远见卓识的中兴之君。

汉代社会经济处于上升阶段，丝绸、漆器独步世界。张骞两次出使西域，促进了经济文化的交流，此后交通畅通，贸易大盛。昭宣时代，每年都派出成批使团随带大量的牛羊、锦帛和黄金，以马、骆驼和驴为运载工具，跋涉于沙漠、碱滩、草原和峡谷之间，与远方的塞人、大月氏人交换商货。从长安出发的商队，已经跨过阿姆河，进入里海北部、伊朗高原、美索不达米亚、叙利亚和北印度，他们抵达了地中海海滨的安提阿克，有的甚至抵达罗马，充当了汉朝的使者。

诚然，汉宣帝时代经营丝绸之路仅仅是一个开端，其重要意义在于经营、保护了一座东西方文化交流的桥梁，使丝绸之路成为世界文化交融的大通道。

黄龙元年（前49）冬，刘询得病，十二月甲戌日，病死于长安未央宫，享年四十二岁，谥号孝宣皇帝，庙号中宗。其子汉元帝刘奭继位，后于初元元年（前48）正月辛丑日，葬汉宣帝于今天西安南郊的杜陵。

汉宣帝刘询，一生坎坷、隐忍、多难、兴邦，堪称一代明君。在西汉王朝的诸多帝王中，起到承上启下的重要作用。

汉宣帝杜陵已被纳入国家重点文物保护单位，保护完好的高冢大陵与周边的万亩林海浑然一体，为后世保留了一处凭吊历史、缅怀丝路风云的人文壮景。

为国家、为民族做出杰出贡献的人，历史不会忘记。

那事

一张葱花饼

头一天就把面发上,第二天收拾行李前开始搭锅烙饼。面揉得不软不硬,火开得不大不小。把面擀开,抹上油、盐、五香粉,撒上葱花,揉匀,擀薄,摊到平底锅里,转着翻着,便两边焦黄酥脆,香气冲鼻了。不久前家里虽添了个省事的电饼铛,但这回我还是决定动手烙,手工饼比电烤饼更富有亲情,不是吗?这张饼我是要背到上海去,给女儿吃呢。

孩子考上大学,到离家遥远的上海求学,我便不能天天见到她了。借着一个活动,我终于有机会去那里看看孩子,心中的喜悦不能自抑。记得孩子在家时,高中学习紧,为了早上多睡会儿,早饭都是带到学校吃,有时是面包,更多时候是家里烙的饼,芝麻饼、五香饼、红糖饼……最爱吃的还是葱花饼。孩子回来常说:"我把饼给同学尝了几块,他们都说咱家的饼好吃。"

把热饼晾凉,装进袋子,放入箱子,收拾停当。坐飞机,倒地铁,打出租,我在汹涌的人潮中穿行,小心翼翼地护着箱子。七八个小时过去,终于到了上海郊区的大学城。在学校宾馆安顿好,给孩子打电话,她正参加社团活动,两个小时以后才能过来。一早赶路,马不停蹄,此时困意袭来,可躺在床上却怎么都睡不着,眼前一个劲儿晃着孩子的小脸。来前我告知孩子行程,电话中我感觉到了她的惊喜,但没有想象中的欢呼雀跃,语气相当"淡定":"好呀,你来吧。"这丫头!

比原定时间晚了半个小时,她才打着伞过来。下着雨,天气凉,娃穿得单薄，小脸有点发黄，军训时的晒痕还没有完全褪去，显得比离家时瘦了一些，只是一双眼睛依然透着聪慧机灵。"快，让我抱一下！"我搂住她的肩膀，感觉那么柔嫩，眼睛便潮湿了。

我打开箱子，取出葱花饼来。

"啊，谁让你带这个来啦，往哪儿放啊！学校食堂里什么饼都有！"

"我大老远带来，想着你爱吃。"

"既然给我带东西，为什么不跟我商量呢？"

"香着呢，你留下来吃吧。"

"我不要，你带走！"

我一时无语、无助了，这是什么情况？

外面的雨小了，我得带孩子出去吃顿好的。离学校不远的商业街煞是繁华，人流熙熙攘攘。在一个较雅致的餐馆坐定，趁着等上菜的机会，跟孩子聊起崭新的大学生活。她轻松地说："妈，我挺好的，学习生活都能适应，你不用操心。"

说话间，我问起她的一个同学，高二时去美国留学，回国后不久突然离家出走了。前几天我们一帮家长还在朋友圈转发消息，帮忙找这个孩子，娃娃在外流浪了十天才被好心人找到送回家。

女儿说："我知道这事，她学习压力太大，心情不好才出走的。"

"这样做解决不了任何问题，她想过父母的感受没有？唉！"

我告诉孩子，在大学生活中，学业进步只是一个方面，还得锻炼适应环境、与人相处、克服困难的能力，一个人的成长，不光是知识的增长，更是素质修养的提升，这其中就包括对亲情的珍视。

"妈，你的意思我懂，学校的事都是我自己打理，我也不会忘了家的。"女儿冲我做个鬼脸，鱼火锅的热气弥漫开了，她的脸色红润起来。

孩子啊，像冲出笼子的小鸟，渴望展翅高飞，生怕受到父母的羁绊。父母那一双双曾托举起孩子未来的手，现在只能远远地挥一挥了。亲情呢，离得愈远愈显得珍贵。

傍晚时分，雨停了。从宾馆到孩子宿舍，大约要走二十分钟。我拉着箱子,孩子挽着我的胳膊,走在校园的林荫道上,四周静悄悄的,雨后的空气清新湿润。箱子里面装着给孩子过冬用的褥子、棉睡衣和热水袋。恍惚间,我们仿佛是晚饭后走在西安的环城公园里,那么熟悉,那么亲切。

"妈,我今天还没亲你哦。"这是孩子上大学前我俩每天的规定动作。于是在一棵茂密大树下站定,孩子轻轻抱着我,在我脸颊上亲了一下,随后便笑弯了腰:"嘿嘿,人家都是学长学姐谈恋爱在亲,没有谁亲妈妈的。"

"他们倒想亲妈妈,有吗?同学们肯定特羡慕你!"

"说的是啊,只有你大老远跑来看我。"

停了一下,女儿说:"妈,葱花饼留下吧,我让同学尝尝!"

心,一下子松快下来。

蓝 田 纪 事

在1991、1992年间,我大学毕业分到西安日报社工作一年后,受单位委派,到蓝田县下乡锻炼,参加驻农村工作队。与我一同下乡的还有报社其他刚毕业的大学生及年轻干部,他们有的去了户县,有的去了长安。我们这一去就是大半年。尽管近三十年过去了,可当时的蓝田县仍让我记忆深刻。

由于交通不便,当时坐车到蓝田要翻狄寨原,路况不太好,上坡下坡,一路颠簸,要走三个多小时。那时报社已实行自办发行,每天有发往蓝田的送报车,中午一点左右轮转车间工人装好报纸后(当时晚报是中午出报,下午送报),车就出发了,我常搭这个顺风车去蓝田,到县城往往都下午四五点了。

在县城进行集中培训后,大家被分配到县城及周边乡镇,我们几个被分到蓝田县委,就住在县委大院。报到后,我们把铺盖拿到县委提供的几间小平房里。我住的房间在前院最西头,也就几平方米大,不见阳光,有些潮湿。里面有一张硬板床,一桌一椅,还有个蜂窝煤炉子取暖,条件十分简陋。随后我们自己买了热水瓶、脸盆等。

当时的县委大院门朝南开,里面是一排一排的平房,门上挂着统一的白门帘,墙上有县委各部门的牌子。干部们商量工作,一掀门帘就进去了,常能听到他们大声说话。大院青砖铺地,处处青苔,一下雨特别湿滑。院前有一个花坛,院子中间栽了些树木,鸟儿整日喳喳叫着。由于机关大院干部经常下乡,平时院子里很清静。一些干部的家就安在大院里,他们在房门外支个炉子做饭,香味飘得很远。大院的人待人很亲切,有天我外出,忽然下起大雨,被子还晒在院子里,待我赶回,隔壁住的一位女干部已帮我收回了被子。

大院北面是食堂,我们在食堂管理员处买了饭票,平时就在食堂吃饭。记得食堂做得最多的是一种面里掺了调料和葱花的软饼,有时是麦黄色的蒸馍、花卷,喝拌汤或苞谷糁稀饭,几乎不吃米饭。师傅是当地人,很简单的饭菜也能做得有滋有味。

有次做韭菜大肉饺子,这种情况不多见,因此来吃饭的人比平时要多。饺子数量有限,每人只能买三两,正当大家埋头吃时,大师傅用饭勺敲着卖饭的窗口喊道:"还有饺子,谁还要?"呼啦一声,窗口便围满了人,抢到饺子的人都非常高兴。尽管在食堂吃的是大锅饭,油水少,但我们很少到外面下馆子,因为周边像样的饭馆不多,铺面大多很简陋。为了改善我们的伙食,当时县委农工部的魏部长还请大家到他乡下的家中吃了一回美味的农家饭。魏部长性格豪爽,待人热情,对农村工作很有经验,经常指导我们工作。

20世纪90年代初的蓝田县城,车少人少,一到晚上街道冷冷清清,商店饭馆早早关门。在县上最难熬的是生活单调,天一黑房间里就一盏昏暗的灯,幸好带了一些书,晚上看看书就睡了,感觉夜晚很长。县上给工作队配了一台黑白小电视,其他队员晚上围着看,电视信号不好,屏幕老闪雪花点。后来工作队还将这台电视机和一台老式打字机赠送给了共青团蓝田县委,他们非常高兴,说这是"雪中送炭"。除了农工部,我们打交道多的就是团县委了。团县委的年轻干部很活跃,有时组织县上青年搞联谊会,我去参加过一两次,大家在一起很热闹。

当时通信不便,没有传呼机、手机之类。县委办公室有电话和值班人员,我就将电话号码告知家里。家里有急事就把电话打到县委办公室,值班的工作人员会专门跑过来喊我,接个电话要走很远。我们来时自带被褥,后来实在太冷,报社给大家送来军大衣和电褥子,还配了手电。大院西墙下有个旱厕,周围没有灯,晚上去必须带上手电。

我们的工作就是下乡镇，走村巷，了解村务状况和农民生活，帮助村上和农民解决一些实际困难。小寨乡水泥厂、焦岱镇的瘦肉猪养殖当时很有名，我们都去考察了解。蓝田县城到各乡、村交通不便，我们的交通工具就是一辆老式偏斗摩托车，年长者坐在偏斗里，我坐在司机后面。冬天滴水成冰，坐着摩托车原上原下地跑，风在耳边呼呼刮过，要用头巾把头包严，否则脸、耳朵都会被冻伤。

蓝田县的各乡镇分布在山区、原上、川道，我们几乎走遍了全县所有乡镇。曾到过蓝田最偏远的山区，如红门寺、葛牌、玉川、蓝桥等，那里沟壑纵横，信息闭塞，土地贫瘠，农民生活艰难。由于山高气温低，地里种啥都长不好，群众编了顺口溜："柿子不熟，苹果不红，核桃没油，板栗像枣核。"由于粮食欠缺，他们平时主要吃一种叫"糊汤"的饭食，就是苞谷糁中下土豆块，稠乎乎地熬一大锅，这样的饭简单还顶饥。吃的菜多是村人自己腌的酸菜。当地的主要粮食作物就是土豆，我们有次到一农户家，一进门发现墙角堆着一堆小小圆圆的东西，屋里昏暗，猛一看以为是核桃，仔细看才发现是土豆。核桃大的土豆切不成丝，只能下锅熬糊汤了。山区收成本来就不好，还时常有野猪来糟蹋。晚上野猪一来，村里男女老少又是点火又是敲锣，让野猪不敢靠近。

汤峪、焦岱、华胥、前卫、灞源、张家坪、三官庙、史家寨、安村、孟村、巩村、九间房……还记得这些熟悉的乡镇，那时跑起来劲头十足，不知疲倦。记得当时我们经常晚上走访农户或开会，不管到哪个村，村干部都很积极，把我们让到自家炕头上介绍村里情况，说眼下的困难，感觉干部作风很朴实。走在乡村的田野里，四周静悄悄，黑黢黢，我有点担心，引路的村干部却很乐观："你看月亮把地照得多亮！"

工作队到农村后，调查研究的同时，也为村民办了一些实事。其中蓝田县孟村乡有个村子比较典型。当时这个村有个"神婆"经常搞封建迷信活动，村民议论纷纷。工作队走访得知，这"神婆"自幼双

目失明，还要拉扯两个孩子，屋子破得躺在炕上能数星星，日子过得很艰难。了解到这些情况，工作队发动乡亲们帮她家修房子，只干活，不吃饭，有什么困难及时解决。"神婆"感动不已，在工作队帮教下很快拆除了家中的神台，表示以后要靠诚实劳动生活。这件事在村里引起轰动。

这个村的男人们大部分一年四季在外做沙发，手头有几个钱，村里赌博成风，搞得四邻不安、家庭不和。为此工作队下硬手禁赌，规定参与赌博的一律处以罚款，严重的移交司法机关。震慑下，大部分赌窝自动散摊，个别的转入"地下"。工作队穷追不舍，又组织一批泼辣麻利的妇女成立禁赌会，严防重查，赌博之风被刹住了，村民拍手称快。

工作队进村是在春节前，村子里婚嫁喜事扎堆，不少村民害怕乡党笑话，借钱也要大操大办，增加了家庭经济负担。工作队于是组织村里德高望重的老人和村干部组成理事会，挨家挨户宣传铺张浪费的害处。村民们纷纷节俭办事，村风大为好转。

吃水是农民的头等大事。就拿蓝田县巩村乡田湾村来说，当时全村一千三百多口人，都要到外村买水吃。村民们常常一大早起床，拖儿带女拉上架子车赶三五里路去买水，老人们也得拄着拐杖去提水。工作队走访了解到，原先村子的两个小组一个有抽水泵，一个有机井，但这两个小组素有矛盾，一个宁肯不吃水也不向对方借水泵，一个宁肯水泵闲着也不让对方使用，以致村里闹了一年多水荒。工作队多次上门做工作，一位队员还自掏腰包购买了水龙头、闸刀等配件，并拿出安装费，终于在春节前让群众吃上了自己村的井水。

从1991年岁末到1992年年中，我们在蓝田锻炼半年多，尽管遇到许多困难，但大家积极努力，工作很有干劲。工作之余，最大的放松就是看书。这里的文化活动比较单调，县城仅有一家影剧院，设施比较简陋，木质座椅，灯光昏暗。每逢有新片上映，因为票价很便宜，观众还不少，我也曾进去看过。

印象最深的是春节前夕，乡亲们到蓝田县城北街赶大集的热闹景象。县城北街长约六百米,摊位一个挨一个,衣服鞋帽、土特产品、烟酒副食、年画挂历应有尽有。年关将至,农民们把攒了一年的钱拿出来,拖家带口,高高兴兴置办年货。这个集市规模大,整条街熙熙攘攘,非常热闹。来赶集的除本地人外,还有周边长安、临潼、商洛等地的农民。蓝田的"勺勺客"也展示手艺,在街上摆出饸饹、凉皮、洋芋糍粑等小吃。沉浸其间,你能感受到浓浓的年味和欢乐气氛。

那段下乡的时光里,我们在蓝田的乡镇村巷留下了无数足迹,广泛地接触了农村社会,了解了农民生活,并且懂得了调查研究的重要。如今的蓝田县已发生了翻天覆地的变化,很多记忆中的东西都消失了,但二十多年前的那段经历,一直停留在我的记忆深处。

龙　窝　酒

二月二，龙抬头，在户县，要喝龙窝酒。

这酒度数高，五十多度，乡人喝着过瘾，解乏。

龙窝酒作坊位于户县涝店镇龙窝村，创建于清代光绪年间，距今已有百余年历史。民国时期，龙窝酒名扬关中，民间有"东龙西凤"之美誉。1936年"双十二"事变爆发，杨虎城将军还用龙窝酒宴请中共代表周恩来。

龙窝酒名气大，靠的是古法酿酒技艺。古法酿酒技艺历经世事变迁能传承至今，得益于酒坊里有口龙窝井。

西安城区及周边郊县过去有许多水井，满足着人们吃水用水的需要。随着自来水的普及，大多数水井被填埋而无踪无影了，明清、民国时期留存下来的老井更是凤毛麟角。龙窝酒坊中的龙窝井就是一口明代开凿的老井。

这口井静置于酒坊的一角，不甚起眼，井口直径五六十厘米，深十五米左右。井台呈圆形，离地三十多公分，用石头砌成，结实坚固，透着古朴的气息。井后立有一块大石头，上面镌刻着"龙窝古井"四字。最有意思的是石头的背面，刻有四句话，像诗，更像顺口溜："老龙卧古井，□□□□仙。但知酒中趣，勿与他人传。"旁边注明"平凹"题，听说贾平凹专门空下四个字，供人想象，其寓意有趣，让人琢磨。探头望井下，凉气扑面，发现井里还有水，水面反射出亮光。井旁有一块大石盘，须两人合力方能搬起，这是平时用来盖井口的，以防雨水或杂物落入井中。

距井口两米远,卧有一龙头。据介绍,早先古井前确实卧有一龙头,后来被毁,现在这个龙头是按原样仿制的,造型生动。

酒坊大门外立有一石碑,上面注明"古井为明代所凿",具体是哪一年,没人说得清楚。

古井旁有一棵粗大的柳树,柳枝低垂,绿叶婆娑,使这里显得十分幽静。据说此地原来还有几棵杨树,七八丈高,后来被砍伐了。柳树旁有座龙王庙,距今也有些年头。小庙的木门上挂着老式门锁,钥匙放在门楣的缝隙中。打开庙门,里面供奉有龙王坐像。每年二月二"龙抬头",村民们都要到这里祭祀井神和龙王。

这口古井是谁开凿的?当地历史文化研究学者介绍说,明朝末年,一批河南人逃难到陕西,他们逐水而居,在这里安家。这些河南老乡大多姓费,因此当地人称他们"费家户"。这口井就是费家户人修的。据考证,当时打井用的是老办法:画好位置,便安排人向下开挖,下边挖土,上边有人接应,提筐下筐倒土。待挖到下边见水,井筒子便挖好了,下来就开始箍井。箍井时井下设一圆形木档,人站在木档与井壁之间,在井壁上垒石头,在石头间填土,把井壁箍得很瓷实。一层箍完,档子往上升一层,再接着垒石头,填土,箍井壁,直到箍到井沿,井就箍好了。打井是个苦力活,打一口井,要经历数月,动用许多劳力。用石头箍的井,结实耐用还不渗水。

据说费家户是酿酒的高手,他们之所以要在这里打井,是发现了这里的水质好,适合酿酒。此地离涝峪口十公里左右,西边一里是老甘河,东边一公里是涝河,北边又临渭河。南依秦岭,三面环水,加上龙窝村这一带地势低洼,地下水位高,因此这一带水量十分充沛,"龙窝"之名由此而来。明嘉靖年间有年发大水,龙窝村的农田还被淹了。龙窝村北边的杨家滩、曹家滩之名,也跟此地水多有关。

专家考证,费家户人在明朝便用此井水酿酒,当时是小作坊生产,产量较低。清光绪年间,龙窝酒坊建立,龙窝酒味道醇厚,名扬远近。

拥有百多年历史的龙窝酒作坊后被列入陕西省第六批重点文物保护单位。每年二月二"龙抬头"的日子，这里都要举行大规模的民俗活动。乡亲们敲锣打鼓，抬着五谷与祭祀供品，到龙窝井取水，拌酒曲、蒸酒糟、敬酒神，这种风俗一直持续到现在。

龙窝井目前由专人保护、照看。据考证，古井的历史应该有四五百年，用此井水酿酒的历史一直延续至今。这口老井，记录了社会的变迁、人世的沧桑，至今水质没有受到任何污染，甘醇清冽，不能不说是一个奇迹。

在龙窝酒坊，我和几位朋友目睹了古法酿酒技艺，十多道工艺毫不马虎。最后，酿酒师傅端来新酿的龙窝酒让大家品尝，从不沾酒的我被辣出了眼泪。大家说笑着，又去吃臊子面。面条又筋又长，臊子红红绿绿，再调上辣子香醋，十分可口。大家猜测这面也是用龙窝井水和的，直称这是一块宝地。

坐个车车到咸阳

"一点上了天,黄河两头弯,八字大张口,言字往里走,你一扭,我一扭,你一长,我一长,中间夹个马大王。心字底,月字旁,画个钩钩挂麻糖,坐个车车到咸阳。"这是陕西人耳熟能详的鱯鱯面的鱯字,这个字可以说寄托了老陕对幸福生活的全部向往:有房住,有衣穿,有饭吃,有车坐,有话说……当然,还能出来游玩,买几块苞谷熬的麻糖,就往咸阳来了。不上陕北,不下陕南,不到东府,为啥偏偏是去咸阳?民谣往往代表着民心。可见在古时人民大众的心目中,咸阳是个好地方,是出行的首选。

一

2017年的春天,我又上了一次咸阳原,也是坐着车车去的。记不清去过或者路过咸阳多少次,而前往西咸新区的秦汉新城,却是第一次。从地理位置上说,它是咸阳北部的一大块区域:南跨渭河与西安相望,北临西安咸阳国际机场,西至兴平,东到包茂高速,东西狭长,达四十公里,一西一东分别有汉武帝茂陵和汉景帝阳陵"驻守"。民谣中的"坐个车车到咸阳",理应也包括这片大地。

行走在秦汉新城,风雨之中,我就踏在秦砖汉瓦上。

就像两条有力而温情的臂膀,泾渭两水将秦汉新城合抱其间,护佑着这片曾经激荡着无数历史风烟,数千年来依然让人津津乐道的神奇大地。

这是一片肥沃的土地，而在秦汉史上，这更是一块宝地。

思绪不由回溯到殷商时期。当时，秦汉新城这块区域是周王季（周文王之父季历）的封地，商代末年，这里又是周文王第十五子毕公高的封地。公元前770年，周平王东迁洛邑时，秦襄公护送有功，故受赐岐丰之地。秦人自此挺进咸阳，今天秦汉新城的范围被逐步纳入秦国版图。

秦孝公十二年（前350），秦国做出了一项重大决定，"作为咸阳，筑冀阙，秦徙都之"，将都城从栎阳（今临潼北）迁到咸阳（今咸阳东北）。当时秦咸阳的都城面积约一百平方公里，孝公在一片荒野中筑城修殿，苦心经营。从孝公在此修建冀阙宫，秦惠王增宫扩城，到秦昭襄王拓展疆域，咸阳这座地处中国西北的小城，随着版图的不断扩大，渐渐走上中国政治舞台中心，上演出一幕幕血雨腥风、刀光剑影的历史大戏。

"咸阳宫阙郁嵯峨，六国楼台艳绮罗。"回想起唐代大诗人李商隐的诗句，胸中不由勃发起一股激情。是的，自秦孝公迁都至此，到秦始皇完成统一大业，再到秦最后覆亡，我脚下的这片土地作为秦国和秦王朝的都城长达一百四十四年之久。经过历代秦王多次扩建以及秦统一后仿六国宫殿的建设，秦都咸阳横跨渭水南北，交通发达，经济繁荣，人口逾百万，成为当时世界上规模最大、最繁华的都城之一。

难怪民谣里要唱"坐个车车到咸阳"呢！

在中国历史长河中，咸阳城也就是今天的秦汉新城，绝对称得上是一座有故事的城。战火硝烟，金戈铁马，几代秦王在此成就霸业。大秦王朝虽然短命，只存在了十五年，但它有前期百余年的铺垫积累，大秦王朝政治、经济、文化等综合国力快速增长，对后世产生了巨大且深远的影响。不是吗？修建中国最大的军事防御设施——万里长城，修建中国第一条高速公路——秦直道，修建当时重要的水利枢纽工程——都江堰，以及开凿修建灵渠、郑国渠等惠及万世的重大工程，均是在这里做出的决策！

两千两百多年前，秦人创建了统一文明，构建了法治社会，这两大历史创造，奠定了中国文明的根基。

那是一个强势生存，变革图强的时代。

那是一个原典林立，文明聚集的时代。

那是一个结束分治，万流归海的时代。

驻足秦汉新城，我在想，为什么是秦人统一了中国？不消说历代秦王的雄才伟略，只提起白起、蒙武、蒙恬、王翦这一个个闪光的名字，便让人振奋。这些威武的将士身上所体现的秦人本色是那么鲜明：那审时度势的机智，那义无反顾的率性，那喷薄而出的血性，那肝胆相照的情怀，无不让人叹服。他们虽然都有着不同的人生结局，但留下的秦人风骨绵延至今。这种风骨铸就了秦人的性格：厚道、勇武、倔强。

二

都说陕西黄土埋皇帝，陕西最集中的古代帝王墓葬群可以说就在秦汉新城。在这块三百平方公里的区域内，从西至东，依次分布着汉武帝茂陵、汉昭帝平陵、汉惠帝安陵、汉高祖长陵、汉景帝阳陵，这里因此也称"五陵原"。说是五陵原，其实在这片陵墓区，还有汉成帝延陵、汉平帝康陵、汉元帝渭陵、汉哀帝义陵……

汉朝的皇帝命运各异。有的施展雄才伟略建立汉室江山；有的开疆拓土成就一番事业；有的潜心发展国力，成为中兴之君；有的则遭受命运的愚弄，人生不得志，郁郁而终。车过安陵时，一座巨大的绿色墓冢映入眼帘，这是汉惠帝刘盈（汉高祖刘邦和吕后之子）和孝惠张皇后的合葬陵，这里埋葬着一个善良、懦弱而孤独的灵魂。他曾有振兴汉室大业的雄心，也曾继续推行休养生息的政策，修筑长安城，强大国力，但由于个性仁弱，目睹其母囚禁戚夫人并残酷地将她割为"人彘"，惊吓过度，抑郁而死，年仅二十三岁。车停下，我们本打算攀登上去，由于下雨道路泥泞，便只在墓冢下凭吊一番。

1990年，汉景帝阳陵首次正式发掘，我曾随陕西省文物局采访报道。当时四周还是一片荒野，考古发掘也是慎之又慎。经过二十多年的不断发掘，当这座陵寝的秘密被完全揭开时，天下为之震惊。狗年春节过后，我又一次来到汉阳陵。一千六百平方米的展馆收藏着汉阳陵遗址多年来考古发掘的出土文物一千八百多件，琳琅满目，丰厚珍贵，令人叫绝。我长时间凝视这块土地下重见天日的各式人俑、车马、器物，汉代瓦当上的文字图案是那么精美绝伦："长乐未央""与天久长""与天无极""永奉无疆""千秋万岁"……可以想象，当时西汉与民休息后国力得以恢复，文化艺术展现出高超水准。

"秦时明月汉时关，万里长征人未还。"经历两千多年的岁月沧桑，昔日的繁华喧嚣已经远去，那深宫里、战场上、酒宴前演绎的一幕幕历史大剧早已拉上帷幕，一个个赫然挺立、真实鲜活的人物也尘归黄土。那些夕阳下的垒垒高台静默着，似在诉说着昔日的辉煌。物质的一切都消散了，唯有这块土地上的文化积淀下来，它被看成我们民族的血脉。

从厚重深沉的历史中走出来，秦汉新城的阳光十分明媚，我看到了渭河。

三

渭河，黄河最大的支流，它从甘肃定西渭源县鸟鼠山发源，一过天水，便奔腾于关中平原，经宝鸡过咸阳出渭南，一路向东，在潼关汇入黄河。

"蒹葭苍苍，白露为霜。所谓伊人，在水一方。溯洄从之，道阻且长。溯游从之，宛在水中央……"《诗经》中这首脍炙人口、千古流传的情诗《蒹葭》，写的就是咸阳渭河之畔发生的故事。在那芦苇茂密的水边，白露结霜的浓浓秋意中，诗人在思念远方的心上人，那种深情的呼唤，不顾道路崎岖、逆流而上的追寻，动人心魄。

一个城市，一旦有了水，便有了生气。史前时期，渭河流经咸阳时水量充沛、滔滔不止，先民们在此耕田打鱼，繁衍生息。那两岸丰美的水草,那宽展开阔、奔流不止的河水,那上下翻飞、嬉戏水面的各式水鸟,加上渭北台塬茂密的原始森林和草场,组成了一幅多么美的图画。千百年来,这一方水土因为渭水的滋养,城市繁茂兴盛,百姓安居乐业。

曾几何时,渭河渐渐干涸,失去了往日的神采。丰美的水草消失了,栖息觅食的鸟儿飞走了,原本平整的河滩被挖得千疮百孔,四野一片荒凉。自然环境的改变,加上急功近利的野蛮式开发,使人类受到了大自然的惩罚。

我这次目睹渭河生态景观带的真容时,真有点不敢相信:渭河绕城而过,它不仅变得丰腴美丽、清澈透亮,而且河滩被整修装点得像一条公园长廊,显得生机勃勃。

我不得不佩服建设者们的大手笔、大智慧、大干劲。渭河景观带防洪大堤全长近十九公里,西起上林大桥,东至西咸交界处。在渭河岸边,油松、大叶女贞、枇杷、国槐、海棠、山楂、樱花等几十种苗木花卉错落有致,生机盎然。更值得一提的是,新加固增高的渭河防洪大堤防洪标准达国内一流:即使遭遇百年不遇的特大洪水,渭河大堤也是固若金汤,再不怕水灾肆虐了。

我忽然有一种恍若隔世的感觉:这是一座古老的城,更是一座现代的城。

自古以来,秦汉新城所处的关中腹地就是宜居之地,这里四季分明,气候适宜,土地肥沃,物产丰饶,为老陕所津津乐道。在现代社会,宜居之所不再是久居城市中的"水泥森林",而是能"望得见山,看得见水,留得住乡愁"的地方。

有人把秦汉新城比喻为渭北高原上一颗熠熠生辉的明珠,博大精深的文物古迹是这里弥足珍贵的文化资源,也是中华民族的历史瑰宝,让身为秦人后代的我们无比骄傲。此次西行,我曾流连于秦咸阳宫遗址博物馆,对着一件件珍贵文物凝神细观。走进紧张建设中的咸阳博物院施工工地,那庞大恢宏的建筑群,那要将秦咸阳城遗址文化深度挖掘,将考古出土文物广泛收于一地、集中展示于天下的不凡气概,无不令人感奋。对于向往大秦帝国辉煌时代的人来说，这是一个兴奋的等待。

"渭城朝雨浥轻尘，客舍青青柳色新。劝君更尽一杯酒，西出阳关无故人。"渭城，就是秦时的咸阳城，汉时改为渭城。唐代诗人王维的这首名诗写的就是今天秦汉新城的风物人情。秦汉时期，这里是西行人的必经之地。特别是在汉代，这里是古丝绸之路从长安出发后的第一站，更是长安西去的一个重要驿站。如今，它是西安西部的门户，向东，守望着古城西安，向西，迈向远方的丝绸之路。它在历史和现代的交会点发力、成长、壮大……

大禹与岣嵝碑

大禹治水的故事可谓家喻户晓。大禹不仅是治水英雄，更是中国历史上第一个王朝——夏朝的缔造者。浙江绍兴有一座会稽山，相传夏禹曾大会诸侯于此计功。而绍兴，也因大禹留下丰富的历史遗迹而闻名。每年农历谷雨当天，绍兴还会举行隆重的公祭大禹陵典礼。

"盖九州之中，禹之迹无弗在也，禹之庙亦无弗有也。"根据历史传说，大禹的足迹遍布全国，许多地方都留有纪念大禹的文物古迹。而陕西，就有一块与大禹有关的岣嵝碑。

西安碑林博物馆是收藏我国古代碑石时间最早、数量最大的一座艺术宝库，陈列有从汉到清的各代碑石、墓志共一千多块。碑林博物馆的一隅，就陈列着这通岣嵝碑，碑身挺拔，浑厚朴拙。据传此碑为夏禹所写，内容也与大禹治水有关。关于岣嵝碑的记载，早见于东汉赵晔的《吴越春秋》、东晋罗含的《湘中记》。其后，北魏郦道元《水经注》、南朝徐灵期《南岳记》、南宋王象之《舆地纪胜》均有记述。

岣嵝碑原刻于湖南省境内南岳衡山岣嵝峰，故称岣嵝碑，原迹曾消失千年，2007年7月被重新发现。相传此碑为颂扬夏禹遗迹，亦被称为"禹碑""禹王碑""大禹功德碑"。西安碑林的岣嵝碑就摹刻于此碑，时间应为清康熙五年（1666），当时江苏武进著名文人毛会建因感碑林中无禹碑而刻此石，并加正书注释。除西安碑林外，昆明、成都、绍兴等处皆有摹刻。

我在碑林博物馆看到，岣嵝碑碑文共九行七十七字，第一至八行每行九个字,最末一行五字。字形如蝌蚪,既不同于甲骨文和钟鼎文,也不同于籀文蝌蚪。有人猜测可能是道家的一种符箓,也有说是道士伪造,而碑文的具体内容一直被古文字学家争议考证了几百年。

于是搜百度,上面介绍,岣嵝碑上的文字译成古文就是:承帝曰咨,翼辅佐卿。洲渚与登,鸟兽之门。参身洪流,而明发尔兴。久旅忘家,宿岳麓庭。智营形折,心罔弗辰。往求平定,华岳泰衡。宗疏事裵,劳余伸裡。郁塞昏徙,南渎衍亨。衣制食备,万国其宁,窜舞永奔。按现代文字句读,就是帝尧及左右大臣向万民宣告,如今地方上到处是水,田地被淹,高地成岛,外出察看,到处是禽兽的足迹和洞巢——这与传说中岣嵝碑是大禹治水的记功碑这一说法相合。

岣嵝碑文字和仓颉书、夜郎天书、仙居蝌蚪文、东巴文字等同等地位,被认为是我国现已发现的八种神秘、有待破解的原始文字或符号之一,民间称之为"天书"。早在明代,人们就开始了岣嵝碑文字的破解,杨慎、沈鉴、杨廷相、郎瑛四人的释文为世人所知。也有专家指出,岣嵝碑上的文字其实是一篇登高祭山之辞,将它与大禹治水联系起来,有些牵强附会。这些都有待专家进一步考证。

我还得知,武汉大禹文化博物馆也藏有一通禹碑,而且跟西安碑林博物馆的岣嵝碑颇有渊源。专家介绍:"晴川阁(即武汉大禹文化博物馆)中有一块著名禹碑,记载了禹受舜命,艰苦卓绝的治水功绩。它由清朝著名文人毛会建历尽千辛万苦自衡山摹刻于此,后又摹刻于西安碑林。但晴川阁的原碑于1933年前后被毁,现在的这块是从西安碑林摹刻而来,历经了百转千回,才得以呈现于此。而正是这块禹碑将西安碑林与晴川阁联系在了一起。西安碑林博物馆和武汉大禹文化博物馆,都以弘扬和传承中国传统文化为己任,两地文脉相通。"

除岣嵝碑外,在陕西韩城市东北三公里的周原村,还有一座大禹庙。此庙原名大夏禹王庙,简称大禹庙,是祭祀夏禹的庙宇。主要建筑有大殿两座和厢房、偏房十二间。占地四百二十五平方米,始建于元大德五年(1301),明代曾重修。正殿有泥塑彩绘坐式禹王像和郭子仪像，两旁有泥塑彩绘小像。献殿前有两根白沙石柱，柱上刻字"岌大元国大德五年岁次辛丑孟夏制"。

韩城市另外还有明万历七年（1579）"重修禹王庙记"石碑一通，是韩城市的重要文物古迹。

不仅如此，在西安市长安区杜曲镇西杨万村还有一座"大禹治水"的雕塑。雕塑中洪水滔滔，大禹手持一把石铲，上身赤膊，全身心投入治水行动。

看来，大禹跟陕西还挺有"缘"。

长安过会

每年的农历七月十五,我们长安农村有过古会的习俗。小时候回老家过会的情景,一直留在我的记忆深处。

长安古会起源于农耕时代,据说已有上千年历史。长安农村每个村子过会的时间不同,大多在农忙前后,我们郭杜镇香积寺村是在农历七月十五过会。这时麦子早归仓了,秋苞谷种了,地里的活不太多。立秋好一阵了,伏天结束或临近结束,天气不像农历六月那样酷热,早晚有了一些凉意。加上吃食好,瓮里有新麦,地里有蔬菜,能摘的水果也多,人们的精神状态明显好于平时。

举办古会的目的,一是农忙前后,人们在农作物收获期间相互帮忙,借此互相答谢,二是借此机会,平时各自忙碌的亲戚见个面,聚一下,说说一年的收成,聊聊各自的生活情况。过会就是经过大家集体决定,最终定下在一个固定时间走亲访友。

20世纪70年代末80年代初,长安过会非常隆重,甚至比过年还热闹。那时期我上小学和初中,每年过会都要跟着父母回老家。记得是在南门坐十五路公交车,票价很便宜。有时父亲和哥哥是骑自行车回去,从南门走长安路,到三爻村要上一个很大很高的坡,车骑不上去,得下来推着走。上到坡顶,歇一下,然后一气下到坡底,就到韦曲了。从韦曲往南走,到何家营村,再折向西南,穿过何家营村的一座小桥,就到了贾里村。这时要再上一个坡,下了坡就能看到香积寺的古塔了,直往西就到了香积寺村,全程二十多公里。现在走子午大道特别快捷,但比较拥堵。过去路上除了公交车,几乎见不到汽车和摩托车,大多是自行车、架子车,还有马车。赶马车的把式坐在车头,摇着鞭杆,一路走过,地上会留下一坨坨马粪。

通往村子的路上,都是一伙一队赶会的人:男人骑着自行车,带着妻儿,车头挂着礼品;或是几个人相跟着,挎着篮子、挑着担子在田间疾走,细心的妇女在馍篮上盖着白手巾。人们都穿戴齐整,小孩头上扎着花。家人早早在村口迎接,见人来了忙招呼进家门。

那时农村的房子显得很低矮,外墙上抹着黄泥,屋顶上晒着烟叶。院里屋里人凑堆堆,都是各路亲戚,男人们抽着烟蹲成一圈说庄稼、收成,女人们挤在炕上谈论做饭裁衣的手艺、管娃的经验,通报些谁家老人过寿了、谁家娃娃结婚了、谁考上大学了之类的信息。过去通信不发达,农村人要获知信息,必须见面说。老家小院一角有口水井,因为过会,周围家中无井的邻居都来挑水,人来人往,寒暄礼让,煞是热闹。

过会时,吃食是最好的。亲戚们来大多带着新麦蒸的白面馍,上面点着红点,也有拿挂面、麻花的,都是一份心意。城里人带着蛋糕、罐头,总是最让人稀罕。

一大早,厨房已有人忙活着做待客的臊子面了,一般是我奶奶主厨,她做臊子面有一绝。把面擀薄擀圆,不是用刀切,而是用擀杖压住面,刀贴着擀杖"剺面"。擀杖向左转动,刀不停,面一根根剺下,一把把放好,面条又长又筋,这是长安臊子面的特点。一旁有人切肉做臊子,有人拉风箱烧火,有人负责挑水。因为用水量大,刚从井里打上来的水是混浊的,得沉淀一阵儿才能用。

水开下面,下到锅里真是莲花转,挑上筷子"荡秋千",捞出来浇上臊子,开吃。长安臊子面是我吃过的最好吃的面,丝毫不逊于岐山臊子面,臊子也就肉丁、木耳、黄花、豆腐、韭菜几样菜,简简单单,但味道十分鲜美,有的人一吃就是十碗八碗。

男人们总要喝点酒,炕桌上摆上几碟简单的下酒菜,就吆五喝六起来。喝的不是什么瓶装酒,而是老家人用大麦拌酒曲酿的稠酒,透亮的

淡黄色，冒着热气，像醪糟又像黄桂稠酒，但更有一股粮食的味道，女人娃娃也能喝。

孩子们最喜欢到河道里去玩。河道离家一里多地。路上遇到苞谷地，男孩子就去折来嫩嫩的苞谷秆当甘蔗吃，又香又甜。这条河应该是潏河或滈河吧，河道有二三十米宽，河岸上全是细细的白沙，光脚踩上去很舒服。河的两岸是稻田，稻田里还有黄鳝，蛙声此起彼伏。四周一片青翠，抬头就能望到南山。一群孩子下到河里，河边是大片的芦苇，河水清凌凌的，没过膝盖，能看到许多小鱼游来游去，游鱼的嘴不时触碰到腿上，手伸到水里还能摸到小螃蟹。看我们顺着水跑，在河边青石上洗衣的妇女就大声呼喊"远处水深，不要过去！"最深处的水能没到成人脖子处。临回家，我们会把捉到的鱼和黄鳝又放回河里，因为那时长安人不吃鱼。饭桌上虽少肉味，但从不让鱼沾炒瓢，怕腥，现在看来主要是不会做。

香积寺也是我们玩耍的好去处。香积寺建于唐代，是佛教净土宗祖庭，诗人王维《过香积寺》一诗人们耳熟能详："不知香积寺，数里入云峰。古木无人径，深山何处钟。泉声咽危石，日色冷青松。薄暮空潭曲，安禅制毒龙。"描述了古寺钟鸣、山泉清幽的景致。那时的香积寺没有现在修得这么规整华丽，却十分清静古朴。寺院里有和尚居住的茅屋，门前还种着菜，感觉是与村庄融为一体的，香积寺古塔便显得十分雄伟高大。寺庙的和尚被划入生产队，当时好像是十三队，他们每日挑水种菜，自给自足。我们在古塔下面捉迷藏，和尚见了也很和善。

过会时，村里最盛大的事就是看戏。打麦场的空地上早早搭起戏台，一入夜，剧团的演员们便粉墨登场了。戏台下黑压压一片，叫好声不断。长安是"戏窝子"，会唱戏的人多，有时村民还自己唱自己演。哥哥有次被叫去临时救急，扮演《苏武牧羊》中的小羊，反穿皮袄，趴在台上不能动。另一边则放电影，《南征北战》之类，但一面墙大的银幕前除了娃娃并没有多少大人，都跑去看戏了。

随着年龄的增长,爷爷奶奶离世,后来就很少回老家过会了。有一年回去,发现河道里满是大大小小的石头,河床比原来低了十多米,剩下细细的一点水,这是疯狂挖沙造成的。再也找不回当年从村路上一下跑到河岸,跳到河里畅快嬉戏的感觉了。我们这一带过去河道交织,水量充盈,稻地多,产的"桂花球"大米很有名,现在好像都没有了。

听说现在村里每年七月十五还过会,但形式变了,如今通信便捷,人们更多地通过手机交流,见面成为一种奢侈。亲朋相聚,大多是开着车来,吃一顿饭,便四散了。过去的时光早已远去,唯有怀念悠长。

那幢让人崇敬的小楼

2017年初冬时节，我抽出几天时间，随西安秦腔剧院新编秦腔历史剧《易俗社》剧组参加第十九届中国上海国际艺术节。此时的沪上，应该说是最美的季节。北方已进入供暖季，人们早早裹上棉衣，而黄浦江两岸依然花红柳绿，俏丽的姑娘们穿着短裙飘然而过，留下一串串欢声笑语。街边的柳枝随着风儿轻拂，柔美极了。

演出在豪华雅致的上海东方艺术中心举行，我们居住的酒店不远处就是世纪广场。这个广场宽阔大气，设计时尚，绿化美化水平之高，让从古城而来的我们大开眼界，不由得感慨上海不愧是时尚之都。那次赴沪行程安排得特别紧，除两场高规格的演出外，还在复旦大学、上海戏剧学院举办了"百年易俗"展、秦腔讲座和专家研讨会。在紧张的行程中，剧院专门组织演职人员到中共一大会址参观。

因参加另一个活动，那天我是一个人坐地铁去的一大会址，大家说好在会址门口会合。从黄陂南路站下车，离目的地便不远了。一路打听，上海市民一听说是去一大会址，没有不知道地方的，一位清扫马路的大叔不仅热情地指路，还把我送过马路，指好方向才离开。

顺着黄陂南路一直往前走，眼前不时飘过鲜艳的党旗。步行五百米后向左一拐，就看到一幢外墙青红砖交错的建筑，半圆形的门楣上有红色雕花，显得肃穆庄重，这就是中共一大会址了。在建筑的外墙正中，镶嵌有中共一大会址纪念牌，其为汉白玉质地，上面书写着"中国共产党第一次全国代表大会会址"字样。

中共一大会址位于上海市兴业路76号（原望志路106号），距离外滩也就半个小时车程。这幢建筑三四十米长，临街而建，坐北朝南，隔几米便有一个黑漆大门，门上镶有铜环。因为临街，高大的行道树绿枝婆娑，树与楼的色彩和谐搭配，远看就是一幅绝美的油画——这里就是中国共产党诞生的地方。它伫立在大上海闹市的深巷中，已经九十六年了。

我与秦腔剧院的演职人员在会址门口会合了，大家在门前合影后，赶紧加入参观队伍。趁着排队的工夫，我仔细观瞧这幢小楼。这是一幢典型的石库门住宅建筑。上海的旧弄堂一般都是石库门建筑，其融汇了西方文化和汉族传统民居特点，是最具上海特色的居民住宅。这种建筑以石头做门框，以乌漆实心厚木做门扇，因此得名"石库门"。

在一大会址的周围，许多建筑都保留着典型石库门建筑风格，还有一处"石库门屋里厢博物馆"，都成为上海历史的见证。

队伍缓缓向前移动，排到跟前，凭有效身份证领取免费参观券后，经过安检，进入内场，便有讲解员在迎接了。

一入门便可看到一幅巨型人物浮雕，刻画着1921年参加中共一大的十三位党员和两位共产国际代表的形象，青年毛泽东居于正中位置，整幅浮雕造型生动，恢宏大气。

看过浮雕，从旁边一个通道拐过去，在一个较隐蔽的地方，就会看到中共一大会议室原址。这个只有十八平方米的房间按照当年会议场景复原布置，房间比想象的要狭小很多，椅子之间的距离很近，桌上放有茶杯。据介绍，客厅里的陈设，均按有关当事人的回忆，根据原样仿制，真实生动。

1921年7月，身着长衫、中山装、西装的十多位有志之士，怀着对马克思主义的憧憬，从四面八方赶到位于法租界的这个幽静小院，轻轻叩响铜环。7月23日，来自各地中国共产党早期组织的代表李达、李汉俊、张国焘、刘仁静、毛泽东、何叔衡、董必武、陈潭秋、王尽美、邓恩铭、陈公博、周佛海、包惠僧及共产国际代表马林等秘密会聚在上海法租界的贝勒路树德里3号（即今兴业路76号），举行了中国共产党第一次全国代表大会。

青色砖墙、红色窗棂、精致条桌……毛泽东同志称这里是中国共产党的"产床"，习近平同志称这里是中国共产党人的精神家园。我久久凝视着这张桌子，想象着当年中共一大召开的情景，对这个决定着整个中国和人民命运的地方心怀崇敬。除一大会议室外，一楼还有多间小房子，包括会客室、厨房等，布局紧凑。

中共一大会议的现场是什么情景？从一楼拾级而上，二楼一组栩栩如生的蜡像为人们还原了当时的场景。一间大客厅的正中，围坐着参加会议的十五位代表（包括两位共产国际代表），他们坐姿各异，目光坚定，热烈地商讨着，桌上摆放着茶具和烟缸。根据当时会议进展的状况，蜡像后面的多媒体投影机不时打出一大代表的大幅头像，配合着解说词，让观众有身临其境之感，给人以强烈的视觉震撼。

二楼楼梯口的一面墙上刻着董必武的题词"作始也简，将毕也钜"。董老以这句出自《庄子·人间世》的名言来说明共产党人应该认识到自己事业的长期性和复杂性，有毅力，有信心，善始善终地争取革命的最后胜利。

流连于此，发现一大会址所在地其实是一处深宅大院，其间有多条通道，布局巧妙。这幢建筑建于1920年秋，已经历了近百年的岁月沧桑。此楼房建成后不久，上海共产主义小组发起人之一李汉俊及其兄李书城（同盟会发起人之一）租用望志路106号、108号为寓所，将两幢房屋的内墙打通，成为一家，人称"李公馆"。

1922年，李氏兄弟迁居退租，该屋为其他居民租用。1924年该屋改建，增建了厢房，楼下开设商店，房屋面貌全非。中华人民共和国成立后，为迎接建党三十周年，1950年9月，中共上海市委根据中央的指示，寻找中共一大会址。经多方勘查，李达、董必武、包惠僧和李书城夫人等多位历史当事人、见证人现场踏勘，确认兴业路76号为中共一大会址。中共一大会址在1952年后成为纪念馆，1961年被国务院列为第一批全国重点文物保护单位。1984年3月，邓小平同志为中共一大纪念馆题写了馆名。1997年6月，这里成为全国爱国主义教育示范基地。

2016年9月，上海中共一大会址入选"首批中国20世纪建筑遗产"名录。据工作人员介绍，其所在的这片建筑原有楼房共两排九幢，一上一下，砖木结构，坐北朝南。其中南面一排五幢房屋沿兴业路（原望志路）而立，中共一大会址即在西首两幢。北面一排四幢在黄陂南路（原贝勒路）树德里弄内。全部占地面积六百平方米，建筑面积约九百平方米，如今均按当年外貌原状修复，形成一处独具意义的建筑群。

一大会址旁是充满活力和时尚气息的上海新天地，从新天地可以看见这幢建筑的后楼，一面青砖墙面上写着"中国共产党从这里诞生，中国共产党人从这里出征，中国共产党历史从这里开始"。

从这面墙下延伸开来，是上海新天地一家挨一家的雅致店铺，人们或悠闲地漫步于此，或品着香浓的咖啡，惬意交谈，生活显得如此美好。

"八办"有口井

2017年冬季的一天，我走进西安七贤庄一号院，八路军西安办事处纪念馆，一处处展室看过去，在旧址二进院的西墙下，一眼看似普通的水井吸引了我的目光。

曾经很多次来到这幽静的院落，以前来时从没注意到这口井，井口不大，直径四五十厘米，与一般农家井差不多，周围砌有青砖。绞水的辘轳离井口约一米高。井口旁有一个用青砖砌成的方形水池，用来洗菜、洗衣服。别看这口水井不起眼，却解决了当年驻扎在七贤庄一号院的八路军洗衣洗漱和饮水问题。朱德总司令等入驻"八办"的领导人都曾用过这井里的水。

这口井是何时挖的，准确时间说不清楚，有人分析说应在1936年前后。据了解，"八办"旧址包括七贤庄第一、三、四、七号院，建造于1936年，共有十所坐北向南的院落，均为四合院式建筑。其中七贤庄一号院，是八路军驻西安办事处的主要办公地点。1936年初，中共的秘密转运站在此设立。1936年底，西安事变和平解决后，我党在这里设立红军联络处。1937年卢沟桥事变爆发后，抗日民族统一战线形成，红军被改编为国民革命军第八路军，红军联络处也于同年8月改为八路军驻陕办事处。从1936年至1946年这十年间，"八办"里住过周恩来、刘少奇、朱德、叶剑英等我党领导人，以及八路军将领和战士、艺术家等，"八办"还接待过大量从全国各地奔赴延安的爱国进步青年。

大家留住在"八办"，首先要解决用水问题。当时我党在这里设立红军联络处，看中的就是七贤庄一号院独特的地理位置和方便的配套设施。20世纪30年代末，国家还很贫穷落后，整个西安市没有自来水，没有地下排水道，群众吃水都是自己挖水井，或到有水井的地方去担水。因此有人分析，1936年，红军联络处在此设立时，七贤庄的院落里应该就有配套的水井。

中华人民共和国成立前，因地下水严重污染，西安大部分井水又苦又涩，群众称之为"苦水"。据"八办"纪念馆工作人员介绍，院里的这口井也是一口苦水井，同志们开始只用此井水洗衣、淘菜，饮用水要到西门附近的甜水井去拉。

甜水井位于古城安定门（西门）瓮城内，其水质甘甜，而且水量充沛，足以供城市居民饮用，许多单位也定点在此拉水。从"八办"到西门甜水井，要穿过几条街道，路途不近，拉一回水来回得两三个小时。办事处同志们吃的水，原来由一个水夫拉，因为拉水的车子是铁轮的，国民党当局不准车在马路上行驶，以后就改为担水吃了。

当时时局动荡，社会不安，特别是皖南事变后，国民党顽固派对"八办"人员的监视和迫害变本加厉，经常制造摩擦，挑起事端。有一次还发生了特务教唆水夫向水中投毒事件。1941年1月的一天，水夫外出挑水，突然被几个特务拉到特务机关，威逼利诱，软硬兼施，最后拿出一包毒药交给水夫，让他回办事处后放到水缸里，并威胁利诱说："一放你就出来，我们给你钱，送你回家过安稳日子。你要是不老老实实地办，可要小心你的脑袋。"特务们没有想到，水夫回到办事处，就把情况如实讲了，使顽固派的阴谋落了空。之后，我党发言人把国民党特务的这一卑鄙行径给予彻底揭露。从那以后，办事处不敢派人到甜水井担水了，大家不得不吃院里这口井里的水。当时尽管生活艰苦，但大家以苦为甜，乐观向上，同志们说："水苦，可我们的心是甜的，用这苦水做饭倒省盐了。"

当年办事处的同志洗菜、淘米、洗衣服全用这口井的水。朱德总司令和康克清同志住在办事处时，就在这井边洗床单和衣服。贺子珍同志1937年来"八办"时，正值冬天，水盆里结了冰，她用洗衣板把冰敲开，就坐在井台旁洗衣服，非常平易近人。

当年，办事处门前还有一块菜地，同志们自己种菜，既节省了外出买菜的费用，还能改善伙食。朱德总司令每次来办事处，不管工作多忙，都要抽空到门前的菜地里和大家一起参加劳动，整地、下种、浇水、施肥，浇灌菜园用的也是这口井里的水。

我在"八办"见此井时，井已被围栏围住，加以保护，井口压着一块井石。据介绍，1946年9月，"八办"撤往延安时，为防止敌人搜查获得情报，工作人员将一些机密文件资料投入此井中。之后这口井很少打开过，现在井中还有没有水，井有多深，里面还有什么东西，不得而知。八十多年来，这口水井与"八办"纪念馆的其他文物一起，被完好地保存至今。

紫柏幽谷英雄气

"山不在高，有仙则名；水不在深，有龙则灵。"陕西汉中留坝县紫柏山，正因为是汉室名臣张良晚年的隐居之地而闻名遐迩。

张良，字子房，战国时期韩国人，著名的政治家、谋略家。其一生充满传奇色彩：出身于贵族世家，因秦灭韩，国破家亡，他收买刺客，为韩报仇。借秦始皇外出巡游时，命人以大铁锥击其于河南博浪沙，却并未击中。为躲避追杀，张良逃至下邳（今江苏省睢宁县古邳镇）隐居起来。相传张良在此地读书时，得黄石公所赠《太公兵法》，即姜子牙辅佐周武王灭商纣时所著的兵书。经过十年苦读，张良具备了超人的智慧和丰富的军事知识。

张良的辉煌业绩主要在于辅佐刘邦创立汉室江山，他与萧何、韩信并称"汉初三杰"。司马迁《史记·留侯世家》及有关篇章，对张良的生平事迹记载详细，而民间也将张良传扬得近乎"神人"。像智取咸阳、鸿门救沛、十面埋伏、四面楚歌，以及"明修栈道，暗度陈仓"这样的典故均跟张良有关，他为创建和稳固汉室江山立下卓越功勋。

晚年的张良常辟谷不食，道引轻身，自言："以三寸舌为帝者师，封万户，位列侯，此布衣之极，于良足矣。愿弃人间事，欲从赤松子游耳。"张良视富贵如浮云、弃王侯如敝屣的品德，震古烁今，彪炳史册。

甘肃、河南、广东、浙江、山东等地都有张良的遗迹和传说，而陕西则是他一生中最重要的活动场所，陕西洋县的子房山、旬阳的子房

观、洛南的书堂山、佳县的白云山都留有其足迹。相传张良晚年隐居于陕南紫柏山,后人因仰慕其明哲保身的处事方式和功成不居的人品风格,在陕西柴关岭南麓,紫柏山东南脚下,距汉中留坝县城十七公里处的庙台子街上修建"汉张留侯祠",即张良庙。此庙因依山傍水、典雅壮美而声名远播,古今无数政要名人纷至沓来,瞻仰一代名士,讴歌大汉英才,使此地成为陕西一处引人胜景。

癸巳仲夏,我随西安美术学院教授王保安等友人专程造访张良庙。登临紫柏山,放眼远眺,但见群山合抱,满目苍翠,流水淙淙,山涧鸣响,山顶云雾缭绕,气象不凡。传说当年张良就隐居于此,日与百姓为伍,躬耕田亩,夜与琴书相伴,悟道参禅,度过人生最逍遥的时光。

张良庙所处堪称风水佳地。庙前一水和庙后一河将之掬拢其间,四周幽静肃穆,方圆百里青松紫柏挺拔苍翠,大有护法卫道之相。庙宇玲珑,楼台迭现,使人顿生飘飘欲仙、游身世外之感。遥想两千多年前名士张良的卓越功勋和传奇人生,思古之幽情油然而生。这深深激发了王保安教授的创作灵感,他要以山水笔墨的形式整体展现这处胜景以及张良的英雄气节和人生智慧。

张良庙气势宏伟,可入画的题材繁多。除正门、进履桥、钟鼓楼、大殿院、北花园等著名景致外,最值得记述的就是庙中的亭子了。庙内亭台相连,有六角拜石亭,四方回云亭,还有数间草亭,每座亭子均有典故传说。顺山势拾级而上,最高处便是授书楼,取当年黄石公授书之意。张良庙掩映在紫柏山的翠峰云雾之中,见证着两千年前金戈铁骑的历史,使方圆百里都充满着神秘的气息。如果能将这种感觉用艺术的形式表现,真是太美妙了。

一天晚上,我们一行外出考察,驱车几十里,不知不觉天已黑严,山里人睡得早,好不容易才敲开一户农家解决了吃饭问题。返回时,整个山峦笼罩在沉沉的夜幕之下。是时群峰耸立,造型奇崛,满天星斗,伸手可触。山间寂静,风声阵阵,一处飞瀑哗哗鸣响,溅出晶莹的山泉……一种超凡的神秘气息让一行人停车驻足，感慨大自然的鬼斧神工，神奇造化！

有了灵感，有了素材，如何进行艺术的呈现，对王保安教授是个不小的挑战：主题厚重，须有历史的纵深感；内容丰满，还要虚实相接，以展示画家对历史人物和题材格调的精准把握。

多少个深夜，万籁俱寂，王保安教授沉浸在创作的亢奋中。他与一代名臣对话，试图走入张良的内心深处，他把自己置身于紫柏山的翠峰和云雾之中，感悟人生的种种况味……

甲午马年春节之后，凝聚了王保安教授心血汗水的煌煌巨作《张良大隐图》终于完成，我有幸先睹为快。这幅画长七米多，高两米，堪称巨幅。整个画面气势宏伟，气息逼人，细细品赏，给人以身临其境之感：青砖山门、进履桥、保安观、钟鼓楼……纸上亭阁绵延，桥下流水潺潺，院中遍植花木，环境清幽宜人。画面中灵霄殿八角飞檐，琉璃饰顶，拱斗彩绘，颇为壮观。迈过青砖铺就的花园，地势渐高，沿层层石阶登上山顶，就是紫柏中峰。登楼远眺，峰峦起伏，林海苍茫。授书楼屹立山巅，掩映在紫柏青松之间，隐现于云海雾涛之中，雄伟壮观。

据我所知，在此之前，也曾有人以张良庙、紫柏山为题材进行艺术创作，但像王保安教授这样的大手笔我还是第一次见到：这不是一幅普通的山水画，而是将张良庙的景致、名臣的气节、紫柏山的神秀有机融为一体的巨作。在云雾缭绕的奇山幽谷中，深藏着一股英雄之气。其笔墨技法的精到和收放自如、对重大历史题材和人物创作的驾驭水平可见一斑。正如庙中一副对联所书："赤松黄石有深意，紫柏青山无俗情。"

长安的七夕

长安的七夕,已经绵延两千多年了。

七夕的夜晚,仰望星空,有两颗星特别明亮,那是牵牛星和织女星。它们遥遥对视,仿佛有了生命。传说这一天,成群的喜鹊从四面八方飞来集结,在两颗星中间搭起弯弯的鹊桥,天上的牛郎与织女从桥的两端奔向对方,相拥相依,诉说离愁。

而在民间,在乡村的瓜蔓旁、葡萄架下,侧耳,似乎还能听到牛郎、织女说悄悄话的声音。

七夕是长安的,长安是牛郎织女的故乡。

站在丰镐遗址——长安斗门登高远眺,东南方是一片平坦而广阔的洼地,它西起马营寨、张村,东到梦驾庄、万村,南接细柳原北部的石匣口村,北至高阳原上的眉坞岭。这片广阔的洼地,大约有十万亩,这就是历史上著名的昆明池遗址。公元前120年,也就是汉武帝称雄的两千多年前,昆明池建成。其东西两岸曾分立两个石人,被认为是牛郎、织女的化身,他们隔河相望,"盈盈一水间,脉脉不得语"。

这两尊石人至今保存完好,是现存最早的大型石雕艺术品之一,也是汉代昆明池繁华兴盛的历史见证,更被认为是牛郎织女传说最早的依据。自汉代起,牛郎织女的美妙传说便在中华大地广为流传。唐德宗贞元十四年(798),长安百姓修织女庙设案供奉,千百年来香火不绝,后古庙被夷为平地。

每逢七夕,长安的老百姓便认为牛郎、织女会从天上回到人间。在位于昆明池遗池的长安斗门南沣村,乡民们自筹资金建有一座小庙,取名"石婆庙"。庙里供奉的石婆像就是曾伫立于昆明池畔的石人织女,距其一里多地,有尊石爷像,应是牛郎。历经岁月沧桑,汉代的昆明池早在唐时干涸,两尊石人四处飘零,但始终没有离开长安,至今依然相守。

因为有石人,有牛郎织女,长安人的精神里多了浪漫的成分。看啊,七夕这天,四里八乡的人们早早会集于石婆庙前,他们敲锣打鼓,给织女牛郎带来各种好吃食。妇女们轻轻抚摸织女的脸庞、双手,祈求自家女子长得漂亮,如织女般心灵手巧。

节日,总是跟时代发展勾连。汉代经济发展,社会相对安定,文化繁荣,为节日文化的兴起提供了有力的支撑,七夕节可以说是两汉时期最为重要的节日。

长安的七夕,在农家女的巧手里。从汉至今,风俗依旧。

夏夜,繁密的星光组成的一条白茫茫的星带横贯南北,古人把这条星带称为"天河"(即今人所知的"银河系")。相传古时农历七月七,从皇宫到民间,全城男女老少纷纷走出家门,三五成群去看织女渡河与牛郎相会,场面非常壮观。

唐朝有诗云:"阑珊星斗缀珠光,七夕宫嫔乞巧忙。"七夕,是女儿的节日,是乞巧、斗巧的盛会。话说唐太宗与妃子们每逢七夕都要在清宫夜宴,宫女们各自乞巧,煞是热闹。在民间,还有专门卖乞巧物品的市场,里面车水马龙,人如潮涌。月夜的百姓家,院中置一桌,上摆茶、酒、水果、五子(桂圆、红枣、榛子、花生、瓜子),鲜花几朵插瓶中,花前放一小香炉。此刻,少妇、少女们已斋戒一天,沐浴停当,于案前焚香礼拜后,一起围坐桌前,一面吃花生、瓜子,一面朝着织女星座默念自己的心愿,这叫拜织女。白天,则要漂针试巧。以盆钵盛水,面向太阳,水中漂针,照水中之影以"试巧"。如果银针能漂浮在水面上,就说明姑娘心灵手巧。或将绿豆、小豆、小麦等浸于瓷碗中,等长出一寸长的芽,再用红、蓝丝绳扎成一束,称为"种生",又叫

"五生盆""生花盆",以此求子。女子们还用树液洗头发,用花草染指甲,使节日充满美的意境。

汉代的长安,还有"七月七,晒棉衣"的风俗。汉建章宫之北有太液池,池西就是汉武帝的曝衣阁。七夕已入伏,光照强烈,这天,不论达官显贵还是平头百姓,都要将自家衣物拿出来在太阳下暴晒,以期赶走病魔灾难,求得平安健康。而有些读书人也会晒书,以显示自己学识渊博。

七夕,更回味在《诗经》和唐诗中。

维天有汉,监亦有光,跂彼织女,终日七襄。

虽则七襄,不成报章,睆彼牵牛,不以服箱。

最早记载牛郎织女故事的就是《诗经》中的这首《大东》。这首诗说的是天上的天河,用作镜子也该有光。三角排列的织女星,一天到晚不停摆动着梭子织布,却怎么也织不出纹章。而那明亮的牵牛星,也不能用来驾车箱。何故如此?据任昉《述异记》记载:织女乃天帝之女,一年到头忙于织布,十分辛苦,天帝怜其独处,将她嫁给河西的牵牛。他们婚后贪欢废织,天帝发怒,便将织女遣归河东,只让他们每年相会一次。这是牛郎织女故事的另一个版本。

说到唐代诗人崔颢,人们首先想到那首著名的《黄鹤楼》,其实,崔颢的《七夕》对长安妇女穿针乞巧风俗的描绘也堪称一绝:

长安城中月如练,家家此夜持针线。

仙裙玉佩空自知,天上人间不相见。

长信深阴夜转幽,瑶阶金阁数萤流。

班姬此夕愁无限,河汉三更看斗牛。

而唐代诗人祖咏的《七夕》更生动:

闺女求天女,更阑意未阑。玉庭开粉席,罗袖捧金盘。

向月穿针易,临风整线难。不知谁得巧,明旦试相看。

究竟织女渡河谁曾见过?乞巧谁能得巧?唐代诗人并不刻意考证传说的来历,而更多地把它当成故事传颂。

就连大诗人杜甫也写过一首《牵牛织女》："牵牛出河西，织女处其东。万古永相望，七夕谁见同……"诗人将七夕节时，姑娘装扮一新，拜星乞巧、以蜘蛛结网试巧的过程描述得十分真切。诗中说，既然谁也未见过织女牛郎在一起，那么为什么人们要来拜星乞巧呢？杜甫解释少女的心理说："嗟汝未嫁女，秉心郁忡忡……"未嫁的姑娘担忧婚后生活能力，于是抓紧时间学习纺织针线，不敢有丝毫懈怠。

七夕少女拜星乞巧的时刻，也是少年才子赋诗扬才的好机会。唐代诗人林杰少时特别聪明，六岁能赋诗，出口成文，下笔成章，卒时年仅十七。《唐诗纪事》中记载，林杰五岁时被唐中丞招入学院，恰遇七夕节，有人让林杰赋诗，以试其才，林杰持笔一挥而就一首《乞巧》：

七夕今宵看碧霄，牵牛织女渡河桥。

家家乞巧望秋月，穿尽红丝几万条。

唐中丞读后，赞叹："真神童也！"

唐玄宗这位风流天子对七夕节也非常重视，他在宫中建有一座"乞巧楼"。《开元天宝遗事》记载，玄宗时宫中以锦结成楼殿，高达百尺，可坐数十人。玄宗命人在楼上陈列瓜果酒炙，摆设坐具。给宫中妃嫔各赐九孔针、五色线，在月光下穿过者为得巧。乞巧后，演奏清音妙曲，欢宴达旦，以致城中士民之家都仿效宫中乞巧。诗人王建在《宫词》中就有"每年宫里穿针夜，敕赐诸亲乞巧楼"的佳句。

七夕是浪漫深情的节日，它见证了唐玄宗与杨贵妃的爱情，而李杨的爱情又给七夕抹上一丝凄凉的色彩。一千多年前的某个七夕节，华清宫到底发生了什么？

这一年，唐玄宗与杨贵妃来到华清宫，住在长生殿。杨贵妃忽生伤感，玄宗问其故，贵妃说："妾览前史，每见时过境迁，秋扇抛残，怎能不为之伤情呢？"杨贵妃担心，那些皇宫妃嫔，年轻时以美色悦人，人老珠黄就往往色衰而爱驰，遭到无情抛弃。杨贵妃的衷曲深深打动了唐玄宗，他们遂互相盟誓，生生世世不分离。这一情景被白居易的《长恨歌》记录下来："七月七日长生殿，夜半无人私语时。在天愿作比翼鸟，在地愿为连理枝。"只是李杨盟誓之时，已埋下"安史之乱"的祸根，杨贵妃落了个马嵬自缢的悲惨结局。

长安的七夕，记载着帝王的过往，更流淌于老百姓的生活中。

我的老家在长安乡下，小时回家过七夕，除了听老辈人一遍遍讲述牛郎织女的故事，就是跟着唱"天皇皇地皇皇，俺请七姐下天堂，不图你的针，不图你的线，光学你的七十二样好手段"。

我奶奶虽是小脚，但轧花、纺线、剪窗花、酿稠酒、擀长面样样拿手。我问她跟谁学的，奶奶总笑说："织女下来教的，织女最巧了。"我们信以为真，便到处寻：织女在哪儿呀，咋找不见？

乡下的女人还教娃们唱："巧芽芽，生得怪。盆盆生，手中盖；七月七日摘下来，姐姐妹妹照影来。又像花，又像菜，看谁心灵手儿快。"劳作在土地上的妇女们，就是靠着一双巧手安身立命，不断向生活学习，人生才有滋味。

上学了，老师教我们唐代诗人杜牧的《秋夕》：

　　银烛秋光冷画屏，轻罗小扇扑流萤。

　　天阶夜色凉如水，卧看牵牛织女星。

那轻盈传神的韵味让人无限神往，回味不已。

中国的传统节日往往离不开美食，如春节饺子、元宵汤圆、端午粽子、中秋月饼等等，而七夕展示的多是时令鲜果、家常饮食，它更重视乡情、亲情、爱情，它驻留在我们的精神世界里。

两千多年了，长安的七夕从未远去，它是我们心灵的节日。

那年高考

每年高考，我都会想起我的恩人。

1987年夏天，我参加高考时，一位叔叔的爱心之举让我至今铭刻在心。那是一件小事，却深深影响了我，时时教诲着我。

那年夏天异常炎热，经过艰苦复习，我终于迎来高考。当时的考点设在友谊路上的一所中学，为了不跑错地方，考试前一天老师专门带我们到学校看考场，按照学校墙上贴的考场分布图，我和同学们顺利地找到了自己参加考试的教室。教室的门是锁着的，考号已贴在课桌上，我们扒着门缝使劲往里看，想知道自己坐在哪一排哪个座位，这当然是徒劳的。

当时出租车很少，考场离家不近不远，父亲就提出用自行车带我去考试。因为天太热，中午回家吃饭耽搁时间，也休息不好，父亲想起自己的一位老战友就住在文艺路，距考场不远，跟老战友商量后，让我中午到他家休息。

上午考完第一门，我走出考场，远远看见父亲站在校门口的烈日下，胳膊和脸都晒得通红，正使劲向我招手。父亲自行车把上挂着一个兜，里面装着饭盒和凉开水。"你妈做的土豆丝卷煎饼，你最爱吃了。"父亲蹬上车子，三五分钟就到了老战友家。这家的阿姨待人特别热情，早已熬了一锅稀饭，炒好了菜，她直埋怨父亲为啥要带饭："娃参加高考是大事，咱帮不了学习上的忙，就要让娃把饭吃好。"

吃完饭，阿姨把凉席抹干净，让我休息，随后他们全家"开溜"，提前去上班，家里一下变得静悄悄了。离下午开考还有半个多小时，父亲把睡着的我叫醒，要陪我去考试。看着他连日奔波疲惫的神情，我自作主张要自己去考场，反正路也不远。父亲怕我跑错地方，把考场的位置又交代了几遍，性急的我不等他说完就冲出了门。

本来出了门拐个弯就到考场，我却稀里糊涂过了马路，一直往南走，又过了一个大十字，越走越觉得不对劲，于是在大太阳下跑起来，可就是找不到学校。离开考的时间越来越近，我紧张得快哭了。我问附近的市民，大家都不知道那所中学的位置。"坏了，跑错地方了。"就在这时，从旁边一个小院出来一位推着自行车的中年男子，穿着很朴素，像是要赶去上班。我忙上前问路。他一愣，先问："几点考试？""两点半，快到了……"没等我说完，他一拍后座，说："快上车，我带你去，要不来不及了。"我想都没想就跳了上去。他带着我骑得飞快，拐了几个弯，过了两个十字路口，足足骑了快十分钟。"咋还没到？"我着急地问，他不作答，只是奋力地蹬着车子。看见学校了，看见同学了！仿佛找见了大部队，我兴奋地跟同学打招呼，跳下车子就往考场跑，连声"谢谢"都忘了说！只听得身后传来一句"好好考吧！""带你的人是谁呀？"同学们问。这时我才想起他，可他早已汇入人流中，从我的视线中消失了。唉，我真后悔，没记下他的名字。

每年高考，我都会想起这件事，算起来那位叔叔也该有六七十岁了，真想当面跟他说声"谢谢"啊！如今的我，早已大学毕业，有了一份固定的工作，并已为人妻，为人母。每当跟孩子走在街上时，都会提醒她看好路，走好每一步。这些年来，那位好心人的善举时时教化着我，教我如何面对生活工作上的困难，教我如何善待他人，我再也不是当年那个只知读书、遇事慌张的"傻女子"了。

寻访陇州血社火

还在正月里,社火表演便没有停息。周末无事,我便随几位朋友专程去陕甘交界的陇县去看血社火。距离县城半个小时车程的阎家庵村的血社火最为出名,而该村三组的表演堪称最正宗。

村里刚刚下了雪,天气有些阴冷,加上许多强劳力都出去打工了,村巷里更显寂静,社火的表演让空气多了些暖意。

演员大多是村民,吃过饭后,他们开始化装,先把红红白白的油彩均匀涂在脸上,接着勾眉毛画眼睛。因为所扮的角色多是作恶的坏人,眉眼就画得凶恶。等了一个多小时,装总算化好,个个头上还绑上红巾。随后,一行演员扛着长铁棍来到村头观音庙前,祭拜一番后,用铁棍快速搭建起一个临时棚子,四周围上鲜艳的花布。演员们闪进去换衣,门口有人把守着,外人不得入内。从古至今,血社火艺人的行头装扮，始终秘不外传。

社火会会长阎春林说，阎家庵村的血社火起源于何时，已无从考证，原先是有家谱的，但"文革"时破四旧被烧了，到他这里已传了七代。宝鸡仓陈赤沙镇三寺村的血社火也相当有名，与此有没有渊源关系无从考证，但包括阎春林在内的许多人都认为赤沙镇的血社火也发源于阎家庵。

血社火是陕西独有的一个社火品种，表演中营造出一种神秘、血腥、恐怖的气氛，因为其以"正义战胜邪恶，坏人得到严惩"为主题，在农耕时代的乡村起着高堂教化的作用，因此延续几百年而不衰。当天我们看到的是血社火的保留剧目《三打祝家庄》片断，演员们撩起棚布走出来时，全被"刀劈斧砍"，脸上涂满"血迹"。铡刀、剪刀、菜刀、镰刀、斧头深深地插进头里、扎进眼睛，显得恐怖诡异。阎春林告诉我们，这种化装术经过长时间的摸索实践，才能产生如此效果。如果不刺激，就不叫血社火了。

这种来自陕西乡间的夸张到极致的造型，与歌德《浮士德》中的魔鬼靡菲斯特、《哈里·波特》中的大反叛伏地魔有相似之处，都是一种艺术的展现。

演员们在山洞前、庙前、山坡上表演，吸引了许多村民观赏。有小孩看到他爷爷头上顶着一口铡刀，吓得不敢近身。老实厚道的乡民们年节里以这种扮相示人，这得需要多么强大的内心支撑！阎春林说："关键是大家都热爱这个事，每次演出我们都有一套规矩，开箱取道具、装扮前都要到庙前祭拜，认真完成每一个角色。"他们最大的心愿是血社火在他们这一辈手中不要失传了。

虎　　趣

虎为百兽之王，也许是人们最喜欢又最敬畏的生灵了。现代的人们，大多是透过冰冷的铁笼子观看真虎的。这些失去往日威风的困兽，在怒吼狂啸之后，只能接受人类的安排。然而，随遇而安并非其天性。

终南山下的秦岭野生动物园，饲养有五十多只东北虎。它们是世界上最大的猫科动物，体长近三米，最重者超过三百公斤，性情凶暴，行动敏捷，但在野外几乎寻觅不到踪影。

虎年的一天，我和几位摄影爱好者专门来到动物园，近距离观察和拍摄猛虎，心情既紧张又兴奋。与以往观虎不同，这回是人在笼中，被车拉着跑，虎则跟前跑后地看人。虎发出阵阵呼啸，并猛烈地扑向铁网，让人不由大声尖叫。随着车子的颠簸，汗就冒出来了。

虎体态矫健，毛色黄亮，周身散发着一股勃勃向上的气势。观其长啸低吟、追逐嬉戏、觅食休憩，不经意就会发现一双虎眼盯着你。以前只知"虎视眈眈"，其实虎也会笑，眸子里似乎也有忧伤和猜疑，总之眉眼相当生动。

这是一个相对自由的圈子，目的是使虎尽量保留一点野性。在抢食活鸡、活兔后，虎会悠闲地散步，有时也会在一起厮打。只见两只虎合伙"收拾"另一只，掀倒后再用虎爪去挠，倒地的只好打滚"求饶"。

虎时常发威，以展示王者风范。虎目怒睁，虎口大张，虎牙呲出，虎须上扬。虎也极爱美，不时地梳理自己的皮毛，使自己更加威猛靓丽。

威猛是虎的专用形容词，以展现其蓬勃的生命力和自由的天性。随着生态的恶化，野生动物的生存状况越来越受到人类的关注。野生东北虎现存种群只有四百多只，我国已不足二十只。生活在南亚次大陆的孟加拉虎的生存条件似乎好一些，还有一千四百多只。而一百多年前，印度有四万只虎。

　　值得庆幸的是，今天我们还能看见活生生、八面威风的虎。可我们的后人呢？希望他们比我们更有眼福。虎与人，说到底是朋友。

一曲长歌唱英雄

公元前139年，汉武帝建元二年，陕西城固人张骞率领一百多人的队伍，从长安城出发，踏上了西去之路。那时的张骞还是个"为人强力，宽大信人"的年轻人，他刚刚挺身接下了汉武帝"出使西域，联合大月氏，夹击匈奴"的诏令，满怀抱负地挑起国家和民族的重任。张骞当时还不知道，这次出征将会遭遇怎样的艰难险阻和痛苦抉择，他当然也不会知道，这次出征将会永载史册。

"我的家乡中国陕西省，就位于古丝绸之路的起点。站在这里，回顾历史，我仿佛听到了山间回荡的声声驼铃，看到了大漠飘飞的袅袅孤烟。这一切，让我感到十分的亲切。"2013年9月，习近平总书记对于丝绸之路的生动叙述，使连接欧亚大陆的这条大通道近年来聚焦了世界的目光，而两千多年前开通丝路的第一人张骞也引发了人们的热情关注。

其实早在二十多年前，以艺术形式表现的张骞就已火遍大江南北，陕西省歌舞剧院创排的大型歌剧《张骞》因此成为中国歌剧里程碑式的作品。二十多年过去，用现在的眼光来看，它依然堪称精品。有专家指出，《张骞》的问世作为陕西的一种文化现象，值得研究。

借用歌剧《张骞》的唱词："欲立非常之功，必须非常之人。"陕歌从20世纪40年代创立，沿着民族歌剧的路子走了七十年，无数前辈为之奋斗，但在20世纪90年代以前，一直没有一部产生广泛影响的大剧。

张玉龙，陕西长安人，1941年生，毕业于中国音乐学院作曲系，1988年8月担任陕西省歌舞剧院歌剧团团长。他一上任就立下军令状：

三年内必须拿出一部在全国叫得响的戏。

写什么，是个难题。歌剧需要表达恢宏的主题、丰富的人性、史诗般的品格，有人提出写司马迁、李白，集思广益后，大家最终把目光锁定张骞。

我们不得不佩服主创人员的胸襟和眼光。用歌剧的形式表现张骞的精神，有这么几个优势：一是张骞所走的丝绸之路贯穿欧亚，地域辽阔，舞台呈现宏大；二是当时正值中国改革开放十周年，对外已打开门户，而张骞是凿通西域、中国睁眼看西方的第一人，以艺术来观照现实，容易与观众产生情感碰撞和思想共鸣；三是张骞所走的丝绸之路长达两万里，沿途民族众多，音乐丰富，景色迷人，色彩炫丽，而歌剧是综合艺术，这就为音乐舞美创作提供了宽广的天地和取之不尽的艺术元素。

《张骞》的创作长达三年，当时剧团经费短缺，困难重重。剧组特邀兰州军区战斗歌舞团的知名编剧陈宜担任《张骞》编剧，他来西安搞创作，一天十块钱生活费。张玉龙带着二十位主创到甘肃、新疆等地体验生活二十二天，身上只有一万元经费，但为了崇高的艺术，大家一路情绪高涨，挖掘到大量有价值的艺术素材。著名导演陈薪伊艺术上精益求精，呕心沥血，然而剧组只能付给她不多的报酬。就是凭着这样一股精神，凭着对艺术的热爱和尊重，1992年冬，《张骞》终于问世！它于无声处听惊雷，把陕歌五十年来积压的能量释放出来，不仅轰动陕西，而且震惊全国，之后几年，几乎拿遍中国艺术界的各类大奖。

国内戏剧界专家指出，《张骞》的成功，最难能可贵的是在中西之间、土洋之间、话剧加唱之间，找到了一个非常恰当的结合点，拓展出一片广阔的天地。它首先是中国民族的、当代的、开放的，扎根在中国传统文化基础上，又较好地借鉴了西方歌剧的形式和技法，使民族歌剧的前景豁然开朗。

音乐是歌剧的灵魂，作曲家张玉龙在这部剧中起到了关键性的作用，他将西方歌剧体裁和陕西地方音乐精魂兼容并蓄，具有标新立异的开创意识，在中国歌剧的民族化、本土化探索方面闯出一条新路。

"朔风猎猎，云水苍苍。江河荡荡，九州泱泱……"《张骞》的咏唱无时不奔涌着激情。不错，歌剧适宜表现那些具有强烈英雄主义色彩的悲剧题材，或者能反映重大历史事件、历史人物的史诗性题材。陕歌原副院长樊兆青说："在作曲家张玉龙心目中，歌剧艺术应该具有磅礴厚重、雷霆万钧、振聋发聩的力量。张玉龙先生将笔下的主人公写得血肉丰满、激情燃烧、悲怆壮丽。这种悲剧情愫存在于他的生命意识里，他将自己的感情基调，立足在陕西土地上，融化在悲风浩荡的大秦之腔中。你听他歌剧里的那些唱段，尽管张弛纵横，大开大合，但最终都会归结于秦风秦韵。歌剧的音乐虽不是秦腔但胜似秦腔，几乎段段感人、处处煽情，真正让人感受到那种唯独大关中才有的厚朴浓情、苍凉悲壮！"

史书记载，张骞出使西域到达匈奴境内时不幸被俘，被迫与匈奴公主阏云结为夫妇，并生下一子。根据这一线索，全剧在表现张骞英雄气概的同时，加重了主人公夫妻情、父子情的笔墨。亲情与爱情并没使张骞折翼，当匈奴王要起兵与汉朝作战时，张骞愤然决定逃离匈奴，继续自己的西行之旅。此时阏云已深深爱上张骞，她不惜背叛自己的誓言，放他离开。西去之旅路途遥遥、阻碍重重，张骞一路越过了凶险的白龙堆，却在到达大月氏时再次与阏云相遇，可此时她已是匈奴国派来和亲联姻、阻碍张骞缔结友好联盟的使者。张骞与阏云四目相望却无法相认，阏云最终牺牲了自己，此时响起的大段咏叹调《铺平大道通长安》，被著名歌唱家安金玉演绎得荡气回肠。

"生不相从死相伴，忠魂随你回玉关。奋起双臂擂天鼓，唤起世人莫相残。愿将热血燃闪电，照亮人间离恨天……"这段长达八分钟的咏叹是全剧最感人的高潮部分，把阏云从一个匈奴公主升华为女中豪杰。这时旋转舞台缓缓转动，灯光在阏云和张骞之子张猛周围打下一个花环，将夫妻、父子生离死别的悲伤气氛最大限度地烘托出来。

1992年，在第五届CCTV全国青年歌手电视大奖赛上，安金玉以这曲《铺平大道通长安》夺得专业组美声唱法金奖。之后，这首高难度的、能充分检验演员功力的歌曲被当作央视"青歌赛"的必唱曲目而广泛流传。

2017年，陕西省文化厅为七十六岁高龄的张玉龙先生授予"终身艺术成就奖"并举办专场音乐会，之后又举办了张玉龙音乐作品研讨会，三十多位知名戏剧专家齐聚一堂，以动情的述说向这位音乐大家致敬。歌唱家安金玉未语泪先流，向张玉龙先生深深鞠躬致谢。当年她毛遂自荐出演女主角，张玉龙慧眼识珠，成就了一段舞台佳话。此刻张玉龙先生也赶紧起身，鞠躬回敬，他说："没有米东风、安金玉的出色演绎，就没有《张骞》的成功。"

从1996年起，《张骞》剧组赴外地演出，我多次随团采访，包括该剧参加中日韩三国戏剧会演、全国少数民族戏剧会演、中国戏剧节、中国艺术节等重大演出。可以说，我见证了《张骞》经历的艰辛和辉煌，更见证了所有主创及演职人员不计报酬、艺术至上的奉献精神。我跟着剧组住过北京胡同里的小招待所、北京理工大学的学生宿舍、广西自治区委党校的闲置房，房间条件差不隔音，常能听到演员们专注的练唱声。令人骄傲的是，一上舞台，那浓墨重彩的华丽乐章，那光艳夺目的人物形象，那悲壮苍凉的艺术呈现，无不让现场观众感受到强烈的震撼，那种荣耀，刹那间消解了一切辛酸和艰难。因为一路走来有太多的感慨，以至于张玉龙先生至今开口必言歌剧，一说就流泪。《张骞》成功了，他的生活依然清贫，他满足于精神上的富有。

两千多年前从西安这片土地走出的张骞，已成为世界公认的伟大外交家、探险家，他开拓出的汉朝通往西域的南北道路，成为举世闻名的丝绸之路。两千多年后，歌剧《张骞》将这位"凿空西域第一人"立体呈现于舞台。2013年冬天，在首演二十一年后，《张骞》得以进一步改编提升，这出经典歌剧再度闪耀出夺目的光芒。新版《张骞》突出了丝绸之路主题，剧目被赋予新的时代内涵，堪称是对中国歌剧艺术的全新探索。

"雁南归，雁南归，长空万里展翅飞，茫茫风雨路，重重山和水。心相追，意相随，思乡的缰绳把人心儿碎。看看八百里秦川金麦穗，望一望终南奇峰横翠微，看一眼汉宫蜡梅红，望一望渭堤柳絮飞……"在《雁南归》的深情吟唱中，人们分明感受到一个英雄行走在大漠戈壁的艰辛与惆怅，感受到一个陕西人对秦岭渭河的难舍与眷恋。

二十多年来，《张骞》成功的意义在于它不仅仅是讲述一个历史故事，而是演绎了一种不惧艰险、开拓进取的精神，这就是丝路精神。

而在艺术的漫漫长路中，因为有一份真挚的情怀，也才能走得更远。

秦岭觅猴

绵延千里的秦岭,千百年来不仅给我们提供充沛甘甜的水源、丰富广袤的植被,留下许许多多神奇的故事,而且还自由地繁衍着一些人类的朋友——野生动物。

秦岭野生动物,当数熊猫、羚牛、朱鹮和金丝猴最为珍稀。谁能有幸在自然的状态中一睹它们的芳容呢?我的摄影家朋友老宋说他多次深入秦岭拍到过金丝猴,他绘声绘色的描述,勾起了我的兴趣,便相约几个朋友同觅猴趣。

早八点从西万路口出发,沿西汉路至崂峪下高速约四十分钟就到了周至马召,再沿108国道进山,约半小时进入林场后,路就越来越难走了。这里海拔一千五百米左右,山势巍峨、怪石嶙峋,河深谷狭、地形复杂。越野车一步三晃,几乎一边擦着山崖、一边蹭着河沿如蜗牛般爬行。

初春的秦岭,尽管还残存着雪迹,但茂密的丛林却透出阵阵绿意。除了常见的松柏翠竹之外,红豆杉和长叶榧不时划过车窗,而可入药的山茱萸已露出了花蕾。据带路的保护区张站长介绍,正是这里独特的自然环境与当地政府和群众的大力保护,使一千五百多只野生金丝猴以家庭为单位群栖在高山密林中。

又经过一个多小时的颠簸,车到周至县王家河乡玉皇庙村就上不去了,只能下车步行。这里是保护站和西北大学生物系研究野生金丝猴的一个观测点,山势也显得舒缓一些,明显比浅山区湿润,一脚踏上去感觉要

冒出水来。拐上崎岖的山道,树干和山石上长满了厚厚的苔藓,没几分钟就汗出气喘,几十分钟后就已是筋疲力尽。"猴子就在山顶!"张站长指着山上说,顿时让人来了精神。眼看要登顶,前面传来话说,猴群已不见了踪影。不知是我们打扰了人家的清净,还是顽皮的"大圣"与我们"捉迷藏"。有几个人犯嘀咕,这天气阴得厉害,有猴吗?

这时山中突然飘起细微的雪粒,一只小松鼠托着长长的尾巴,蹦蹦跳跳地觅食,全不把我们这伙山外陌生客放在眼里。我们也拿出吃食来,大嚼大咽,养精蓄锐。同行的老杨说今天见不着金丝猴也没关系,看看风景,吸吸新鲜空气,也很好嘛。"猴子在二道坪一带,大家下山沿河往南走,会和猴子碰上的。"带路的人说。大家一听又兴奋起来,马上起身加快步子往下奔。

顺着清澈见底的南岔河右岸往山谷里走,穿过一个草甸,转过一个山崾,眼前忽然开朗,一个足有三个篮球场大的黄绿色毛茸茸的草坪在峡谷中伸展开来,天色也开始亮了起来。"听,猴子叫呢!"摄影家老宋提醒众人。果真,随着"吱吱"的叫声,河的左岸出现了一只只黄黄的活物。近了近了,在当地山民的引导下,一只只过去隔着铁笼或铁网或者在电视上才能看见的金丝猴活生生地出现在面前。

一把把玉米粒和萝卜片撒出去,金丝猴们不慌不忙地捡食,不停地送进嘴里咀嚼。它们或坐,或不停地张望与走动,吃着吃着会伸出脚来搔痒。最有趣的是小猴仰面朝天四肢吊在母猴的脖子上,瞪着黑黑圆圆的眼睛看你的神态;最亮丽的是猴王肩背上披着丝毫不乱的金亮长毛,不时展示一下健壮的身躯;最优美也是最让人兴奋的是它们从一棵树跃向另一棵树的飞行动作;而最让人尊敬的是在树梢上放哨的猴子,是如此坚定地忠于职守。

"现在是猴子最难熬的季节,它们只能吃些树皮、花芽、苔藓,我们给喂些玉米、苹果、萝卜,但也不能多喂,怕它们丧失了野性。"保护区的张站长对我们说。他还介绍说,周至金丝猴保护区总面积五百多平方公里,主要保护以金丝猴为主的野生动物及其栖息环境。现在它们的数量每年都在增长,与当地山民和谐相处,在秦岭的"乐园"里生活得十分幸福、快乐。

吃饱了的金丝猴显示出其顽皮可爱的天性,一会儿跃至树的顶端玩耍嬉戏,一会儿在树梢做出各种高难度动作,还有的相互梳理毛发准备参加模特表演,也有好争斗者厮打一团,胜者洋洋自得,败者落荒而逃。引得大家狂拍不止,忘记了劳累与时间,将这山、水、情、趣的一个个精彩瞬间完美定格。

草堂寺　烟雾井

西安户县草堂寺内，有两眼古井，一日无事，我专程前去一看。

古人选址建庙，都很有讲究，草堂寺东临沣水，南对终南山圭峰、观音、紫阁、大顶诸峰，景色秀丽，堪称一块风水宝地。我去的时候，正值初夏，远远看去，圭峰已披上淡淡的绿衣，草木绽出新芽，显得生机勃勃，山顶白云飘舞，映照着草堂寺的红墙灰瓦。

"草堂烟雾"是关中八景之一。一提烟雾，便有了仙气。草堂寺创建于东晋时期，迄今已有一千六百多年的历史，原为后秦皇帝姚兴在汉长安城西南所建的逍遥园。弘始三年（401），姚兴迎西域高僧鸠摩罗什居于此，苫草为堂翻译佛经，草堂寺由此得名。草堂寺是佛教三论宗的祖庭，第一座国立翻译佛经译场，堪称佛教中国化的起点。

从草堂寺正门进去，往北走不远，在鸠摩罗什舍利塔南约五米的甬道中央，有一眼古井。相传鸠摩罗什圆寂后，其舍利塔前生出一朵莲花，皇帝姚兴派人挖掘，形成一井，取名莲花井，虽叫井但里面无水。近前观察，井深约五米，口径半米，井上沿为六边形的花岗岩井圈，井圈一边为五瓣花图饰，其余五边均阴刻一字，合起来就是"二柏一眼井"五字。井的东西两侧各有一株高大挺拔的柏树，"二柏一眼井"的名字由此而来。原二柏于1995年被暴风雨摧倒，寺僧又在原处补栽两株，目前也是枝繁叶茂了。

其实到草堂寺，最想看的还是烟雾井。烟雾井位于鸠摩罗什舍利塔西北侧约三十米的竹林西畔，置于几根红漆柱子支撑的六角亭中，四周绿荫遮蔽，显得闲适幽静。亭檐下悬有一匾额，上面是赵朴初先生题写的"烟雾井"三个字。坐在亭内歇息，清风吹过，十分凉爽。烟雾井就在亭子中央，井口不断向上冒出白气，如烟雾升腾，十分神奇。凑近闻，有淡淡硫黄味。我想，此井名曰烟雾井，"草堂烟雾"之说是否由此而来？此井何时所掘，年代不可考，相传与高冠潭相通。

烟雾井之名见于史册，最早在民国时期。民国二十二年（1933）《重修户县志》云："烟雾井，在草堂寺竹林中，井系以砖砌成者。中腰有一石块，相传昔时每见一蛇卧石上，辄有白气一股，由井上腾，缭绕于省城西南。所谓草堂烟雾，为鄠八景之一者也。"

烟雾井深约八米，下部井壁为石砌，上部为砖砌，口径为半米。井上覆六边形井圈，青石堆砌，上面刻有浮雕云龙图案及王仲石书古诗三首：一首是明代张衡的《草堂寺》，一首是清代朱集义的《草堂烟雾》，一首是清代吴廷芝的《草堂烟雨》。其中《草堂烟雨》写道："烟雨空蒙障草堂，毗卢古刹现毫光。一乘慧业超千界，万斛明珠照十方。炉篆氤浮岚雾合，林岩香散野风凉。回廊细读圭峰记，遥忆当年翰墨章。"其他两首诗的字迹已十分模糊。从井口探头向下望，发现井中有水，水面有光亮。

此井为何能常年冒出烟雾，当地人说不清楚。民间传说烟雾井又称"龙井"，井下有一巨石，石上卧一蛟龙，早晚呼气，从井口冒出，遂成"烟雾"。传说当然不可信服。草堂寺工作人员认为，这可能与地质构造有关，草堂寺周边水资源十分丰富，过去人们在这一带打井后，往往不需要辘轳绞水，因水位高，把桶直接下到井里就能打上水，如遇下雨天，水量就更加丰沛了。而秦岭北麓从蓝田东汤峪到这里，沿线一带水质都含有丰富的矿物质，加上水量足，遇热生成白气也未可知。

关中有八景，奇地也。

那景

四 府 街

家住四府街，每天从小南门出出进进，不知走了多少遍。

2016年冬季的一天，忽然发现小南门的城门洞上搭起了脚手架，门洞两边的城砖用铁纱布盖住，工人们正站在脚手架上细致地修补破损的墙体。我驻足一旁看了很久，忘了手里提着很重的果蔬，心想，城墙真的老了。好在，它护佑、凝视的四府街依然充满活力。

我出生于南四府街，四十多年来就生长在这里，从未远离过，说熟悉已远远不够，应该说我与这条小街早已融为一体，我的身体里散发着这条街的气息。

时常有人问我家在哪里，一听说是四府街，熟悉西安的人会说："噢，那你是在城圈圈里长大的。"过去城里城外以城墙为界，出了城墙，城外是大片麦地、菜园，小寨当时还是很偏远荒凉的地方。

这条街不长，进小南门向北，便是四府街，总共六百五十七米，走路十来分钟，再向北就叫琉璃街了。过了琉璃街就是西大街，朝东就是钟楼。四府街不宽，仅能并行两辆汽车。它和许多东西向的小街巷相通，从南向北有报恩寺街、太阳庙门、冰窖巷、五星街（原土地庙十字）、梁家牌楼、盐店街等等。这一片区域位于西安城圈的西南角，从清末民初一直到中华人民共和国成立前，都是西安城一些文化名人和大商贾的聚集地，当铺、钱庄、盐号雄霸一方，一些商人富甲一方，甚至买下了整条街巷。不知从何时起，五味什字和五星街把四府街分成南北两段，便是南四府街和北四府街。

西安是一座古城,它的文化内涵不仅体现在秦兵马俑、大雁塔、碑林、钟楼等世界级的文物古迹上,更隐现于一条条寻常巷陌间。在西南城角这一片,许多老巷子都保留着珍贵的历史遗存,是西安厚重历史和人文精神的见证。20世纪七八十年代,在西安城那幽静祥和的街巷,清雅的四合院被古槐的浓荫遮掩,随便碰到一位长者,就能说段周秦汉唐的逸闻趣事。

四府街,是一条古老的街。

据史料记载,隋唐时期,四府街所在地就位于皇城里,街上有鸿胪寺、司天监、御史台、太史监、宗正寺这些官府衙门。明代时,这一带被称为"水池坊"。相传明洪武年间,秦王朱樉的第四子府第在此,四府街之名由此而来。20世纪六七十年代,四府街上还有龙巷、先贤巷、杜甫巷等小胡同。传说杜甫巷因唐代大诗人杜甫曾在此居住而得名,但未得到考证。

清代时,四府街南头没有城门,城墙上有登城马道。那小南门什么时候才有的呢?据老辈人讲,旧社会这里有座火神庙,庙里还有神像,人们俗称其为"红庙",并将南四府街与报恩寺街、太阳庙门形成的这个路口称为"红庙门"。

抗战期间,日本侵略者的飞机飞过潼关,对西安城狂轰滥炸,城里的人纷纷钻入防空洞,或奔向城外逃命。为方便市民躲避日军空袭,政府在南城墙红庙门处凿开一座城门,作为防空便门,因在大南门西边,俗称小南门。从此,四府街成为一条连接城墙内外的干道。

在小南门的一块石碑上,镌刻着的"井勿幕门"几个字清晰可见。不错,这是小南门的官名,取此名是为纪念陕西辛亥革命先驱井勿幕先生,而四府街也曾一度更名为"勿幕街"。

作家高建群先生曾在一篇文章中提到我,"她从西安城一个青砖汉瓦铺就的老街巷出来,看样子像是西安的老户"。

的确,我的父亲扎根西安已有七十年了,除了当兵的几年,几乎没有离开过四府街。1949年,父亲因家贫从长安老家来西安,年仅十一岁的他就在四府街三十六号院一个装订社当学徒。这个院落距小南门有二百米，当时号称"张家大院"，是国民党抗日名将张灵甫的本家兄弟张灵涵的府第。这是一处深宅大院，装订社租用了张家大院的几间房子。巧合的是，张家祖籍也是长安。张灵涵当时是社会贤达，当过县长。他的儿子张剑平曾在杨虎城的军队任团长，是一位抗日名将，参加过著名的永济血战：1938年8月17日，东渡黄河后的陕西警备第一旅第一团在永济县城和日军第二十师团进行极其惨烈的守城血战。由于兵力、装备等悬殊，守城官兵伤亡惨重，团长张剑平等官兵宁死不屈，从永济城西门跳入黄河游向朝邑（今属大荔县）。朝邑县守军及百姓立即组织抢救……中条山战役后，张剑平在指挥部旁的大寨子村修建了永济抗日阵亡烈士纪念碑。1949年中华人民共和国成立前，张剑平随部队去了台湾。

曾在抗日名将住过的院落里打工，而这个院落就在四府街上，这让父亲十分自豪。

在我的印象中，四府街是我见过的最美的街道。

街道两旁是浓荫蔽日的槐树、皂角树。粗壮的树干，伸向高空的树枝，一年四季变幻着色彩：早春，枝条上最先绽出嫩绿色的树芽，随着天气渐暖，叶子的颜色逐渐变深，一天一个样；到了夏天，蝉儿开始在茂密的树枝间鸣叫；而深秋，树上就结满了皂角，有心人拣拾一些，回家用开水煮过，便成了洗头、洗衣的上好东西；冬天呢，叶儿落尽，树的枝干呈现出原有的姿态，如果枝条上再落满了雪，那就更有一番别样的景致。20世纪六七十年代，母亲在市绿化队工作，我之所以对四府街上的树别有一番情感，是因为有些树就是母亲当年亲手栽植的。

小时候，街道两边全是平房，我们在房前屋后尽情地玩耍，碰到谁家开饭，一家有肉全院飘香，亲如家人的街坊们常会给玩饿了的娃娃们盛上一碗。有时也会跟着大孩子上城墙，城砖破损，不少地方露出里面的土层，大胆的男孩便扒着城砖攀爬上去。出了城，就是护城河，河水当时挺大，河边有一种酸酸草，圆圆的叶片很好吃。

当时四府街的北边，路东有一家粮店，斜对面是一家国营食堂，早餐有油条、豆浆。刚出锅的油条金黄亮泽，又长又粗，松脆可口。操作间磨豆浆的石磨子不停地转着，白色的浆汁顺着磨盘流下。煮豆浆的大锅沸腾着，飘出浓浓的豆香味。食堂里供应的小笼包子更堪称一绝，大肉和葱做馅，皮薄肉香，让人馋得直流口水。

再往北是一家理发店，里面有老式带扶手能放倒的座椅。中间有一排长条凳，排队理发的人边坐等边聊天。洗头没有现在的洗发水之类，都用肥皂。师傅们按次序叫号，剃头刮脸，手下麻利。有位师傅还懂推拿，小时候有次哥哥跟小伙伴玩耍时胳膊被拽了一下，脱臼了，疼得龇牙咧嘴，妈妈赶紧把哥哥领到理发店。只见师傅提起哥哥的胳膊，按住肩膀，"嘎巴"一声，吊着的胳膊就接上去了，不费吹灰之力。

理发店对面，也就是四府街北头路东，有家醪糟铺，经营者是位大娘。她家的醪糟应该是自己做的，醇香醉人。每有顾客来，她便熟练地在一小铜锅中加入水，水开后放进两勺醪糟，再打一个鸡蛋，锅里就像开了花儿一样。我们从醪糟铺路过，总要站着看半天，但从来没有尝过。

从醪糟铺往南有几家四合院，黑漆的大门两边放有青石门墩，门槛也是高高的，院子里有大大的天井、高高的树。我有几个同学住在这里，我们常在院子里跑出跑进、捉迷藏。那时业余生活比较单调，好在理发店南边有一个小人书摊，各种小人书花花绿绿摆了一大片，出一分钱能看好几本连环画，这是孩子们最爱光顾的地方。

四府街的南边有一家杂货铺，卖些盐糖糕点等日用小百货，还未走近就能闻见浓浓的酱香味，酱油醋散装在深深的大缸里，提着瓶子来打酱油醋的人络绎不绝。铺子里面的玫瑰饼干、酥糖、山楂片则是小孩子眼馋的东西。这个杂货铺关门时要上几道门板，常见几个老汉要上二两散白酒，坐在门板外品咂，没有下酒菜也一样满足。再往南是个菜市场，卖的都是白菜、萝卜之类的大路菜，茄子一分钱两个。买豆腐的队伍总是很长，当时还是凭票供应。

夏天酷暑难耐，父母就胳膊下夹着凉席，领着我们上城墙纳凉。城墙上到处是人，小孩子们追逐打闹，大人们听戏聊天，躺在凉席上感觉星星触手可及。

我上小学是在南四府街小学，学校不大，但很有历史。清光绪年间，四府街有一家湖广会馆，当时很有名，其横跨五味什字南北，位于四府街街西。中华人民共和国成立前，会馆内创办有两湖小学；中华人民共和国成立后，在两湖小学的基础上，创办了南四府街小学。记忆中学校很规整有序，老师们都在北边一座古建大屋中集中办公，夏天很凉爽。南四府街小学的老师跟学生特别亲，放学后，老师常把学习差的同学带回家补课，监督完成作业，且不取分文。记得三年级时一位老师要调走，全班同学哭成了一片。"文革"中，这所小学改名为"红缨街小学"，现在已不存在，原址成为西安电大所在地。

从上学到就业，我都没离开过四府街。庆幸的是，在城市化改造的步伐中，四府街基本上保留了原有的风貌。当然，街道两边的平房消失了，取而代之的是一家家临街店铺，门面都不大，装饰也比较朴素。因为在城圈内，四府街的楼层高度不能超过城墙，因此它依然显得古朴。

驻足于此，我时常想起儿时伙伴欢快的笑声，听见大人们下班回家时的自行车铃声，记起母亲在院门口喊我回家吃饭的神情……几十年来，对于这条街，我常看常新，百走不倦。它身处闹市，却少喧嚣，并且散发着浓浓的文化气息。不错，柳青、杜鹏程这样的文坛大家曾在四府街讲过文学课，使许多文学爱好者受益匪浅。从20世纪50年代至今，它是西安日报社所在地，报社门口的阅报栏曾吸引许多市民驻足。因为知书达礼，崇尚文化，这条街的人们绝少纷争，显得气定神闲。

四府街上的树几乎没被砍伐过，如今愈显高大。砖铺的人行道四季整洁，从南到北走过，就像是在林荫中穿行。它是小街，如今却聚集着超高的人气，陕西特色小吃在这里荟萃，许多人大老远慕名来吃"小南门葫芦头""梆梆肉"。此外，"南七饸饹""汉中凉皮""岐山臊子面""粉汤羊血""老兰家羊肉泡馍"也是食客众多。

小南门早市更是相当有名，清早六点，早市开张，四府街南端、顺城巷两侧拥满了各种摊位，新鲜的蔬菜、水果还沾着露水，衣物鞋帽、锅碗瓢盆等日用百货应有尽有，俨然一个大型超市。四街八巷的市民早早赶来，将这里拥得水泄不通，人流熙攘，好不热闹。

四府街是西安城中一条寻常的街道，它与城墙相交，穿越历史，步入现实。它是美好的、鲜活的，它传承着厚重的文化，不断演绎着新的生活。

探访子午峪

子午峪（又称子午谷），是离西安城比较近的一道峪口，顺着平坦宽阔的子午大道一直往南，大约十公里，便与环山公路交会，再往南就进入子午峪口了。

子午峪是秦岭北麓著名的峪谷，号称长安八大峪之一。何谓子午？峪之北口曰子，出自长安；南口曰午，直达汉中。子午道，即长安通往陕南的大道；子午峪，也就是子午道北段的一条峪谷。两千多年来，尽管子午道有过路线变化，可是子午峪这一段基本一直是连接关中和陕南的重要通道之一，曾经栈道绵延，关隘、古桥远近相望。1958年，西万公路修建，北段选择走沣峪口进陕南，从此子午道失去了通衢大道的优势。不过从另一个角度看，这又使得子午古道保存了原有的风貌。

一

炎夏的一个大早，我们与长安区子午街道办刘妮彬主任、西村支部书记李向利、南豆角村原支部书记董健在西村村委会会合。这西村，是子午峪北口的一个小村庄，村里有九十八户三百八十七人，只有一个村民小组，人均二分来地。目前除了几家搞农家乐外，年轻人大多在城里打工。

顶着大太阳，一行人便向峪口进发了。

进了子午峪，满目参天的大树、丰茂的植被，一时有时空交错感，让人仿佛置身于遥远的子午古道上。

子午道的历史可追溯到汉代。高祖元年（前206），项羽自立西楚霸王。先入关的刘邦被封为汉王，都城设在南郑（今汉中市）。据史料记载，当年，刘邦率领将士入汉中时，走的就是这条道，当时这只是一条无名的"微径"。到了汉平帝元始五年（5）的秋天，执掌国政的王莽因其女儿（汉平帝皇后）有"子孙瑞"，便下令开辟由长安杜陵入汉中的子午道，并设子午关，从此子午道作为国家正式开辟的道路而载入史册。因子午道从子午峪中穿过，子午峪便成为当时人们活动最频繁、人文积淀最深厚的峪道之一，军旅商贾、文人墨客、寻常百姓往来汉中、长安，都要取道于此。三国时，魏蜀战事不断，子午道成为关中和川蜀之间的交通要道，更是兵家必争之地。

从子午峪口向南，沿着这条古老的小径前行不远，一座石砌大坝横在两山之间，这就是子午峪水库，它是1970年至1972年"农业学大寨"的产物。子午河从大坝下流淌而出，潺潺不绝。子午河发源于子午峪内土地梁庙沟，蜿蜒北流，清澈甘甜，出峪后经南豆角村、北豆角村、张村，再向西北汇入滈河。

离开子午峪水库不多远，便见一石拱古桥，桥头有一亭，上书"左氏桥"，据说是左宗棠任陕甘总督时所修，距今已有百余年历史。此桥架于子午河上，全部为石头垒起，上下两层石孔，设计独特，桥体由石铆相套加固，连接桥畔石墩的铁索锈迹斑斑。对子午峪人文历史颇有研究的董健介绍说，这是子午峪"头道桥"，更被誉为"城南第一桥"。他记得小时候子午河发洪水时，人走在桥上也相当稳当。桥东有一条不宽的土路，两侧芳草萋萋，寂无人声，前方竖一石柱搭起的门楼，上写"桥东街"。据称，子午古道就由此穿过。

再往前走一里多路，又见一桥，此桥比头道桥宽阔，为子午峪"二道桥"。子午河水从桥边的山岩间顺势而下，水量渐大。抬头看，山峰突兀，乱石嶙峋，地势险要。据说此桥为唐宋时期建造，解放战争时期，国民党军队从西安向陕南撤退时，为防止被追击，将桥炸毁。董健指着桥说，解放西安的最后一仗就是在这里打的，当时解放军在此修了铁索桥,在河面上架了多条铁索,上面铺上木板奋力渡河,有点像红军"飞夺泸定桥"的情景。20世纪80年代,政府在这里修了水泥桥,因地势较险,桥两边增加了护栏,现在走在上面很安全。

在二道桥一侧的崖壁上,有一面巨大的摩崖石刻,隐藏于林木之间,下面河水不断流过,不仔细看很难发现。据董健介绍,此碑名为"兴隆碑",刻于唐代,记载的是杜甫的诗作《赞元逸人玄坛歌》(即《玄都坛歌寄元逸人》)和唐时留学长安的新罗人金可记在子午峪修道的传略。不知什么时候,这方摩崖石刻崩塌坠落河边,20世纪70年代时被学者发现,送至长安区文物局保管,现在展示的是后人的摹刻品。此碑高九米,宽七米,厚五米,上书三百多个正楷字。像这么巨大、内容丰富的摩崖石刻在国内并不多见。

二

过了二道桥,沿山势而上,走不多远,远远便见一座道观掩映在茂林修竹之间,这就是子午峪中最具人文色彩的金仙观。

"千里云栈通子午,万顷烟霞会玄都。"通往金仙观的山路上,立有一座高大的牌坊,牌坊两侧的对联颇有气势。抬眼远观,在明净的蓝天下,在山峰之巅,赫然有一座圆坛,凌空而建,直入云端,这就是玄都坛。

据《类编长安志》记载,玄都坛为汉武帝所筑,作为朝廷祭祀天神的祭坛。"玄都"是指天界神仙居住的地方,一说是道教最高神元始天尊的居所。据说玄都坛的坛顶,正好和汉长安城的中轴线在同一子午线上,可见汉代人高超的智慧。

由于唐代皇帝崇拜道教,子午峪中隐居的道士越来越多,道教便在这里传播开来。道士们围绕这个祭坛,修建了许多道观,最著名的就是金仙观。

金仙观坐南朝北,背倚金仙峰,气势不凡,整个建筑群讲求中轴对称,呈上升之势。沿着长长的石阶步入道观,一道士将我们迎进茶房,金仙观贾慧法道长已冲泡好香茗，请我们歇息品茶。贾道长是甘肃庆阳人，来此修道已三十多年。

据说金仙观是唐睿宗为第八女西宁公主入道所立，当时极为鼎盛，不仅求道之人络绎不绝，唐代诗人王维、韦应物等也常来此游历，饮酒赋诗，"诗圣"杜甫与金仙观更是颇有渊源。唐天宝年间，一位有名的道士元逸人（即元丹丘）隐修于子午峪中，他是杜甫的好友，杜甫曾前往探望，并作《玄都坛歌寄元逸人》，其中有"故人今居子午谷，独在阴崖结茅屋。屋前太古玄都坛，青石漠漠常风寒"之句，赞颂了子午谷中的道教玄都坛和修道的元逸人。

金仙观的标牌、展板上除汉字外还有不少韩文，贾慧法道长介绍，唐文宗开成年间，新罗人金可记留学长安，后参加科举考试，中得进士。他不愿为官，却对中国的道教十分痴迷，后隐居子午峪中。他在果峪沟中手植花果树，每日静坐吟诵《道德经》，静心修道。后因思念家乡，乘船回到新罗，之后又返回金仙观修行。金可记被认为是韩国道教第一人，金仙观也被看作韩国道教祖庭。

金仙观大殿后边有一条不宽的土路，杂草丛生，由此上去，便见一座金仙亭。此处是观赏子午峪的一个独特位置，远眺对面起伏的山峦，可见山顶上的座座庙宇，最高处著名的小午台若隐或现，充满神秘气息。

休息片刻，在金仙观杨道士的带领下，我们从金仙观另一路上山，一起向玄都坛攀登。

这是一条脚踏出来的羊肠小道，非常险要，走两步便是拐弯，稍一停留就看不到前面的人了，只好"前呼后应"。走不远，便见一个由大片茂竹搭拢起的山洞，里面光线幽暗，仅容一人躬身通过，身体与竹叶摩擦，发出刺啦啦的声响。山里刚下过雨，道路泥泞湿滑，参天的古木遮天蔽日，空气中散发着浓郁的草木气息，脚在一簇簇灌木丛中探行，红红的野草莓随处可见。

刚从密林中钻出，便见两块巨石挡住去路，旁边即是深谷。等人到齐，我们互相搀扶着从巨石缝隙中侧身挤过，再翻过两处山崖，攀上一座铁梯，终于登上玄都坛，此时已是汗流浃背了。

海拔一千多米的玄都坛上面是一个平展展的圆台，立有一块不大的石碑，隐隐现出"玄都坛"三个字，此外再无任何建筑。玄都坛四面的环山，连绵起伏，满目青翠，阳光从山顶的云层穿过，射出道道霞光，子午峪的山势尽收眼底。

相传玄都坛是新罗道人金可记羽化成仙的地方。当年人们在二道桥处发现摩崖石刻，在国际上引起一股金可记热，韩国学者及道学负责人纷纷赴金仙观遗址寻根问祖。由于金仙观早已毁于战乱，当地政府于2006年重修了金仙观。带路的杨道士说，因为路难走，人们多在金仙观停留，平时几乎没人上玄都坛。

三

从金仙观下来已是中午，我们便到山下农家乐吃饭，这处农家乐位于南豆角村。南豆角村位于子午道的北口，民谚有"先有南豆角，再有子午道"之说，这村值得一看。

南豆角村并非人们想象的盛产豆角的地方，其名称来历，有两种说法：一为官方版本，说是秦武公十一年（前687）设立杜县，该村在杜县的边角，故称"杜角村"。长安方言"杜""豆"同音，清嘉庆《长安县志》遂记为"南豆角""北豆角"二村。还有一种说法，说因为子午古道是沟通关中与陕南的一条重要通道，为了杜绝陕南兵马擅自闯入关中，同时堵住秦岭深山土匪的出路，古代建都长安的统治者在子午道北口建了四个村寨，驻扎军队，各守一角，于是就有了南、北、东、西杜（堵）角村。现在南豆角还有个地方叫"校场"，还有碉堡的遗址，这都说明当年曾驻军于此。

进村不远，便见到大片的板栗园。作为一个有着两千多年历史的古老村庄，村里还保留着南城门、北城门、古街道、古民居等遗迹。

南豆角村高大的南北两城门遥遥相对，造型相似，皆用夯土筑成，门洞较宽可过汽车，墙外包砌一层青砖，两侧有石阶可登上城头。董健说，这两个城门建于明末清初，是陕西省保护最好的村级古门楼，已入选西安市近现代优秀建筑名录。北城门的门额上书有"胜利门"三字，那是1949年解放军由此进发解放小午台留下的印记。因位于终南山下，南城门的门额上刻有"钟南毓秀"四字。

南北城门间是长约一里的古街，过去这里是进入子午峪的必经之路，街上不少民居保持着古朴的风貌。

走过古街，便能看到两株合抱的古柏，粗壮的树根相互缠绕，主干伟岸高耸，据说此柏距今已有九百多年历史。树侧有一石碑，上刻"南豆角志"。据村里老人说，过去跑南山的人常在这里歇脚，当年红二十五军过子午时，曾在此树下休整。1949年解放小午台时，村民们也是箪食壶浆在这里迎接解放军。树下有一石雕头像，生动威猛，据称此为农神后稷像（还有人说是社公爷像），何时立于此已无从考证。

南豆角村建于秦武公十一年（前687）前后，而子午道正式开通于汉王莽执掌国政时期，"先有南豆角，再有子午道"之说由此而来。据介绍，南豆角村由于位于子午道北口，唐时就很热闹，到了明清，特别是左宗棠任陕甘总督时最为繁盛，南来北往的客人都要在此歇脚吃喝。当时这里客栈林立，食肆众多，操着南北不同方言的客商、脚夫往来穿梭，南方的布匹、火纸、食盐、茶叶，关中的乾州锅盔、三原蓼花糖等特产在这里相互交换，秦岭南北不同的戏剧、音乐等民俗文化在此融合，整个村庄热闹异常。随着西万公路的修建，北段入陕南改走沣峪口，这里便渐渐沉寂了。近来，当地一些有识之士建议在这里开设南豆角仿古一条街，以再现当年盛景。

在南豆角村，我们有幸见到村民皆知的"常老汉"。常老汉本名常宁洲，年届八旬，原在陕西省文物部门工作，1994年离职后隐居于南豆角村，至今已二十四年。多年来，常老对秦岭研究和当地文物保护达到痴迷程度，光收集的石门墩、柱基石、石狮子就有上千个。董健介绍说，子午峪内头道桥上距今上百年的石墩、石条，就是常老捐献的，从而使这座桥保留了幽幽古风。

常老的乡间寓所名曰"半荒园",环境清幽,花香四溢,园内种植有大片的杜仲,浓密的枝叶高耸,不透一丝阳光。在书房,常老打开他历时数年精心绘制的数米长的"秦岭山脉图志",铺于地上,给我们详细讲解秦岭的山脉、水系、峪口、古道……如数家珍。书案上,各种地图册、参考文献铺了一桌,常老说他余生最大的心愿就是编写《秦岭志》,为秦岭立传。

四

得知我们将从金仙观再进子午峪,常老在我的采访本上画出清晰的路线图。与常老挥手告别后,我们驱车又进了峪口。

过金仙观,翻过玄都坛后面的拐儿崖,车在颠簸的山路上往南开了几里后拐过一个山头,眼前豁然开朗,这里就是七里坪。七里坪位于子午峪中少有的一块坪坝上,依山面水,风光旖旎,因距子午峪口七里而得名,曾是子午古道上的一个"服务区"。过去客商、脚夫、挑夫经过这里大多要歇脚吃饭,于是家家酒旗高挑,人声鼎沸。后来子午道被冷落,这里便鲜有人光临,只是有的人家仍然保持着昔日开店铺时的六扇门。退耕还林后,大部分村民搬迁至山外,如今除几户农家乐外,山里几乎见不到人家,偶尔能看到几只土鸡、小羊四处觅食。

得知我们要到土地梁,一位村民说路不近,车也开不上去,只能步行了。

从七里坪往上走,一条不宽的土路伸向远方,四野寂然。没走多远,便见一块牌子上写着"天保工程封育区",这里已是天然林保护区,严禁放牧、砍柴、取石、采药等,不允许有人烟。好不容易碰到一个背着行囊的驴友,他说自己刚从尖山下来,前面的路不好走,他跟同伴走散了,得赶紧出山,天一黑怕找不着路。

"长安回望绣成堆,山顶千门次第开。一骑红尘妃子笑,无人知是荔枝来。"唐代诗人杜牧这首绝句中的"一骑红尘",驰过的就是这条道。此道作为子午古道的一部分,在唐时称"荔枝道"。因杨贵妃爱吃荔枝，唐玄宗便命人整修了从四川涪陵到长安的道路，快马传递荔枝到长安。于是每年"飞骑驰进，七日七夜至京，人马多毙于路，百姓苦之"。这条路崎岖不平，时而被茂盛的植物所掩没，路长难行，荔枝又难保鲜，因此可想骑士途中的艰辛……

此时已是下午四点，太阳西斜，暑气渐弱。沿山而行，董健特意带我们去看了十里桥，此为子午峪的第三道桥，相传建于汉代，由三条石条凌空架起，石条就地取材，人工凿成，下面数丈为河水，奔腾不已，水声极大。

子午道失去交通优势后，汉、唐时期建造的许多庙宇道观也遭到废弃，一路走来，只看到古道留下座座残垣遗址。从十里桥往上，依次是花楼子、石灰崖、西衙门……石灰崖是个村名，因村南山崖有石灰矿而得名；西衙门也跟荔枝道有关，当年为了保证荔枝及时运到，朝廷沿途十里设一"置"，五里设一"堠"，催管运输，此地因在设防衙门的西边而得名。

土地梁是子午峪和沣峪的分水岭，海拔一千二百米，过去有"上了土地梁，望尽长安县"之说。登上土地梁眺望远处，真有一览众山小之感，而这里也是子午峪的终点。

从七里坪到土地梁的几十里山路，让人深切感受到子午古道的崎岖、险峻、幽长。行走在山间小路，仿佛穿越到了汉唐、明清，思古之幽情油然而生。因封山育林，这里的林木被有效地保护下来，樱桃、沙果、杏儿、板栗、柿子、核桃等果树，层层叠叠茂密地生长着，昔日的荒山秃岭变成青山绿水，让子午峪散发着勃勃生机。

昭化是座城

写这篇小文时，想到严歌苓的名作《妈阁是座城》，那部作品将澳门写得活色生香、惊心动魄。而昭化，则是一座真正有城墙的城。这里曾飘荡过历史的风烟，有着令当地人自豪的文化底蕴，而我先前竟从未到访过，对她的了解也十分有限。恰好，朋友相约一同南行。一路上，闻名遐迩的青木川让我凝神静思，心动不已，而从青木川折往四川广元，遇见昭化，则让人有"闯入"历史之感了。

入冬时节，秦岭以北早已寒风料峭，然而翻过秦岭，迎接我们的是明媚而多彩的阳光，心情一下放松下来。

下午五点多，太阳已经西斜，我们从"一脚踏三省"的青木川出发，在108国道及蜿蜒的省道走了快两个多小时，便到了昭化城，此时天色已暗下来。走着走着，一座挂着红灯笼的高大城楼赫然出现在眼前，在夜幕下显得绚丽神秘。四周静谧一片，几只无家可归的小狗寂寞地跑来跑去。想是城里人已经睡下了吧。

就这样，一队人背着行囊悄悄进了城。一片漆黑中，头顶的星星明灭闪烁，有人便欢叫起来。踏着青石板铺成的路，三转两转，便进了古城的中心地带。除了门外的红灯笼依然照着，古街两侧一家挨一家的店铺大多关上了门板，只有个别店铺还开着门，门内倾泻出柔柔的灯光，店家热情地招呼着客人。竹荪、木耳、核桃饼、腐乳……都是当地土特产，店家一看就是实诚人，随便买点什么，给的分量都很足。

我曾去过一些古镇、老街，留下较深印象的不多。大多是些招徕游客和生意的噱头，仿古建筑凭空竖起，面貌雷同，地方小吃和特产千篇一律，无甚特色。

而昭化，看样子是个民风淳朴的地方。

入住古街上的陈家客栈时，街上已空无一人。夜，睡着了。

一早起来，方看清昭化古城真正的面貌。

古城的清晨是温润的，勤快的山民背着背篓走街串巷，吆喝着出售新鲜的山货。茶坊、酒肆、食铺外摆着方桌凳，桌上腾着热气，热面皮、菜豆腐的香气飘得很远。当地村民或骑着电动车，或拉着人力车，从城门出出进进，甚是忙碌。

与西安相似，昭化四周由古城墙围着，墙头上旌旗猎猎，煞是威风。城内有四条大街，五条小巷，均起着富有古意的名字。街道用当地特有的青砂石板按三横两纵、中间高两侧低的瓦背风格随坡就势铺成。街巷交错相通，容易迷失方向。远远看见一个人，等你撵过去，他却拐到另一条巷子，无从寻觅了。

昭化城有东西城楼，但城门不相对，据说这体现了军事防御的特色。说到战争，三国时昭化乃兵家必争之地。公元前316年，秦国与蜀国曾在此进行过生死较量。秦灭蜀后，在四川设置的首批郡县中就有昭化县，当时叫葭萌县。至今，昭化的一些街名、地名还有叫葭萌的。

拾级登上东城楼。此城楼是明时所建，距今已有五百多年历史，城楼上还置有炮台。极目远眺，苍山如黛，嘉陵江浪花飞溅，一泻千里。昭化虽小，却是四面环山，三面临水，特别是嘉陵江水在此洄澜，水系宛成，蔚为壮观。俯瞰城下，古街巷、古战场遗址以及《三国演义》"张飞战马超"的发生地尽收眼底。

流连于昭化城，走在青石板上，同行的一位古建专家将临街的一座座建筑仔细打量、精心考证后赞道："昭化的古建保存得相当好，它们大多已有百余年历史。你看这木质，这雕工，不是仿古建筑所能相比的。这么多年雨打日晒，虫食鼠咬，这些建筑还能坚守在这里，真不容易。"

的确，昭化透着浓浓的古意，游走于此，就像穿越到先秦、两汉、三国、唐宋等多个朝代，经历几千年的风烟，历史仿佛在此凝固。

昭化目前还保留有当年的县衙，尽管多处已重修，但保持着原有的格局、模样。衙门公堂里的一整面墙上记载着从东汉至清末有史料可考的昭化历朝县令履历、任职情况等，真可谓"铁打的衙门流水的官"。有的朝代可能由于战乱侵扰、社会动荡，一年中这个小县竟换了四任县太爷！

从县衙出来，又进考棚。昭化考棚堪称中国古代科举考试的一个缩影，不大的院落中，考官、考生各居其处。据称考生们要在这里连考九天九夜，这期间不能出考舍，如若作弊也有严厉的处罚措施。在考棚内我欣赏到一份明朝状元赵秉忠的考试卷，这份考卷长三米，宽半米，共计两千四百六十四字，卷面上还留有皇上的批注，可谓珍贵。

"暗淡了刀光剑影，远去了鼓角铮鸣，眼前飞扬着一个个鲜活的面容……"昭化是有名的三国古战场，城中有一园，园中塑有黄忠、庞统、姜维、费祎、刘备、关羽、鲍三娘、张飞、魏延、马超十位三国人物的雕像，均高达近十米，形神兼备，惟妙惟肖。恍惚间，仿佛听到英雄一声断喝，策马来战，刀枪碰撞，骁勇过人。于是想起《三国演义》中所唱："历史的天空闪烁几颗星，人间一股英雄气在驰骋纵横！"遥想当年的昭化也曾血雨腥风，而今她是宁静祥和的。

昭化城内外随处可见历史的痕迹，这也让当地人津津乐道。在东门城墙上，因为天气晴好，远远能望见嘉陵江和白龙江的汇合处。当地一老者说，那就是蜀道上有名的"桔柏古渡"。相传唐明皇还在渡口南岸罢兵三日摆宴，那是何等惬意，该地至今还叫"摆宴坝"。

昭化虽处四川广元，但因离汉中近，因此在饮食上与汉中相像，加之当地人口音也有陕南味道，让人有一种身在秦地的感觉。然而一道著名川菜诞生于此，让昭化的蜀国风味大增。古城西门外，与三国名将费祎墓紧相为邻还有一座"丁公祠"。丁公，就是丁宫保父子，丁宫保于光绪二年（1876）在成都做过四川总督，四川名菜"宫保鸡丁"，就是他首创的。

当年，丁宫保的父亲丁建业在昭化做县令，宫保就出生在这里。传说家中有次烧饭，除了鸡肉和花生米外再无他物，菜没法做，急坏一家人。宫保急中生智，索性将花生米用油煎过，与鸡肉一起爆炒，出锅前再淋上花椒芝麻油，品之鲜香可口，很快推广开来，川府名菜"宫保鸡丁"由此诞生。

昭化古街的两侧保留着完整的明清建筑，细砖青瓦，屋檐交错，具有古朴的川北民居风味。有些巷子宽不足一米，仅容一人侧身而过，有点像南京城里有名的"石皮弄"，但有没有"飞入寻常百姓家"的"堂前燕"就不得而知了。我只看到从巷子中出来的人神清气爽，怡然自得。巷子周围有茂密的青竹，挂在枝头的黄柚更是随处可见，空气中散发着清甜的气息。

昭化城不大，在街巷中走累了，在古意悠然的龙门书院坐一坐，跟旁边的山货店老板拉拉家常，问问竹荪、木耳、松茸的价。"松茸可是好东西呢，上过《舌尖上的中国》的！"老板一脸自豪。

小城是悠闲的。走走歇歇，一上午就消磨过去了。饿了，顺路买一些核桃饼、云片糕、张飞牛肉。时近中午，拐进一家小馆，要碗热面皮，此刻这就是世上最好的吃食了。

这才是生活。

黄柏塬情思

第二次到黄柏塬,仿佛是去跟老友会面。

其实心情是复杂的。第一次到黄柏塬,是个深秋,山间的红叶摇曳在枝头,那山清水秀的景象让我念念不忘。此次再去黄柏塬,心中先是惊喜,真想再看看那个让人身心舒展、留下了快乐足迹的地方!然而这路途着实遥远。

秦岭作为一道天然的绿色屏障,横亘在陕西关中和陕南之间。作为一个西安人,我们通常所说的"进山",多是逢周末闲暇约上家人或三五好友,驱车到秦岭北麓的某个峪口,感受一下山风水气,吃个农家乐而已。这些年兴致不似以前,因为山离城近,以至于游客如织,喧嚣嘈杂。

人与自然的关系,极像男女关系。离得太近,见得太频,便少了神秘感,时间久了难免心生厌倦。

距离产生美。

从西安驱车赴黄柏塬整整走了七个小时!从西安到太白县一路高速,车也跑了四个小时。黄柏塬地处秦岭南麓的核心腹地,是太白县最南端的一个小镇,距离县城八十多公里。这段山路要走三个小时,足以考验司机的驾驶水平和游客的身体素质。人常说"山路十八弯",黄柏塬何止十八弯,少说也有上百个弯道。山路蜿蜒,车子像游龙一样在山间盘旋,从沟底攀到山头,翻过一座山,又探入沟底,再攀上山头。如此反复,很快就让人晕头转向,不辨东西了。行路难!这也是我此行前内心犹豫的原因。

时值炎夏，离立秋还有几天，山间的景色令我精神一振。透过车窗远望，山梁上、坡地里满目的浓绿，映衬着湛蓝的天，白云在山头之间舒卷聚散，自在安然；路旁缤纷的野花，一簇簇开得旺盛热烈，绵延不绝，一路相伴；鸟儿调皮地在枝头跳来蹦去，啾啾欢叫；成群的蜜蜂嗡嗡响着，上下翻飞，有几只"不速之客"竟窜到车里，与我们同行一段，又嗖地飞去。懂行者说，山里养蜂人多，这里的野蜂蜜品质上好，小蜜蜂立有功劳。

黄柏塬之所以美，在于它独特的地理位置。它北依秦岭第一高峰太白山，南接佛坪自然保护区，东临周至厚畛子镇，西与洋县华阳古镇相通。处于中心位置的黄柏塬被绝佳的自然和人文景致所环绕，寂然独处，神秘幽静。

巧的是，此次住的还是上次那家客店。跑了一天的路，人困马乏。客店地处深山，听不到车声人沸，夜幕覆盖，遮蔽了所有光亮，四野寂静得仿佛没有人息。这一觉睡得踏实、安然。

黄柏塬地方大了，据说总面积有一千平方公里，这么宽阔的区域，一次是看不完的。上次是走马观花，匆匆来去，仅目睹了她的容颜，这次希望能感悟她的韵味。

清晨即起，从住地又行了近一个小时的车程，来到一个叫核桃坪的地方。这里山大沟深，森林茂密，河流穿行，景致不俗。核桃坪也是个村子，就掩映在郁郁葱葱的原始森林中，以盛产核桃闻名。

西安城里，小贩们早在一两周前就将新鲜核桃拉到市场叫卖，市民急着尝鲜，也就不顾品质了。而此时山里的核桃还挂满枝头，压下枝条，伸手可摘。行走在山路上，前面的人顺手揪下两个青皮核桃，准备破皮敲壳，山民见了笑说："吃不成，没熟呢，核桃肉还没长饱。"原来山里气温低，核桃要比山外晚熟半个月。吃核桃不能急，要等它慢慢地长，吸纳山林的灵气和养分，果肉渐渐饱满了，填充了整个桃核，才是最美味香甜的。

核桃坪不光有核桃，还有一大片茂密的原始森林，覆盖着一整座山。山外阳光明媚，顺着山间小路攀爬，竟感受不到太阳的热度。小路两侧是层层叠叠的古树林木，遮天蔽日，浓荫一片。有的树直径达一米多，高耸云端，需两三人合抱。太阳光从树的间隙处洒下，星星点点地落在地上，给森林带来一丝光亮。

这是一处从未被开垦的原始森林，四处氤氲着树木散发出的潮气，山路台阶上布满苔藓，脚下不由湿滑，每一步都须踩稳。黑色的土壤里富含腐殖质，使得林木异常健硕，叶子油光水亮。树林间随处可见色泽鲜艳的野生蘑菇，有的金黄，有的橘红，有的上面还点缀着白色的圆点，就像一朵朵绽放的小伞。城里人少见多怪，争论着"敢不敢采""有没有毒"之类的话题，摄影师则忙着端机拍摄。穿行林中，忽闻悠扬婉转的竹笛声响起，借着山林的回音，传得很远。循声而去，乃一山民在树下自娱自乐，问话只笑不答。同行有艺术家驻足倾听两首，不由赞曰："这水平能开音乐会，山里有能人啊！"这笛声，原生态的呈现，毫无雕琢，也只有在这大山里，才能细品出竹的气息和乐音的美妙。

说一个地方好，我一般不喜欢把它与著名的地方、场景拉扯上，比方把上海誉为"东方的巴黎"，将银川说成"塞上的小江南"之类，因为一个地方有一个地方的美，而这种美是不可复制的。

有人把黄柏塬的大箭沟比喻为"西北的九寨沟"，其实大可不必。同样是沟，两者各有各的美，如果说九寨沟给人以童话般的梦幻感，那么大箭沟就是大自然的神奇造化。

说她神奇，是因为越往沟内走，除了水花飞溅，再无他响，更因了不是周末，一路上甚至见不到几个游人。说是沟，其实是两山中夹持的一条河，因为地势低，如入深沟。从河边修筑的栈道往山谷里走，河水迎面奔流而下，一路上变化着姿态：从山涧涌出时，奔腾咆哮，雄壮如飞瀑；遇巨石阻挡，则飞快地冲刷出一条水道，从巨石的两侧成功"突围"，全速前行；过急流险滩，如猛虎下山，入平缓之地，则舒展身姿，涓涓流淌，似美女梳妆般从容。老子说"上善若水"，的确，水遇到再大的阻力，都能顺势而为，既勇敢向前，又审时度势，收放自如，人生何尝不是如此！

行走在河谷中，倍觉清凉。河水那么清澈，水花溅到岸边，栈道上仿佛下过了雨般湿润。从山谷攀至半山，有一吊桥横跨两岸。吊桥离地足有三十多米，往下看，河水奔涌，怪石嶙峋，令人心惊胆寒。扶着两边的牵绳，小心翼翼地迈过去，到了对岸，就是熊猫谷了。

由于生态保护完好，黄柏塬是大熊猫、金丝猴、羚羊、娃娃鱼等野生动物理想的栖息地，而大箭沟则有野生大熊猫出没，熊猫谷两侧全都长着茂盛的箭竹。据向导讲，这里气候适宜，植被茂盛，是佛坪之外的又一个大熊猫保护基地。我们顺着熊猫谷往前走了好远，期待能遇见一只熊猫，结果无功而返。一路走来，在这悠长的散发着竹香气息的山谷，竟连一个人都没碰到。宁静中独存，远离人世的干扰，熊猫才能在完全属于自己的环境中繁衍生息。

返回的路上，暴雨没有征兆地突然而至，让人措手不及。沟里的水位迅速涨起，我们来时曾在河滩的一块石头上小憩，此刻石头已被大水淹没，天也昏暗下来。大雨如注，伞又不够，几个人被淋得煞是狼狈。忙乱中，忽然想起苏轼的《定风波》："莫听穿林打叶声，何妨吟啸且徐行。竹杖芒鞋轻胜马，谁怕？一蓑烟雨任平生。"当年苏轼也是在野外偶遇风雨，借景抒情作此名诗，展示了旷达豪放的精神境界。今天我也来个"何妨吟啸且徐行"如何？任风吹雨打，犹自闲庭信步。

山里天气变化无常，刚走出山谷，暴雨骤停，云气散开，天色转亮，真个"也无风雨也无晴"了。衣服淋湿了，鞋上沾满了泥水，然而，比起大自然的馈赠，这些又算什么呢！

踏雪访汤峪

陕西人对汤峪并不陌生,汤峪有西汤峪与东汤峪之分,都在秦岭北麓,遥相对望。西汤峪在宝鸡眉县,东汤峪位于西安东南四十多公里的蓝田县汤峪镇,终南山石门岭东端。我们此次探访的就是东汤峪,也称蓝田汤峪。

提起蓝田汤峪(下简称汤峪),人们马上就会想到温泉。其实,除了温泉,在其幽长的峪道中,还蕴藏着众多山水奇观和人文古迹,实地走一遍,便能深切感受到它的清凉、幽静和美丽。

一

11月初的古城,下了几场连阴雨,气温骤降。山里也传来消息,下雪了,冷得很,路也滑。去汤峪前,曾担任汤峪中学校长的白玉稳老师一直在观察天气,打探路况。好在9日终于放晴,于是相约进山。

走绕城,上高速,走关中环线,一个小时便到汤峪镇。再上温泉大道,十多分钟后来到汤峪镇塘子街,再往前就是汤峪了。

汤峪,秦岭七十二峪之一,位于蓝田西南,整个峪道长七十里,古时从长安出发,过引镇,到汤峪,翻过秦岭,就到了陕南的柞水、商洛,这里是连接长安、南达荆襄、西通陇蜀的交通要道和军事重地。

唐时,汤峪有"皇家上林苑"之称,何故?一是其地处秦岭深谷,景色奇崛秀美;二是有温泉,是皇室贵族休闲的佳处。汤峪温泉一名大兴汤院,又因地处秦岭北麓之石门谷口,也名石门温泉。古人把温泉称为汤，石门谷道便被称为汤峪。

汤峪温泉的发现带有许多传奇色彩。《旧图经》记载，唐初有异僧至此，恰遇大雪，雪融不积，僧曰"下必有温泉"，掘之果有温泉涌出，凡有病者浴多痊。唐玄宗和杨贵妃在此沐浴后，赐名"大兴汤院"。唐时还扩建有五座温泉汤池，取名"融雪""玉女""涟珠""漱玉""濯缨"，是不同阶层的人沐浴之地，一时声名鹊起，慕名而来者络绎不绝。清乾隆元年（1736），蓝田知县王师瑗重立"大兴汤院"，碑石保存至今。因不花钱便能治病，当时百姓称其"功德水""桃花水"，并流传着脍炙人口的"桃花三月汤泉水，春风醉人不知归"的诗句。

对于石门汤泉开发自唐一说，有人提出质疑，认为开自汉代。《汉书·昭帝纪》明确记载：元凤元年（前80），汉昭帝刘弗陵把蓝田石门赐给了长公主（盖长公主），专作汤浴之用，故称"汤沐邑"。汉武帝刘彻曾在汤峪一带修复上林苑，在焦岱一带扩建鼎湖宫，两地紧相为邻。相传武帝当时常到石门汤泉沐浴，并十分关心当地百姓疾苦。百姓为了纪念汉武帝，在风凉原（今汤峪八里原，与石门汤泉紧邻）修建了汉武帝祠。清初有专家认为，与临潼华清池、眉县西汤峪联系起来看，汤峪温泉涌出地面的时间当在两千年前，或者更早。

秦岭山势高拔，地质复杂，有可能到了唐以前的某个时期，或因山洪暴发洪水淹没，或因构造运动、地震等影响，石门汤泉暂时被埋没，到了唐代又被重新发现也未可知。

接上白玉稳老师，车在温泉大道拐了个弯，一池碧水映入眼帘，这就是汤泉湖水库。汤泉湖东有东峰山，西有西峰山，两山巍峨对峙，气势不凡。汤泉湖面积三十公顷，左有涌金门，右有泻玉门，两相护佑，浩渺清幽，白云倒映，湖面上可泛舟。

汤泉湖水源自秦岭深山的汤峪河，《蓝田县志》云："（汤峪河）系浐河一支流，源于汤峪河南月亮石沟。"汤峪河从秦岭北麓月亮石沟发源，河水沿峪道蜿蜒而下，终年不歇，出石门关口后注入汤泉湖，最终汇入沪河。其所经地域大多系石山区，水质清澈甘甜，供当地百姓饮用。

二

往里走不远，东、西峰之间出现两面突兀的石崖，如古城堡的两扇大门，透着威仪，这就是历史上有名的石门关，有"一夫当关，万夫莫开"的气势。这里便是汤峪谷口，由此进入峪道。

石门关是载入典籍的重要关隘，当地百姓称之为关上。入关不久，水势渐大，我们遇到汤峪河道的第一座石桥。桥下水流潺潺，桥侧山峰突起。顺着白老师手指的方向，看到右侧山体上有一洞，白墙黄瓦，十分醒目。桥旁立一石碑，上写"刘秀洞"，碑上文字已显斑驳。

汉时刘秀为躲避王莽追杀，经石门关逃往南阳时，在这里留下许多遗迹遗物，有其藏身的"刘秀石"，有助其登山的"刘秀桥"。刘秀在此还奇遇当地美女、后成为皇后的殷丽华，他在殷丽华的指点下攀上"刘秀洞"，逃过了追杀。这里还有刘秀用温泉洗脸的地方，直到现在人们还叫它"刘秀洗脸盆"。

车继续往里开，这一带都叫石门山。在左侧的山石上，不时能看到栈道孔，一处山崖上立有一块标识牌，上书"汤峪栈道遗址"，注明是陕西省重点文物保护单位。山崖下的河道里满是奇形怪状的石头，汤峪河从其间流过。这些栈道孔有方有圆，开凿有序，据说很多是唐代开凿的，跟黄巢起义有关。说是唐僖宗广明二年（881），黄巢率起义军攻克洛阳后，打过潼关进入长安。他在蓝关古道和石门关两个关口，布置重兵把守。因为石门关距长安很近，是防止唐军从河南、湖北、四川等地反攻的重要关隘，这一带攻可以主动出击，退可以入山作战。石门山上的栈道孔与石桩，据说就是黄巢驻兵的遗迹。

石门关也曾见证"闯王"李自成的威风。史载李自成在明朝军队围追之际，退兵终南山，在石门关设兵驻守。可是守将经不住明朝军队的利诱，意欲投降，李自成当机立断，派大将李友率军在此平定叛乱，史称"石门平叛"。当年"闯王"李自成、大将刘宗敏(系蓝田孟村乡人)在石门山上安营扎寨,操练军队,当地人把李自成住过的地方叫"闯王寨"。现在石门谷口的闯王寨一带,还留有许多栈道孔,就是农民起义军行军作战的道路遗迹。

石门关还是一块红色土地,当年红军过商洛、出汤峪,曾在此驻扎。当地老人至今还记得,红军纪律严明,关心群众,当地许多青年都加入了红军。

汤峪栈道遗址沿汤峪河两岸分布,全长十五公里。除栈道外,还有不少古代的摩崖石刻,具有珍贵的文史价值。白老师说:"我小的时候,有些栈道还在,当时没有桥,我随着大人还走过栈道。走在上面很害怕,因为空荡荡的石板下就是悬崖峭壁,是奔腾的河水。我总是握住大人的手,在栈道内侧小心翼翼而行。那些经常走栈道的年轻人,却如同走平地一般,有时还身负重物,压得石板吱吱响,现在听不到那种声音了。"

白玉稳先生是汤峪人,当地文化学者,人称"汤峪白先生"。他做过中学教师、校长,也是一位作家,对汤峪一带的人文历史有着深入的研究。听他一路如数家珍地介绍石门关及汤峪的历史文化,如听故事一样有趣,让人大长见识。

三

11月的时节,山里刚下过雪,但因阳光灿烂,并不很冷。山道两旁的柳树、槐树、榆树依然绽放着绿意,高大的柿子树掉光了叶子,枝头挂满红彤彤的柿子,映衬着湛蓝的天。初冬时节的汤峪别有一番姿色。

高处不胜寒。远山上的树叶大多凋零了,山本来的气势展露出来,秦岭显得异常雄奇冷峻。突兀挺立、参差嶙峋的山石排列着,分立于峪道两边。一路上几乎见不到人影,清静幽深的峪道中,只听到汤峪河哗哗地流动。

作为自古以来通往陕南的重要驿道,汤峪的峪道并不宽,蛇行般伸向秦岭深处。这条骡马道,两边高山夹拥,下有河水相随,保留着峪道最显著的特色。路边不少能容人藏身的石窝被熏得乌黑,那是过去路人走累了,在此休息做饭留下的痕迹。

当地曾有"岱峪的河,库峪的湾,汤峪好走七十二道脚不干"的俗语,这说的是秦岭北麓三个紧密相连的峪谷的山河特点。过去从汤峪口上秦岭,上下七十里,有人统计要过七十二道河。路随山走,水随山转,汤峪河上走一段就有一座桥,大多架在河道宽阔的地方。汤峪河上总共有多少桥,许多人数不清。

汤峪里主要有四个村子,按汤一、汤二、汤三、汤四排列。进峪道五里路,经过冷水沟,峰回路转,第一个村落就是汤峪镇汤一村,村口一面大石头上刻着"羌水崖"三个字,这也是当地人起的村名。

白老师说,羌水崖这个名字的由来,现已无从考证。他走访过汤峪河上上下下的老人,特别是世居羌水崖的崔姓老人,他们都说不清,只知道民国初年有人在村边的大石上写了这三个字。"我看到这个羌字想到了羌族,后来翻《蓝田县志》查证,竟无从查考,成了一个谜。"

羌水崖是秦岭山中一个极普通的小村落,沿河散居着三十多户人家百来口人,不为外界关注,但羌水崖有汤峪河独一无二的风景:在河西岸,村庄的房屋背后,突兀地竖起一面高崖,崖面与地面几乎成九十度直角,好像一面巨大的屏风。崖上的植被十分茂盛。白老师说,崖上春天红桃白杏,秋天满坡的黄栌子树叶红得透亮,赛过枫叶。

出村子往前走不远,忽传来鼎沸的人声。在一家户院外,一群男劳力正忙着搭席棚,妇女们坐在一起剥葱削莴笋,几位手脚麻利的,已切好几大盆萝卜片。上前打问,主家姓王,今日嫁女,要搭灶设席,招待乡人亲戚。我问一妇女,切这么多萝卜片干啥用,她笑说:"猪油熬萝卜,香得很,是咱这儿待客必备的一道菜!"

看得出,山里人的生活还很清贫。当地人说,退耕还林后,村民已不种庄稼了,主要靠采卖药材、杂果补贴家用。秦岭无闲草,汤峪山大沟深，植被茂盛，出产山核桃、猕猴桃、板栗、柿子等。药材资源更为丰富，猪苓、苍术、黄精、重楼这些名贵药材都有种植基地。

四

下午两点多，我们到了汤二村。路边有一所乡村小学——汤峪镇汤二教学点。白老师拍拍门，一位老师拉开大门，惊喜道："校长你咋来咧。"娃娃们正在上课，教室外挂着一年级教室、二年级教室两块牌子。悄悄进去，教室里一共七个学生。正上课的冯老师说，这个班娃的年龄从四岁到七岁不等，不但有一二年级学生，还有学龄前孩子。这时一位老教师赶过来，他叫崔义明，原是汤三村火神庙小学的校长，退休后被返聘到汤二教学点。崔老师今年六十五岁，教龄四十三年。他介绍说，这个教学点一共二十三个学生，家都在附近村里。娃虽少，但老师都很负责，他们的收入也很微薄。

白老师说，在20世纪70年代，他就在火神庙小学上的小学一至三年级，崔老师教过他。"当时学校就他一个人，上课时，三个年级五六十名学生坐在一起，崔老师先给两个年级布置预习任务，然后给另一个年级学生上课，轮换上课，如此反复。学生都是从自家搬凳子坐，趴在土台子上写字。在我们这里，像崔老师这样把毕生精力奉献给山区教育事业的人还有很多。"

从汤二教学点出来，走不远，果然见到那座火神庙，庙不大，但在当地很有名。庙门紧闭，从窗户往里看，里面有香案和泥塑人物。白老师介绍说，老辈人都说这座小庙很有历史，庙里原先有火神的塑像，墙上有彩绘的壁画，具体是哪个朝代所建，没人能说得清楚。

汤峪河谷有两棵古树，历史悠久。一棵是汤三村小东沟口的大榆树，树龄千年以上；一棵是大东沟口的古槐，据说也有几百年历史。我们专门去看了大槐树，它生长在汤峪河畔的高台上，树干粗壮，需三五个人合抱才能围住。树冠几十米高，枝叶葱茏茂盛。村民说，春天时槐花盛开，整个村子都是香的。古槐下有座三合院，是民国时期典型的北方建筑，青砖外墙，门楼高大，庭院幽深，古色古香。据介绍，这家人姓李，李家老爷子是当地的能人和善人，一生勤劳，家境殷实，他请山外的名匠工建起汤峪河独一无二的三合院，一直保留至今。

在汤四村，我们见到了八十岁的廖祖茂老人，他是制作农具的高手，祖祖辈辈没离开过汤峪。老人说，他们村有很多能工巧匠，擅长制作农具和生活用品，如犁辕、锨把、耙子、木杈、大扫帚等。现在这些物件仍有市场，城里的清洁工扫马路就用他们扎的大扫帚，地扫得干净，还省劲。一旁三十七岁的村民李文富给我们演示扎扫帚的手艺：把带叶子的细毛竹扭成几股，相互穿插，成型后，再将扫帚上段用核桃树皮捆紧。他身旁还有个"人"字形木架，中间横有一木，白老师让我们猜这是干啥用的，几个人都说不清。这时，李文富拿来一根锨把，说把不直的锨把先用火烤，再放到架子的横木上压，便直溜了，这个木架原来是最原始的加工工具。廖祖茂老人说，这些老手艺都是祖辈传下来的，干这行太辛苦，现在村里的年轻人大多出外打工，没人愿意学，老手艺慢慢就失传了。

五

从汤四村再往前走不远，车便开不上去了。抬眼望，皑皑白雪已将部分山体覆盖，此处几乎见不到人烟。几间土坯房并无住户，门前堆起厚厚的雪，风一刮，房顶的雪便扑簌簌落下来。背阴的山峦由黑白两色组成，那种冷寂深沉的美让人震撼。

这时出现一个岔路口，主路通向山顶，另有一条岔路，路面已经变成冰道，通向碾盘、鸡上架几个村，那里还有十几户人家。安全起见，白老师不建议走岔路。

于是我们徒步顺着崎岖的主路往上攀登，阵阵寒气袭来，路上湿滑，大家互相搀扶着挪动步子，不一会儿就喘息不止了。

往上二里地，是座三泰山，再走几里，便到了月亮石沟。此处是许多驴友穿越的目的地，过了月亮石沟，汤峪就走到头了，再翻过秦岭，就到了柞水、商洛。月亮石沟是地名，此处确有月亮石。石有两间房大，据说是天上掉下的陨石。陨石裂开，一块扎在河道，一块竖在空中，中间还有块月牙状的白石头。

这一路走来，满目都是山，汤峪的山真是各有风姿，让人流连。山口的汤泉湖群山环抱，有青浦、翠微、锦芮、绣虎四小峰作屏，把一池湖水点缀得明媚秀丽。著名的紫云山位于汤四村附近，远望之，山势雄奇，苍凉壮美。与紫云山相连的是云台山，此山因东、西两峰高耸形似月牙，又称月牙山。白老师介绍说，云台山人文气息浓厚，晚唐著名诗人郑谷的蓝田别业就在云台山中，郑谷的诗集取名《云台编》，收录其七律诗三百余首，像"聚沫绕崖残雪在，迸流穿树堕花随"这样生动的诗句比比皆是。而王维、贾岛等大诗人更是多次造访云台山，写下许多诗篇。唐朝进士张乔写云台山的诗"秋山清若水，吟客静于僧。小径通商岭，高窗见杜陵"，可谓脍炙人口。有人说，王维的"明月松间照，清泉石上流"也是云台山风景的生动写照。

从山顶远望，汤峪东面是水陆庵、辋川溶洞、王顺山，西面是翠华山、兴教寺，终南山最美的山水人文在此相拥荟萃了。

紫 阳 水

多次到过安康紫阳，喜欢这个小城，不光因为这里有茶，有鱼，有香菇、木耳，更因为这里有灵气。每次归来，身心就像被洗涤了一遍那么清爽，而这灵气的由来主要是紫阳的水——清亮、甜润，沁人心脾。

紫阳地处汉江上游，大巴山北麓。这里山势错综，河溪密布，汉江和其上游最大的支流任河在这里交汇。此地又是有名的茶乡、歌乡、板石之乡，自然和人文景观十分独特。

早几年去紫阳是坐火车，车是慢车，一路穿行秦巴山中，过了一个又一个隧道，上午坐车，晚上方到。接人的车子穿行在幽暗的县城，远处的山峦变幻莫测，觉得满天的星星又亮又繁。昏昏欲睡间，耳畔竟传来潺潺的水声，一座小城一下灵动起来。及至宾馆，歇息前洗漱，同行者举着口杯惊叹："快看，紫阳水多清亮，简直没有一丝杂质。"当地人自豪地说，紫阳自来水的水质堪比纯净水，完全可以直接饮用。这也就是说，紫阳人洗脸、刷牙用的都是纯净水，真是好福气。

几次去紫阳都是五月初，新茶上来了，天气也转热了，好客的主人邀请大家上茶山采茶品茗。及至上了山，放眼望去，满眼翠绿，清风吹过，茶农的头巾草帽便从茶树间闪现出来，下面是一张张幸福的笑脸。别看城里来的这帮人采茶笨手笨脚，背篓里半天装不了二两茶，品茶却有几个高手。树荫下，石桌旁，主人用玻璃杯盛着的绿茶冒着袅袅香气，杯中茶叶一片片向上竖起，水则是透亮的。品一口，暑气顿消，人一下精神了。同来的一位资深茶人感慨，好茶得用好水来泡，那味儿才正。紫阳的山泉水把茶的精气都吸纳进来，便似乎有了生命，品味这茶，就如品味人生，纯净中透着丰富，淳朴中蕴含厚重。

茶品至酣时，当地热情的民歌手便现场演唱起紫阳民歌来，《郎在对门唱山歌》《洗衣裳》《南山竹子》……民歌唱了一首又一首，歌声传得满山回响。八旬老人的嗓音也是千回百转，荡气回肠。问及他们护嗓的秘密，老人们笑说："喝了紫阳水，连着唱三天，嗓子都不干不燥。"这还不算，再看紫阳的姑娘，肤色白嫩，个个水灵灵，也是因了"水好"。

紫阳的水多么神奇！

先前只知道紫阳水取自秦巴山源源不断的清泉，其水清澈甘甜，如今才知道，紫阳水虽"清"但不"纯"，富含硒、锶、锌等多种对人体有益的微量元素，尤其是水中硒的含量在全国首屈一指。

这种认识是我不久前又一次到紫阳时获得的。

那次是坐汽车去的，全程高速，一路顺畅，不到四个小时就到了紫阳县蒿坪镇。蒿坪镇地处巴山腹地，位于紫阳县东北部，距紫阳县城二十公里。紫阳县素有"峰有千盘之险，地无三尺之平"之说，但蒿坪境内地势却较为平坦。蒿坪河和北沟上下有近三十公里的川道，地理位置优越。说起来，仅有三万人的蒿坪镇更是一块风水宝地——这里是全国著名的硒谷所在地，其以煤炭和水土中富含硒元素最为出名。人人都知紫阳有富硒茶，然而这里的富硒水更是一绝。

提到水，我不免叹息：这须臾不能离的生命之源，现在竟存在那么多问题，让人心生担忧。

记得小时候，在老家长安的河里玩，渴了，掬一捧河水咕嘟灌下，肠胃不会有一点问题。而现在，人们对饮用水越来越警惕。工农业的发展，过度的开发，使自然环境受到破坏，河道及水源地遭受污染。如果说河水、自来水不能直接饮用还说得过去的话，面对市场上矿泉水、矿物质水、纯净水、蒸馏水……人们也是眼花缭乱，孰优孰劣，没有证据不敢妄断，至今一头雾水。

人体的70%是水，如果喝一口放心水都这么难的话，还谈何生活质量、生活乐趣！这些年，我固执地排斥所有瓶装水，因为压根不知道这些水是从哪里来的，除非出门图方便带上两瓶解渴，一般在家和单位就喝开水，虽然麻烦，但总让人放心些。不喝瓶装水特别是冰镇水还有一个原因，就是我属于胃寒体质，不能喝凉水，一喝就胃疼，连带得消化也出现问题。有时忍不住自我解嘲："喝个水都这么麻烦！"朋友听了便笑："喝水是大事哩，你一天不干其他事可以，不喝水试试。"

这次到了蒿坪镇，见到了传说中的富硒美水，我先前的一些认识得以纠正，并且有了豁然开朗之感。此水的水源地就在位于蒿坪镇的陕西硒谷一带。

有人说女人如水，这美水就如最美的女子。她健康、洁净、甜润，自幽谷山涧奔涌而出，源源不断，张扬着生命的活力。

为什么说最美呢？因为它与市面上的纯净水、矿物质水、蒸馏水、普通矿泉水都不同。经过专家介绍，我了解到几种瓶装水的区别：纯净水是水经过净化处理后，水中所有的微量元素都被过滤掉了，是既没污染又没营养、只能解渴的水；矿物质水是水净化处理后，人为添加一些矿物质元素后形成的水；蒸馏水是用蒸馏的办法生产出的纯水，不含任何营养物质；与前几种水相比，普通矿泉水应该是比较好的，其水质中含有人体所需的微量元素，但成分和数量不一，品质也有高低之分。而富硒美水作为优质矿泉水，其硒的天然含量之高，是其他水无法可比的。

至此我恍然大悟，为何在紫阳品茶的感觉那么好了。紫阳富硒茶自不必说，在历史上都属名茶，唐代即为宫廷贡品，在清代也是全国十大名茶之一。同时，这里更有得天独厚的富硒水啊。茶与水相得益彰：茶受水的浸润，水得茶的滋养，于是便有了这秦巴山中的佳话。

在整个中国，湖北恩施、陕西紫阳和江西的一些地区是科学家公认的富硒区，而紫阳就是中国硒谷的龙头。富硒水在紫阳有多个水源地，经科学检测为七千五百年成水，目前已探明水的总藏量相当可观，仅每小时就可出水七十吨。绵绵不绝的清泉水在硒谷倾泻流淌，滋养着一方水土，造福当地百姓。陕西曾经给人以黄土漫天、干旱缺水的印象，而此美水，在一定程度上扭转了外省人对陕西乃至西北的印象。

"养在深闺无人识，展露娇容惊众人。"水，品质最佳者为山泉水，杨贵妃"温泉水滑洗凝脂"，其细嫩的肌肤与华清池温泉的滋润密不可分。紫阳的水，与之相比并不逊色。这么好的水能让更多人认识和品味，就是紫阳之幸了。

汉地雪莲广仁寺

雪莲，是生长在天山南北、雪域高原的一种奇花，她生命力顽强，吸纳天地之灵气，扎根于寒冷险要之地，绽放出圣洁美丽的花朵。雪莲是边疆特有的物种，在内地鲜有所见。然而，在西安城内西北角，却生长着一枝"汉地雪莲"，这就是广仁寺。

在我心目中，广仁寺是神秘的。

多少次从寺门前经过，从寺院的高墙外能望见大殿的琉璃顶和从其上掠过的飞鸟，想象着喇嘛们虔诚诵经的场景，却无缘迈进寺院。

初夏的一天，我专程到广仁寺寻访，寺院住持仁钦扎木苏上师亲做导游，带我行走寺内各处详细讲解。广仁寺背倚城墙，虽处闹市，却清幽宁静，微风吹过，送来阵阵花香，称得上是一块福地。

广仁寺又名喇嘛寺，是陕西唯一藏传佛教格鲁派（又称黄教）寺院，距今已有三百多年历史，它的建成得于清康熙皇帝的远见卓识。清康熙四十二年（1703）十月，康熙皇帝巡视陕西，祭祀山川皇陵，奖学兴贤、优抚赈灾，广收民望。为加强汉藏民族团结，巩固多民族国家政权统一，康熙帝亲自"周览"西安城内地形，并选择了一块高爽之地，下敕由朝廷拨款，修建一座佛寺。康熙皇帝赐名"广仁寺"，又为之亲书"慈云西荫"横匾，撰写《御制广仁寺碑铭》。寺名、匾额和碑铭真迹成了康熙皇帝给广仁寺的三大御制品，弥足珍贵。广仁寺既是历代达赖班禅赴京朝觐途中的行宫，又是西藏、内蒙古、青海、甘肃等地活佛喇嘛上层人士进京之行宫，历史上康熙、乾隆、慈禧、康有为、梁启超等都曾来此参拜，留下足迹。

走进广仁寺，你能感觉到她的雍容华贵。

我曾去一些寺院游览，总体印象是寺院的布局多是从山门到后殿逐级升高，展现一种前低后高的壮观气势。广仁寺却很奇特，寺内建筑布局前高后低，寺院设计者可谓独具匠心。广仁寺共四进院落，迈入一进院，绕过砖雕大照壁、六角御碑亭，便是天王殿，殿内供有陕西最大的千手观音像，金碧辉煌。二进院有一尊铁铸八卦楼灯，又称万年灯，一次添油一百零八斤，昼夜不息。三进院有藏经阁、千佛殿。其中藏经阁中珍藏有康熙四十九年（1710）修订的明版《大般若波罗蜜多经》六千六百卷，是全国保存最完整的一套。千佛殿则堪称经典建筑，殿内纯手工制作的木雕精美绝伦，仅黄金就用去4.6公斤。四进院是喇嘛诵经清修之处，奉有佛祖等身像、佛祖真身舍利和文成公主像。整座古寺殿宇宏伟，雕梁画栋，雍容华贵可见一斑。行走在院落中的青石路上，仁钦扎木苏上师对寺中古树名木如数家珍，菩提树、紫荆花树、紫丁香、含羞树……还有传说中慈禧扎头钗的古柏树。寺中有棵来自印度的百年菩提，先移栽到福建过渡三年后，途经闽、赣、鄂，最终落户西安。这些名贵的花木团团护佑着广仁寺，四季转换，色彩不同，营造出安静祥和的气氛。

说到藏汉民族团结，不能不提一个重要的人物——文成公主。一千三百多年前，文成公主为了民族团结，远嫁吐蕃，把佛法、医学、历算及先进的生产工具带到西藏，得到藏族人民的敬仰崇拜，被视为绿度母的化身，而文成公主从此再也没有回到长安。2006年，广仁寺组织七十多人的迎亲团重走唐蕃古道，前往拉萨"接文成公主回娘家"的壮举至今令人津津乐道。这次活动行程七千多公里，历时二十二天，把在拉萨大昭寺经过一百多位高僧活佛开光的文成公主雕像和释迦牟尼佛十二岁等身像迎回了西安，供奉于广仁寺。大唐的女儿终了千年遗愿，回到故乡。

正如寺名，广仁寺的仁爱声名远播。近年来，仁钦扎木苏上师发起成立了西安广仁慈善功德会,倡议社会各界善心人士"日行一善,每日一元"献出爱心,募集的善款用于弘扬中国传统文化及社会教育、医疗、环保等。每年农历正月初八,寺院点燃万盏酥油灯举行的燃灯节祈福法会,吸引了大批市民光顾。而每逢腊八节,寺院早早熬制几大锅香甜的腊八粥让上千群众免费品尝,一股股爱的暖流在这里汇聚……

广仁寺,一个神秘、雍容、温暖的地方。她如盛开在汉地的雪莲花,散发着高洁的气息。

古道咽喉说蓝峪

初春时节,天气转暖,秦岭山中冰雪消融,于是驱车前往蓝田县境内的蓝峪。从西安向东,从灞桥收费站上沪陕高速,一路畅通,一个多小时后,到达蓝田县委宣传部,接上宣传部工作人员肖奔和小侯,便向峪口进发了。

一

蓝峪,秦岭七十二峪之一,也是蓝田境内最有名的峪口了,早在先秦时期就已存在。清同治《陕西南山谷口考》记为蓝谷,又名蓝田谷。蓝峪起自蓝田县城东南十公里处的秦岭北麓,终至蓝桥东,全长三十三公里多一点,中有312国道通过。

史书记载,蓝峪古称清河峪,这与峪内的水系有关。清河是灞河较大的支流之一,发源于商洛市商州区牧护关镇南、海拔约一千九百二十八米处的秦岭主脊东北侧,在秦岭下湾村至杨家湾间的凹处流入蓝田境内。清河沿峪道流下,汇入灞河,穿过的峪谷名曰清河峪。由于清河古名蓝水(北宋《长安志》又将清河称为蓝谷水),蓝水从山谷流过,蓝峪之名便流传开来。隋代因在此建悟真寺,蓝峪又名悟真峪。

蓝峪自古就是贯通长安与商洛的交通要道,在距今一千多年前的隋唐时期,它是蓝田、蓝桥驿通过牧护关到商洛的一条通道,也是极为艰险的一段路程。

蓝峪是从长安穿越秦岭的六大通道之一，古代长安人多是经蓝峪到商洛，再沿汉江通往中原和江南，因此蓝峪又名蓝关道。隋唐时期，从中原和江南各地进京赶考、求官、经商者纷纷从此道而过，人流络绎不绝，熙熙攘攘，因此这条道有"商山名利道"之称。直到今天，蓝峪仍是西安至商洛及中原的一条重要通道。

从地形构造上来说，蓝峪是蓝水长期冲刷形成的一个著名峡谷。峪口在普化镇杨斜村，著名的悟真寺、水陆庵就位于这里，我们探访峪口的第一站就是悟真寺。

车子在蓝小（蓝田—商州区小商塬）公路上奔驰，这条道是蓝峪内的一条主干道，也是从蓝田翻越秦岭到达商州的主要通道。尽管山里气温要比城里低一些，但春的气息已扑面而来。公路旁的柳枝发出绿芽，随风摇摆着，有点"二月春风似剪刀"的感觉。路边还有一排排的榆树，那榆钱也绽满枝头，圆圆的嫩叶一嘟噜一嘟噜，十分诱人。古人有"食春"的习俗，而榆钱饭是主角。

悟真寺建有高大宽阔的门楼，入口就在蓝小公路的边上。从门楼进去，有一条布满青苔的石阶路通往山上。悟真寺位于蓝峪中的南普陀区，是著名的佛教寺院。寺前立有石碑，记载其为蓝田县第二批文物保护单位，隋代所建。

最早知道悟真寺是从唐代诗人白居易的《游悟真寺诗》中：

元和九年秋，八月月上弦。我游悟真寺，寺在王顺山。去山四五里，先闻水潺湲，自兹舍车马，始涉蓝溪湾……

悟真寺初建于隋，唐释道宣所著《续高僧传·净业传》中记载："开皇中年，高步于蓝田之覆车山，班荆采薇，有终焉之志。诸清信士敬揖戒舟，为筑山房，竭诚奉养，架险乘悬，制通山美，今之悟真寺是也。""开皇中年"即指隋文帝开皇年间，距今已有一千四百多年历史，净业高僧为悟真寺开山鼻祖。

佛教在唐代十分兴盛，史载，唐高祖李渊曾下旨在悟真寺南修建玉泉寺。唐太宗李世民于贞观元年（627）下旨重修悟真寺山北寺院，并令开国名将尉迟敬德监修。此后又在悟真寺西崖修建栈道，从悟真寺上院到达下院玉泉寺长达三千米的路程中，沿途石崖间有石窟佛像，转弯处有佛塔，凌空栈道，如同天路。正如白居易诗中所写："山下望山上，初疑不可攀。谁知中有路，盘折通岩巅。"

悟真寺分上下两院，当天，我们首先到了悟真寺上院。从陡峭的石台阶攀登上去，古刹坐落于连绵起伏的山峦之间，庙宇宏伟，回廊相连，四顾远望，满目苍翠。山风吹过，激起阵阵松涛回响。"回首寺门望，青崖夹朱轩。如擘山腹开，置寺于其间。"白居易诗中形象的描绘，是这座古寺生动的写照。

二

从悟真寺下来，驱车再向峪道中进发。路随山转，大山里的弯道多且急，佛爷腰隧道、黑光岩隧道、石洼子梁隧道……一个连着一个，隧道不长，里面漆黑一团，称山洞或许更准确。

山气渐渐浓了起来，这里与山外完全是两个世界。除了水流声，没有一丝喧嚣，空气新鲜甜润，山桃花、野樱桃、连翘花，红的、粉的、黄的，一大片一大片开得茂盛，急切地报告着春的消息。

正陶醉间，忽闻水声轰响，抬眼看去，一挂几十米高的巨瀑从山间飞流直下，飞溅起无数晶莹的水花。这瀑布受到山体巨石的夹持，蓄积了巨大的能量，水流大且猛。我在秦岭峪口见到过不少瀑布，但像这么壮观的还很少见。肖奔说，这是观音潭瀑布，夏天的时候水量更大，有时水都漫到公路上了，一片水汪汪。

车穿行在蓝小公路上，两边的山势渐高。与刚进峪口林木茂密的山体不同，峪口内的山多由巨大的花岗岩构成，造型奇特，突兀的巨石仿佛随时会从天而降，或挡住人的去路，整个山谷寂无人声。公路旁是宽四五丈的河道，从秦岭山中蓝田与商洛交会处奔流而下的蓝水昼夜流淌着，与山风应和，奏出自然界的神奇交响乐。蓝水顺着峪道最终流入灞河，水质清澈润甜，滋养着一方百姓。

对这一带情况比较熟悉的肖奔说,从公路下到河道,能看到千多年前蓝水栈道留下的石孔。于是决定下去看看。从公路到河道有数丈高,地势险要,因为没有路,只能踩着乱石小心翼翼地挪下去。河道里水不深,满目皆是怪石,我们走了很远,终于在河道中的巨石上发现几十个栈道孔,大多为圆形,也有方形的,分散排列。当年这一带也是兵家必争之地,据说这些栈道主要用于军事。因山石坚硬,孔洞千百年来依然保留着当年的形状,石面上还留有横向石槽的痕迹,有些巨石上还有摩崖石刻,只是字迹斑驳,辨认不清。岁月侵袭,当年栈道上的木桩、木板早已腐朽,毫无踪迹了。

从河道攀上公路,我们顺着深幽的峪道继续前行,没过几分钟,转过一个弯,眼前豁然开朗,只见公路上树起两座飞檐翘角的门柱,这就是蓝关门阙。旁边是一块石碑,上面刻着"蓝关古道(蓝桥河谷段)""时代(战国—清代)""蓝田县人民政府公布"等文字。

走蓝峪到这里,已经离开普化镇到达蓝桥镇的地界了,并且踏上了蓝关古道的咽喉之地。蓝关古道是秦始皇统一中国后修建的大驰道之一,北起咸阳,南极荆楚。在蓝田境内沿灞河川道东上,经县城南七里火烧寨村上峣山,登七盘道,经乱石岔、蟒蛇湾、鸡头关、风门子、六郎关,下十二筝坡到古蓝桥,再由蓝桥经新店子、牧护关入商洛,出武关到达秦岭东南各地,这就是蓝关古道的全程路线。仅听沿途的地名,就可知这条古道险峻难行,而古蓝桥连通秦岭南北的意义也显而易见。蓝关门阙所在地,就是蓝关古道在蓝田境内的尽头了,也是蓝田通向商洛的必经之地。

史载,秦始皇统一中国后,五次出巡,两次经过这里,走的是最为险峻的一段路。两千多年间,作为连接关中与东南的唯一交通要道、兵家必争的第一要塞,这条古道上曾走过迁徙奔波的流民百姓,回荡金戈铁马的呐喊厮杀,响起商贾驼队的喘息吆喝,传来文人墨客的激情吟诵……

当年韩愈被贬潮州,离开长安过蓝桥驿留下《左迁至蓝关示侄孙湘》一诗,其中"云横秦岭家何在,雪拥蓝关马不前"千古名句,映照出落难诗人的满腔悲愤和对前途命运的担忧。唐代诗人司空曙《登秦岭》曰:"南登秦岭头,回首始堪忧。汉阙青门远,商山蓝水流。三湘迁客去,九陌故人游。从此思乡泪,双垂不复收。"诗人离别故乡长安时的悲凉之情跃然纸上。而杜甫和白居易也在这里发出"蓝水远从千涧落,玉山高并两峰寒""蓝桥春雪君归日,秦岭秋风我去时"的悠远绝唱。

三

往前行,地势平缓,河道变得开阔起来,从秦岭峪谷中奔流出的蓝水到达这里后也放慢了速度,缓缓地流淌着。顺着河向东再行一公里,河面上出现一座石拱小桥,据说这就是古蓝桥的所在,后世几经重修。

河道的北面是属于秦岭山系的王顺山,南面是蓝桥山,也叫成仙岭,远远望去,山上松树满坡,青翠茂密。

蓝田籍学者、西北大学教授费秉勋先生曾在这里求学,他在一篇文章中写道:"这座山上有唐代就传得很神奇的仙窟,站在操场上往稍东的山上细看,松树丛中闪着白色的石崖,就是仙窟的洞口,韩愈的侄孙韩湘子就在这洞里修行,这仙窟叫碧天洞。"

既然来了,那就到碧天洞看一看。

碧天洞又称湘子洞,建在半山腰上,是一座很出名的道观。进得山门,刘崇懿道长已在等候,并安排一位潘道士带我们上山。顺着陡峭的石头路攀登上去,不到十分钟,已是汗流浃背。一路上不断遇到远道而来的香客。潘道士介绍说,明天这里过古会,因此人比平时多。据介绍,碧天洞最早源于先秦,是吕不韦问道之处。吕不韦主政后,碧天洞作为皇家韬略之地,地位尊崇,各级官员、学士蜂拥而至,所谓"终南捷径",最早出处就在于此。据传,至唐朝,八仙之一韩湘子在此修道成仙,遗《蓝关宝卷》与后人,从而自成一派。韩祖头骨数块供奉于洞内,故碧天洞又称湘子洞,是全国唯一存有神仙灵骨的祖师庙。

一行人上得山来,又攀上几级台阶,方进洞中,刚站定,便有一股阴凉之气袭来。此洞不大，亦不高，里面有八仙的彩色塑像，形态各异，惟妙惟肖。洞的后面有扇小门，门上有锁，从门的缝隙看过去，发现后面还有山洞。据说碧天洞叫前洞，辋川的锡水洞叫后洞，两个洞相隔几十里却是相通的。洞中有一引水管和一口大缸，潘道士说他们饮用的就是山泉水，水质非常好。

从碧天洞下来，没走几步就到了小桥边。桥头有雕梁画栋的仿古门楼，上书"古蓝桥"三个大字。两旁有对联："叠境环绕层林绘染沽酒烹茶说湘子，白云漫卷清风徐来枕书抚琴念尾生。"

蓝桥自古被看作爱情圣地，"蓝桥相会"的故事千百年来为人们津津乐道，最有名的有三个故事。其中一个是"尾生抱柱"。说古时有一对相恋的男女，男的叫尾生，女的叫玉莲。一次他们相约在蓝桥桥头会面，玉莲因为家里阻挠无法前往，尾生在桥下等到半夜。这时突降大雨，山洪暴发，蓝水猛涨，痴情的尾生还是死死抱住桥柱不愿离去，被汹涌的洪水冲走。大雨过后，玉莲拼死来到桥边，只见尾生的衣服挂在桥边不见人，她也扑进滔滔河水中。直到现在，古蓝桥的桥墩遗址还在，旁边一块大石上刻有"抱柱处"三个大字。在"抱柱处"不远，还有一处石刻，上书"拾玉臼杵处"。这个故事说的是一位赶考的青年男子裴航，为向女子云英求婚，在此得玉臼杵并捣药百日，治好了云英母亲的病，两人历尽艰辛终于喜结良缘。著名的戏剧《蓝桥相会》等都是依据这些故事改编的。

"去年今日此门中，人面桃花相映红。人面不知何处去，桃花依旧笑春风。"唐朝诗人崔护的这首《题都城南庄》可以说家喻户晓，这首爱情诗的发生地，我一直认为是长安，蓝田当地人却说发生在古蓝桥，并以现存的一块"桃花碥"为证：说是书生崔护当年到长安城赶考时，是通过商州牧护关到的蓝田地界，在离蓝桥驿不远的一茅舍借水时遇到心上人。两人的爱情故事后来还被改编为碗碗腔《桃园借水》，广为流传。

四

过了桥就是蓝桥镇政府。因为第二天当地要过古会,在镇政府跟前的蓝桥街村,村民及商贩们已沿河搭起棚子,经营当地小吃油糕、饸饹、凉皮、麻花、馓子以及各种土特产、日用品的摊位一个挨一个,街上人流熙攘,煞是热闹。中午在街上吃过饭,我们便向王顺山进发了。

开车不到十分钟就到了王顺山脚下。王顺山原名玉山(著名的蓝田玉即产于此),是蓝峪和流峪的界山,有"天下第一孝山"之称。传说当地人王顺幼年丧父,与母亲相依为命。母亲临终之际,放心不下王顺,就让儿子把她埋在山顶,她要看着儿子平安生活。母亲去世后,王顺从山下担土葬母,孝行感天动地,这也是王顺山山名的由来。白居易有诗云"昔闻王氏子,羽化升上玄",说的就是王顺担土葬母,后来羽化成仙的故事。

春天的王顺山生机勃勃,漫山遍野的树木发出新芽,梨花、桃花、迎春花也悄悄开放了。王顺山植被丰富,最有名的就是白皮松了,其曾被移植入北京颐和园、中南海,并东渡日本。我们顺着石阶路上去,只见沿途分列着介绍二十四孝故事的石雕,人物造型生动朴实。也许因为不是周末,山里游人不多,显得空灵幽静。二十分钟后,就看到一座孝子祠,相传王顺当年和母亲就生活在此。

"天下名山此独奇,望中风景画中诗",这是明朝诗人刘玑对王顺山风光的描绘。乘坐索道从空中俯瞰,奇峰耸立,清潭点点,高大的林木遮天蔽日,摩崖石刻依稀可见,王顺山的风姿尽收眼底。

我们下了索道,又攀上一个陡峭的高台,便是峰岭观景台。站在这里极目四顾,重峦叠嶂,云雾环抱,在海拔已近两千米的高处,可谓"一览众山小"了。从侧峰下来一行游人,说再往上走一个小时,可以看到王顺山一大宝——千年杜鹃树。

蓝峪从峪口的普化镇杨斜村一直延续到蓝桥镇北沟村,经过两个镇,这些村镇也很有故事。在山顶,肖奔指着南边隐约可见的深沟说,那里就是野竹坪村,值得一去。

于是从王顺山下来,车沿着蓝桥到野竹坪的简易盘山公路,一头扎进深山沟里。上原下坡,七拐八转,二十分钟后到了野竹坪。这是一个贫困村,1990年以前一直没有一条通向山外的路,层层大山,犹如一道道围墙,把野竹坪与外界隔离开来,就在山外的人已开始奔小康时,这里的人们还在为温饱发愁。因为没有路,当地流传着这么一则顺口溜:"野竹坪一大怪,买回猪娃怀里揣;要卖肥猪四人抬,人受罪来猪自在。"从1990年起,村党支部书记徐余章带领全村老少,一镢头一镢头挖山不止,吃干馍,喝泉水,四处筹钱,攻坚克难,誓死修通山路。历时五年,全长十一里的蓝桥乡至野竹坪第二村民小组的盘山路终于修通了,徐余章被世人誉为"当代愚公"。

野竹坪是一个宁静的小山村,野竹河从村中流过。村民经济来源主要是养蜂、采药、种核桃板栗,年轻人多在外打工。徐余章书记虽已离开人世,但村中建起的"当代愚公纪念馆",依然传扬着他拼搏奋进的精神。村会计说,以后还想发展乡村旅游。

从野竹坪下来,车又进了蓝桥街村,一打听,这里竟是著名的"蓝桥暴动"所在地。当年蓝桥街村因地理位置特殊,被军阀刘汉三长期占守,发展反动武装。1930年9月,中共地下党人与蓝桥农民自发组织的"红枪会"联合发动农民暴动,消灭刘汉三营部,占据了蓝桥街村,从而巩固了红色政权,蓝桥街村也因此成为重要的革命老区。

车走在蓝峪里,简直就像在画卷里穿行,这里的山水、历史、典故、传说、诗词是那么丰厚有趣,难怪在费秉勋先生的记忆中,这里就是"仙境一样的地方"。我们最后回到峪口悟真寺下院也就是著名的水陆庵时,暮色已经降临。回想这一天的奔波,心里仍觉意犹未尽。

诗意昆明池

对于西安人来说，昆明池就像一个悠远的梦，让人追忆，萦绕于怀。古籍中关于昆明池的记载十分有限，而历史上许多名臣雅士游历昆明池留下的篇篇诗作，让我们从另一个角度认识了昆明池昔日的风姿和沧桑更替。

昆明池从何而来？《辞海》"昆明池"说："西汉元狩三年（公元前120年）为准备与昆明国作战训练水军和解决长安水源不足的困难而开凿……十六国姚秦时池水涸竭……宋以后湮为田地。"

两千一百多年前，汉武帝在长安上林苑之南引沣河水，仿照云南滇池而开凿昆明池。此池周长四十里，用以操练水军，攻打南越国和昆明国，平定天下，沟通外邦。据史书记载，当时昆明池水面上有楼船、戈船几百艘，兵器林立，云帆蔽日。其中的"艨艟"是一种军用战船，能隐蔽军卒，出奇制胜，具有良好的水战性能。

汉之后昆明池经过历代几次修浚，始终水势不减。唐末宋初时，由于战乱频仍，朝廷无力管护，昆明池逐渐干涸为陆。之后的一千多年，沣河东岸逐渐迁变为繁衍生息的村落，只留下昆明池的点滴记忆。清朝乾隆皇帝当年为颐和园昆明湖赐名，正是借用汉代长安昆明池之名。

昆明池在西安城西的沣水、潏水之间，汉时是京城长安的主要水源地。汉武帝时期，国力强盛，昆明池修建完成后，远大于云南滇池，相当于今天三个杭州西湖大，不仅水波浩渺，一望无际，而且池周围景色优美，垂柳依依，荷叶田田，池中亭台楼阁点缀，训练水兵的战船穿梭游弋，甚是繁忙。传说当时昆明池中还有豫章台和石刻的石鲸。石鲸长三丈，一遇雷雨，石鲸常吼叫，鳍尾皆动。汉时人们每到大旱之年都要祭这个石鲸以求雨，往往灵验。另有一传说，昆明池的水波上建有宫殿，以桂枝为殿柱，风一吹来，殿堂里就散发出缕缕香气。

汉时随着国力日盛，战事稍减，昆明池渐渐演变成了皇亲国戚、达官贵人甚至市井百姓泛舟游玩的场所。据《史记·平淮书》所载，当时昆明池岸边，修建了许多离宫别馆，雕梁画栋，金碧辉煌，林木掩映其间，风景十分迷人。太平盛世，武帝常在妃嫔宫女陪伴下在池中泛舟，此时画舫上撑起凤盖，飘起华旗，船工们划着桨，呼应着整齐的号子，乐师们鼓吹奏乐，皇上听着乐声，泛舟池上，何其逍遥。

武帝之后，西汉多个皇帝都亲临昆明池游乐。在中国历史上，汉成帝刘骜的皇后赵飞燕以美貌轻盈著称，所谓"环肥燕瘦"讲的便是赵飞燕盈瘦而杨玉环富态。相传，当年汉成帝与赵飞燕在昆明池游玩时，腰可一握的盈瘦美女赵飞燕可以在荷花上翩翩起舞，她身着薄如蝉翼的羽纱，似蝴蝶上下翻飞，惹得成帝击掌叫好，对她更是怜爱有加。

昆明池作为中国历史上第一大人工湖，还有一个用途是养鱼。《西京赋》中就列举了形态各异、名目繁多的鱼类品种。池中所养之鱼，一部分供应皇家祭祀，另一部分投放市场，足见其产量之大。每当鱼肥之际，官家便派渔民进行捕捞，而喜欢垂钓者也早早备好钓竿，端坐树下，池中池畔一片热闹。

历史上，许多文人墨客都曾游历过昆明池，并留下不少诗篇，将诗人的才情和昆明池的美景融为一体，令人回味无穷。西汉辞赋家司马相如在《上林赋》中，就对昆明池旖旎壮阔的自然景色和宫殿馆舍做过生动的描绘。

南北朝时期的文学大家庾信曾游历昆明池，并作《和灵法师游昆明池》：

秋光丽晚天，鹢舸泛中川。

  密菱障浴鸟，高荷没钓船。
  碎珠萦断菊，残丝绕折莲。
  落花催十酒，栖乌送一弦。

  诗中描绘了秋天的傍晚，人们在昆明池上泛舟的情景：茂密的菱角漂浮池水上，笔直挺拔的荷花高过了渔船。满眼的黄菊与残荷，诗人品酒赏乐，情思绵绵。

  隋唐时，长安城里繁花似锦，歌舞升平，特别是唐贞观、开元年间，国力昌隆。公务之余，皇亲国戚、达官显贵多到华清池、曲江池、兴庆宫等地消闲游玩。而昆明池因远离长安城中心，较为偏僻荒凉，已经没有汉时的旖旎风光，且早已不作为训练兵士之所。在那片白茫茫的水域中，大片的芦苇在风中摆动，处处残荷败柳，野鸭孤兔四处觅食，成群的水鸟在水中相依，倏而齐齐飞向远方。每当黄昏，淡淡的晚霞映照着一池冷水，给人以凄清孤独之感。此时的昆明池，因唐朝廷疏于治理，几近废弃，达官显贵不屑至此，而文人墨客却在这里寻找清静，追昔思古，生发感慨。

  隋朝著名诗人薛道衡对昆明池情有独钟，其《秋日游昆明池诗》，被认为是描写昆明池的佳作：

  灞陵因静退，灵沼暂徘徊。
  新船木兰楫，旧宇豫章材。
  荷心宜露泫，竹径重风来。
  鱼潜疑刻石，沙暗似沉灰。
  琴逢鹤欲舞，酒遇菊花开。
  羁心与秋兴，陶然寄一杯。

  薛道衡历仕北齐、北周及隋，隋炀帝因妒其诗才将他残害，其诗在隋代诗人中艺术成就最高。此首《秋日游昆明池诗》描写了昆明池中荷、鱼、沙的风姿，展示出一幅清雅的画面：诗人在池边听琴，引得鹤鸟起舞，品着佳酿，菊花暗香袭来，秋景与诗情交融，展现了诗人旷达的心境，生动而含蓄。

公元766年，杜甫客居长安，听说了位于长安城西南方、当时第一大人工湖——昆明池后，便专门到此一游，并在其著名的《秋兴八首》其七中对昆明池有动人的描述：

　　昆明池水汉时功，武帝旌旗在眼中。
　　织女机丝虚夜月，石鲸鳞甲动秋风。
　　波漂菰米沉云黑，露冷莲房坠粉红。
　　关塞极天唯鸟道，江湖满地一渔翁。

杜甫在诗中感叹：看到昆明池的水，就想起汉朝立下的功劳，武帝军队的旌旗仿佛出现在眼前。池边石刻的织女不能织布，空对着夜月，石鲸似乎在秋风中舞动着鳞甲。菰米（即茭白）漂浮在水面上，沉沉一片，如天上一片黑云。露水下的莲蓬颤抖着，荷花早已凋谢。关塞上烽火连天，路途不通，唯有偏僻的小路可走，江湖广阔，一身漂泊无依，如同泛舟于江上的渔翁。

杜甫写此诗是在唐玄宗时，长安的昆明池尚未湮为田地，但近乎荒废。杜甫由昆明池而思及汉武帝之功，并由昆明池之兴废而感慨古今之兴废。有史学家认为此诗是杜甫借汉武帝以喻唐玄宗，以汉时昆明池旌旗武功之盛而讽玄宗兴兵南诏之衰，以昆明池昔日的绚丽光彩，来衬自己荒凉、寂寞的心境。

除杜甫外，唐代许多文学家、诗人也吟咏过昆明池。

唐代史学家、诗人李百药曾官拜礼部侍郎，以人品耿直著称，曾直言上谏唐太宗取消诸侯，为太宗采纳。李百药还受命修五礼、律令，学养极为深厚。有一天，天晴气朗，李百药与同僚许侍郎乘兴赴昆明池一游，归来作《和许侍郎游昆明池》一诗，诗中写道：

　　神池望不极，沧波接远天。
　　仪星似河汉，落景类虞泉。
　　年深平馆宇，道泰偃戈船。
　　差池下凫雁，掩映生云烟。

诗中描绘了昆明池波涛涌动、浩瀚无际的景致，以昆明池水比喻星汉银河，遥想牛郎织女的动人故事，可谓想象力丰富。

三国时期著名的政治家、文学家，曹魏的开国皇帝曹丕在《燕歌行》中写道：

明月皎皎照我床，星汉西流夜未央。牵牛织女遥相望，尔独何辜限河梁？

对美好爱情的期盼和眷恋是人类的本性，文人更是触景生情，昆明池两岸的牛郎织女石雕让诗人对爱情产生了丰富的想象。

唐代大诗人李白的《经乱离后天恩流夜郎忆旧游书怀赠江夏韦太守良宰》一诗中也有"歌钟不尽意，白日落昆明"之句，展示了诗人豪放豁达的才情。

唐代诗人童翰卿在《昆明池织女石》一诗中，这样描绘昆明池的景致：

一片昆明石，千秋织女名。

见人虚脉脉，临水更盈盈。

苔作轻衣色，波为促杼声。

岸云连鬓湿，沙月对眉生。

有脸莲同笑，无心鸟不惊。

还如朝镜里，形影两分明。

童翰卿是宣宗和懿宗年间工于诗词的著名才子，也是唐朝时以眉宇秀整、尚友拔俗而见称的名士。此诗大胆想象，刻画了一个美丽窈窕的织女形象。昆明池边的青苔好像衣服的色彩，水流波动声仿佛促其织布的声音。她的美鬓就像云彩，弯弯的眉毛正如空中的月亮，秀挺的荷花映衬着织女的脸庞，倒映在水中，让鸟儿都看呆了……

唐代诗人温庭筠少负才名，却终生不得志，他的诗多红香翠软，曾开"花间词"派香艳之风。但在诗词意境的创造上，他也表现了杰出的才能。他的《昆明池水战词》善于选择富有特征的景物构造艺术境界，文笔含蓄，耐人寻味：

汪汪积水光连空，重叠细纹晴漾红。

赤帝龙孙鳞甲怒，临流一盼生阴风。

> 鼍鼓三声报天子,雕旌兽舰凌波起。
> 雷吼涛惊白石山,石鲸眼裂蟠蛟死。
> 溟池海浦俱喧阗,青帜白旌相次来。
> 箭羽枪缨三百万,踏翻西海生尘埃。
> 茂陵仙去菱花老,唼唼游鱼近烟岛。
> 渺莽残阳钓艇归,绿头江鸭眠沙草。

唐代诗人贾岛,人称"诗奴",与孟郊共称"郊寒岛瘦"。他早年出家,据说在长安城时因当时朝廷有令禁止和尚午后外出,贾岛作诗发牢骚,被韩愈发现才华。后来受教于韩愈,并成为"苦吟诗人",还俗参加科举,但累举不中第。贾岛生性孤僻,不爱交往,闲时常独自到昆明池游赏,曾作《昆明池泛舟》:

> 一枝青竹榜,泛泛绿萍里。
> 不见钓鱼人,渐入秋塘水。

诗人泛舟池上,眼前一片空寂,诗中雅致的意境,如一幅淡雅水墨画,展现了诗人不入俗世的旷达心绪,颇有禅味。

悠悠昆明池流传着多少动人的传说和诗句,引发了帝王才子多少感慨和情思,这些传说和诗作记录着昆明池的兴盛与衰败,见证着历史的发展、时代的更替。细细品味,让人不由生发思古之幽情,对长安这一块厚土更加珍爱。

伊犁观河

提起古筝曲《伊犁河畔》，许多爱好音乐的人都耳熟能详。它是作曲家成公亮先生创作的一首民族特色突出、旋律优美的古筝独奏曲，用新疆手鼓伴奏，更显浓郁的边疆风情。乐曲描绘了伊犁河畔美丽的自然风光和伊犁人民在伊犁河畔天山脚下载歌载舞的幸福生活景象，突出了新疆维吾尔族歌舞"赛乃姆"的音乐风格。

音乐，让人们对美丽的地方产生无限的遐想。伊犁河，到底是怎样一条多情的河？据我所知，这条河曾经登上新疆风光明信片。在这套明信片中，新疆迷人的自然风光尽收眼底：沉静辽阔的喀纳斯湖、雄奇壮观的塔克拉玛干沙漠、声名远播的吐鲁番火焰山、苍凉厚重的帕米尔高原，还有克孜尔千佛洞、塔什库尔干石头城、高昌故城、巴音布鲁克天鹅湖、开都河……伊犁河作为新疆一道极具特色的景观也被收入其间，不由让人们对她神思向往。而真正到了新疆，目睹清幽蜿蜒的伊犁河，仿佛进入了缥缈的梦境中。

说到伊犁河，须要介绍一下伊犁哈萨克自治州。伊犁州地处新疆西部天山北部的伊犁河谷内，西部紧邻欧亚国家哈萨克斯坦，这里有中国陆路最大的通商口岸——霍尔果斯口岸。新疆生产建设兵团农业第四、七、八、九、十师驻扎在此，屯垦守疆，地理位置独特。

因雨量充沛，水草丰美，伊犁被誉为"塞外江南""中亚湿岛""花城"，这里共同居住着哈萨克、汉、维吾尔、回、蒙古、锡伯等四十七个民族，具有浓郁的少数民族特色。

伊犁作为古丝绸之路北线的重要通道之一，自秦汉至清代，先后有塞、月氏、乌孙、柔然、悦般、高车、突厥、契丹、蒙古、满、汉、维吾尔、哈萨克、锡伯、达斡尔等氏族部落、部族和民族，在这块宜牧宜农的广袤土地上游猎、放牧、开垦种地，留下了各自的文化痕迹。在清代，伊犁曾经是新疆政治、经济、军事中心，伊犁将军驻在此地统辖天山南北。这里的名胜古迹和人文景观则散发着各个朝代的历史文化气息。

伊犁的大地上，曾涌现出许多可歌可泣的民族英雄，林则徐是其中的优秀代表。林则徐虎门销烟，让侵略者胆战，然而由于清政府的腐败无能，林则徐抗英反成罪，被流放伊犁。他在新疆三年时间，胸怀"苟利国家生死以，岂因祸福避趋之"的爱国主义信念，不顾政治上所处的逆境，积极捐办皇渠龙口工程，履勘南疆，推广先进生产技术，关心边防和少数民族疾苦，受到新疆各族人民的爱戴和景仰。建于伊犁的林则徐纪念馆，昭示着这位伟大历史人物的精神力量。

伊犁是一块神奇的地方，与丝绸之路有着极深的历史渊源。汉武帝时期，张骞出使西域，开通古丝绸之路，位于西北边疆的伊犁就是这条古道的重要驿站。

千百年来，伊犁作为北部边疆政治军事和民族融合的要塞，演绎过无数刀光剑影、可歌可泣的传奇故事。流经于此的伊犁河见证着朝代的更替、兵家的争战。历经血雨腥风，如今的她又恢复了千年前的坦然平静。

有年秋天，我去新疆伊宁，终于见到了神奇的伊犁河。这次"约会"伊犁河颇费周折。从西安飞到乌鲁木齐，再转机飞伊宁。从飞机上往下看，伊犁河的上空晴空万里，纤尘不染，大地、戈壁、祁连山缓缓地向后挪动，采油树撒播在山原之间。到伊宁的一大早，便包了辆出租车，直抵伊犁河畔。

目睹了伊犁河，才知她是多么静谧而纯净。因远离闹市，她几乎没有受到任何污染，清澈的河水昼夜不息地流淌，不疾不徐，从从容容。

从地图上看，伊犁河流经亚洲中部，是一条跨越中国和哈萨克斯坦的国际河流，喀什河、巩乃斯河和特克斯河是伊犁河的三大支流。伊犁河的主源特克斯河发源于天山汗腾格里峰北侧，向东流经新疆的昭苏盆地和特克斯谷地，又向北穿越伊什格力克山，与右岸支流巩乃斯河汇合后称伊犁河，西流至霍尔果斯河进入哈萨克斯坦境内，再流经峡谷、沙漠地区，注入中亚的巴尔喀什湖，极为壮阔。

伊犁河流域的历史，要追溯到先秦时代。当时伊犁河流域为塞种游牧地，至汉代为乌孙地，受辖于西域都护府。史书对伊犁河记述甚早，《汉书·陈汤传》称其"伊列水"，《新唐书·突厥传》称其"伊丽水"，无论"伊列"还是"伊丽"，都与今天的"伊犁"谐音。元代伊犁河流域为察合台汗封地，《元史》及耶律楚材《西游录》中均称其"亦剌河"。据《西域同文志》称，"准语伊犁即伊勒，光明显达之谓"。由此可见，伊犁虽在边疆，但为历朝皇族官宦所看重。在古代，此地阳光普照，水草丰美，是美丽富饶之地。

说到伊犁河，不能不提位于祖国西北部的边陲小城伊宁。它是丝绸之路中国段最西部的一座城市，紧邻中哈边境霍尔果斯口岸。这座花园城市，气候宜人，物产丰富，素有"花城""苹果城"之称。伊宁与成都有许多相似之处，自然禀赋都得天独厚，成都有都江堰，伊宁有伊犁河，都离市区不远，在两千多年的历史长河中，两条河各自护佑着自己所在的城市。四川有"天府之国"的美誉，而伊犁河谷更被《中国国家地理》评选为中国"十大新天府"。到新疆旅游，不到西部边陲伊宁不能完整地了解新疆，而不看伊犁河更无法感受伊宁全部的美！

深秋的午后，徜徉在伊犁河畔，湛蓝的天空中舒展着朵朵白云，波光粼粼的水面，倒映着宏伟的伊犁河大桥，沿着河岸往前走，一路茂密的树木丛林，在微风中哗哗作响。伊犁河大桥是伊犁州第一座现代化桥梁，建于1975年。桥北岸为伊宁市区，桥南岸则为察布查尔锡伯自治县县城，伊犁河大桥的建成为两地的经济腾飞奠定了基础。从远处看，九个巨大的桥孔支撑着笔直的桥面凌空跨越天堑，显得大气磅礴。

伊犁河大桥是连接伊宁市与察布查尔锡伯自治县和都拉塔口岸的重要通道，每到节假日，身着艳丽民族服装的维吾尔族群众和兄弟民族的朋友们相聚在这里，观美景、赏落日，伊犁河畔传来阵阵欢声笑语。我去时，刚好一群维吾尔族妇女在此游玩，虽然语言不通，但见到汉族朋友，她们热情地争相打招呼，非常友好。桥的两侧是新开辟的河滨公园，孩子们在这里嬉戏玩耍，不少外地游客则乘坐游船畅游伊犁河，观之，感觉真是不虚此行。

抱龙峪记游

10月底11月初,天气渐凉,城里阴雨不断,山里的寒冷自不必说。然而秦岭就是这么神奇,有些地方已经飘雪,冷寂萧瑟,有些地方则是秋景醉人,漫山红叶,有点"停车坐爱枫林晚"的意思。几天前的一个周末,一大早太阳便从云层中喷薄而出,天终于放晴,于是向抱龙峪出发了。

从西安走子午大道,过环山公路,再沿着子午街道办抱石路一直向南,约三公里即到抱龙峪峪口。

一

长安区子午街道办所辖沿环山路上秦岭峪口共有三个,分别是子午峪、天子峪和抱龙峪。抱龙峪距西安市区三十多公里,位于三个峪口中间,东接天子峪,西通子午峪。整个峪道北自抱龙峪村,南至抱龙峪与子午峪的分水岭土地梁,西南和东南方向与石砭峪、喂子坪相接,总长大约十公里。可以说,抱龙峪就像一条长龙贯穿于秦岭北麓腹地,北望神禾原,东西南三面为众峪口所环抱,地理位置十分独特。

一路上,溪流潺潺,从山涧顺流而下,这就是抱龙河,又称豹林谷水,它由抱龙峪中的诸多小溪汇聚而成。抱龙河在山谷穿行十公里,到抱龙峪垭口,之后北流出山经刘家坑、子午镇东门外,向西北流至张村与子午河汇合,注入滈河。古时抱龙河曾为跋涉于峪道的人们解渴消暑,还有灌溉功能。抱龙河蜿蜒曲折,水量虽不大但四季不断,河水清澈，水质甘甜，浸润着山谷峪道，滋养着一方百姓。

据史料记载，抱龙峪原名豹林峪（也称豹林谷），这个名称最早出现于北宋文学家、史地家宋敏求《长安志》中，清康熙《长安县志》也有"豹林谷在终南山麓"的记载。直到民国年间《咸宁长安两县续志》，仍称此地为豹林峪，今天的抱龙峪一名实际出现的时间较晚。和子午峪、天子峪一样，民国年间，抱龙峪进峪口不远处就属于宁陕县地界。

豹林峪之名从何而来，现在的人说不清。有地理学家分析说，一千多年前，秦岭北麓生态环境良好，树高林深，是动植物理想的生存之地，山里时有虎豹出没。豹林峪一名让人望而却步，类似于武松打虎的景阳冈，提醒老百姓进山有危险，须结伴而行。

如今，知道豹林峪的人不多，抱龙峪却是闻名遐迩。传说此峪与唐太宗李世民有关：据说李世民曾到过天子峪（这也是天子峪之名的由来），长于喂子坪，战乱时期，为逃避追兵，宫女将他从抱龙峪中抱出，抱龙峪由此得名。

由峪口往里走，顺着山路弯曲前行，五六分钟就来到抱龙峪村。此村是抱龙峪中唯一的小村落，村支部书记张武学是当地人。他介绍说，实施退耕还林后，村民从山里迁出，现在山里面除了经营农家乐的，再无住户。

经常进山的人一提起抱龙峪，都会说："那儿的农家乐很有名。"因为附近就是子午大道、长安大道，通往抱龙峪的道路比较平缓，加之抱龙河从村中流过，水流常年不息，有山有水有路，使抱龙峪村有了发展农家乐的先天优势。

村委会门前有一棵大柿子树，枝头挂满了红彤彤的柿子。张武学说，现在封山育林，村民不种地了，一部分收入来源就是出售山里的小杂果，如核桃、柿子、板栗、猕猴桃等。柿子树对面的青石上摆着几个篮子，里面盛着黄灿灿的木瓜、野生猕猴桃和红灿灿的山茱萸，都十分新鲜，一位大妈边晒太阳边守摊儿。大妈姓肖，七十多岁了，就是抱龙峪村人,她说儿女都在山外打工,她平时独自住在老屋。仔细看这木瓜,与水果店出售的不同,外表像梨子,很坚硬,闻起来有一种独特的香味。旁边一妇女正在石板上切木瓜片,四周案子上全晒着木瓜片,我拿起一片尝尝,又酸又涩。妇女笑说,这是泡水喝的,加点冰糖,酸甜可口,能理气和胃。村干部介绍说,这种药用木瓜是山里特产,其他地方很少见,村民们出售的木瓜等小杂果没有经过任何污染,很受城里人欢迎。我发现这周围房前屋后种了不少木瓜树,树干高大,树上结了不少果子。老太太给我挑了三个木瓜,五块钱。

二

趁着天气好,一行人向抱龙峪进发了。整个抱龙峪面积一万多亩,实行天然林保护工程后,山里植被保护得非常好,现在是山里最美的季节。

走不多远,便到抱龙峪中很有名的地方——石门子,这里地界较为开阔。张书记指着一片山峦起伏、丛林密布的地方说,这就是周王斩龙头的地方。传说周王为当天子,把秦岭七十二峪的龙头都砍了,唯独抱龙峪的龙头被某神圣抱住化作石头留在石门子。这个传说在当地家喻户晓,老几辈人津津乐道。抬头看,远处的山梁如一条盘旋的长龙,前方一块巨石如龙头昂起,十分传神。

从石门子往上,就没有大路了,不能开车,只能徒步前行。山路曲折,高低不平,两旁蒿草齐肩高,稍微走慢点,前边带路的人就从视线中消失了。山里手机没信号,因此不敢掉队。

越往里走,山气愈浓,深秋的峪道内就像一幅色彩斑斓的油画:明媚的阳光下,峪谷两侧,绵延十多公里,漫山遍野的红叶、黄叶恣意地绽放着,透着蓬勃的生命力,特别是红叶,红得纯正而热烈,层层叠叠如云蒸霞蔚一般。很多人只知道秋天枫叶很红,其实山里最红的不是枫叶,而是一种叫黄栌子的灌木,叶片不似枫叶,而是圆圆的,摸之光滑。一路上,子午街道办的林业专干张军介绍着山里丰富的植被,他对各种植物的生长情况及特性十分内行。他说从植物学的角度讲，树叶变红主要是因为叶片中含有胡萝卜素或花青素，入秋以后，黄栌叶中花青素增多，气温的下降又使叶绿素被破坏，因此绿叶变成红叶。而峪谷因特殊的地理环境，昼夜温差比开阔地带更大，使形成的花青素更多，因此树叶颜色更红。除了黄栌子外，叶子黄灿灿的是野生樟树，绿色的是铁匠木，山梁上还有大片高耸的松柏。在一个山坳里，我们还遇到珍贵的秦岭红豆杉，应该有上百年树龄，长势茂盛。

抱龙峪的植被覆盖率几乎达到100%，除草木繁茂外，山果也十分丰富。山坡上随处可见柿子树，树上结满小灯笼般的红柿子，有胆大的驴友攀至树杈上，摘了柿子抛下来，树下的人便饱了口福。村干部介绍，山里核桃、黑葡萄、五味子、板栗也不少，还有一种叫八月柞的野果，味道类似野香蕉。这些野果村民摘一些拿去出售，游客采摘图个乐趣，再给小动物留一些，保持生态平衡，还有一部分就落到地里，化成肥料。当地村民说，雇人摘果子成本太高，平时也忙不过来，现在来钱营生多，不靠这个，因此造成满坡野果无人收的情景。

张军介绍说，从2002年开始，峪道内二十五度以上的坡地全部实施退耕还林，栽植核桃四万多株，村民享受国家补贴，收益还不错。村里还利用三年时间，对抱龙峪沿河两岸及撂荒地、宜林荒地进行绿化，栽植油松三十多万株，现在油松已长到近一人高，女贞、樱花树也广泛栽植，彻底改变了峪道两岸的生态环境。

一路上不时碰到捡拾垃圾的村民，他们满脸的土和汗，衣服也被树枝挂烂，发现了包装袋、饮料瓶之类，就是下沟过河也要清理干净。张军说，近些年，村里配备了护林员、病虫害监测员，他们在深山里看山护林，保护环境，功不可没。

三

抱龙峪最有名的就是抱龙峪瀑布，又称龙王庙瀑布、石门子瀑布。抱龙河流淌到石门子附近，河道上骤然出现一道陡坎，河水飞流直下几

十米，形成一道壮观的瀑布。子午街道办刘妮彬主任介绍，冬日，山里零下十几度的低温，瀑布的水流会冻结成冰柱，并逐渐增大，宽阔的冰瀑高悬在崖壁之上，高达二十多米，形成一座庞大而精巧的天然冰雕艺术品，玲珑剔透，阳光照射之下，壮观夺目。每至飘雪季节，许多游人不顾寒冷，专程来此目睹冰瀑奇观。

说得令人心热，于是一行人没有停歇，向抱龙峪瀑布而去。这一路大约用了四十分钟。山里刚下过雨，脚下很湿滑，不时遇到河水阻拦，有时河道里的石头能垫脚，有时要迈过用粗树枝搭起的小桥。坡陡路窄，越往上越难走，不一会儿就汗流浃背了。不过也不后悔，山里空气清新，散发着好闻的草木味道，野果不时闪现于眼前，让人欣喜。

行至离瀑布还有几百米的地方，就听见哗哗的水声，远远就看见一道瀑布从山石间飞流而下，落入下面的深潭。四周望去，山势险峻，怪石突兀，下面是一条深谷，河水穿行而过，除水声外四野寂静，令人悚然。而要走到瀑布跟前，却不容易。须下到谷底，穿过一片乱石，爬上一道坡坎才行。近观瀑布，似从头顶落下，水势不甚大，但水质清亮，水花晶莹，激起的水雾在阳光下映射出炫目的色彩。

有关此瀑布，还有一个久远的传说。相传一千多年前，山间的羊肠小道上，跑来一位神色仓皇的宫女，她抱着小王子至此，山崖间突然没有了路径。只见溪水潺潺，顺势而下，聪明的宫女便让小王子顺水而漂，到达平缓之地，孩子竟毫发无损。因此，当地人给这一瀑布起名"神龙瀑"。此瀑布由注水崖一泻而下，水量较小时，如绸似练，雨水大时，又如苍龙翻腾。

瀑布隐于深山，周围地势险要，平日除驴友外几乎无人光顾。瀑布下有座小庙，顺着一条小路爬上去，便到了庙跟前，探身进去，里面无人，香案上方供奉着玉皇大帝和龙王。据村干部讲，这庙是村民自发而建，有好多年了，庙虽小，但知道的人不少，每年农历三月初八、六月初八和十月初八为庙会日，前来赶会的人可达千人。转过一个山梁，发现一山洞。此洞名为燕光洞，依山势而建，洞内塑有神像，旁边立有此洞重建功德碑。张武学书记说，抱龙峪这一带民风淳朴，现在生活好了，山里人厚道，都愿意捐钱修庙，意在积福行善，泽荫后代。

抱龙峪因离唐代的都城长安极近，千百年来积淀了深厚的历史文化。《续高僧传·普安传》有这样的记录：北周武帝建德三年（574）灭佛时，京城长安名僧释普安栖隐于终南山梗梓谷（即天子峪）西坡，"深林自庇，廓居世表，洁操泉石，连纵禽鱼"，继又"引静渊法师同止林野，披释幽奥，资承玄理"。高僧释普安虽在梗梓谷建寺修法，但有人考证称他曾广游终南山，曾从梗梓谷入豹林谷（即抱龙峪），在此隐居留下足迹。

种放是北宋著名隐士，才识过人，传教著述，参与朝政，受到了宋真宗的重用。他长期隐居于豹林谷，寄情于山水之间，积极有为，人生丰富多彩。另一位隐士高怿，自幼聪慧，十三岁能属文，通经史百家之书。他"闻种放隐终南山，乃筑室于豹林谷，从放受业"。高怿敬仰种放的才干，受教于种放。而才气毕现的高怿更令种放称奇，以致与高怿相处时，不敢把他当成弟子。高怿与同时代的张荛、许勃并称"南山三友"，留下千古佳话。

四

抱龙峪有一地名叫东庵，此地与隐士种放也有关。这在宋代文学家张礼的《游城南记》中有记载。张礼，字茂中，浙江人。他和友人陈明微在宋哲宗元祐元年（1086）闰二月二十日至二十六日游历长安城南，《游城南记》就是记述这七天的游历见闻的，其中就有"西为豹林谷，种放隐居之地"的记述。今抱龙峪之东庵，即张礼所记尼庵所在处，是种放与其母居住地。与东庵隔沟相望的，是张礼所记随缘寺遗址，因此寺在东庵的西边，故又称西寺，为唐代所建。

从抱龙峪瀑布处下山后，张武学、张军带我一起去西寺。从一条泥泞的土路上去，走了大约二十分钟，一直上坡，感觉很吃力。这一带很偏僻，四野草木十分茂盛，保持着原始的生长状态。到达西寺旧址时，发现这里完全被草木所覆盖，古寺已不复存在，连一点遗迹都看不到。据介绍，"文革"前，这里还有残庙两间，庙里还有香火。廊前柱子上有木雕对联："东庵西寺青山绿水神仙地，北岭南山柿黄枫红暖阳天。"这是一副地名联，包含了东庵、西寺、北岭、南山四个地名，诗情画意，写出了这一带的秀丽山水。"文革"中，两间小庙被拆。封山育林后，周围村民也迁往山外，这里便少了人烟。

站在西寺旧址前的一处空地上，张军指着远处的山峦说，这里是观赏唐王寨的最佳位置，最高处就是唐王寨的顶峰。顺着他手指的方向可以看到，著名的唐王寨仿佛直入云端，山形伟岸，气度不凡。子午峪—唐王寨—抱龙峪是驴友穿越的一条著名线路，唐王寨在两峪中间，从两峪都能攀至唐王寨。

"故人昔隐东蒙峰，已佩含景苍精龙。故人今居子午谷，独在阴崖结茅屋……"这首《玄都坛歌寄元逸人》是唐代大诗人杜甫写给其好友元逸人的诗。元逸人最先隐居的东蒙峰就是唐王寨，后由此迁往子午峪，于玄都坛处结庐修行。

唐王寨在当地很有名，这里因与唐皇李渊、李世民父子有关，也成为抱龙峪村民津津乐道的地方。相传隋末，李渊与隋军激烈交战，兵退此峪至唐王寨，休整兵马，后一举灭隋，开创大唐帝国数百年之基业。此后，唐王寨为唐王李世民的避暑行宫。

从石门子到唐王寨，有十多里山路，单程需要两个多小时，路极难行。唐王寨是驴友们的一个登顶点，平时村民都很少上去。

唐王寨峰顶地势险峻，三面悬空，只有一条路可走。清晨此地可观日出，波涛云海中一轮红日冉冉升起，霞光万道，整个山峰如披上金装；入夜极目远眺，可看到古城西安的万家灯火。

如今的唐王寨上面已没有任何历史遗迹。据介绍，唐时这上面曾修有大庙，能容纳三百多人。大庙又是何时被拆除的？带着这个问题，几经辗转，我们找到了住在石门子的卫云成、卫云海两位当地老人。他俩一个八十一岁，一个七十八岁，是兄弟俩，身体都很硬朗。卫云成记得，1968年他上唐王寨时，还见过这座大庙，其为八卦金顶，屋脊上有飞檐和神兽造型，大气辉煌。大庙有三间，住有和尚，比较有名的本玉、本宽和尚在此住了好多年。本玉和尚今年已九十三岁，听说依然健在，他离开唐王寨后可能住在稻地江村或长安其他地方。卫云成说，"文革"中破四旧，村上让青壮村民上去拆庙，他还参与了拆庙，现在想来，真是太可惜了。

卫云海还记得，20世纪70年代，林业部门在唐王寨上面搞了个测绘点，有三位工作人员在他家住过一晚，后来那个测绘点也被拆除了。80年代，村民自发在唐王寨建起小庙，里面供奉有李世民像。

离唐王寨几百米有一棋盘石，上面已无棋盘的痕迹，相传李世民曾与魏徵在此下棋。踏着尖石头迈过石崖才能看到棋盘石，四周无遮挡，风大且急。当地百姓编了顺口溜："棋盘石风吹闪，半崖空中石头边；左唐王右圣贤，玉皇大帝坐中间。"

唐时佛教兴盛，除西寺外，当年抱龙峪内还有南寺（盘龙寺）、东寺、北寺，如今这些寺庙都已消失在历史的尘烟中了。从唐王寨往下走，有个梅花洞，是出家人修行的地方，再往下，还有个太白洞，供奉着太上老君，传说太上老君曾在此传道。

民谚称抱龙峪"九沟十八岔"，有名的地方都有故事，而这些故事被人们一辈辈咀嚼着、回味着，构成了大秦岭历史文化的一部分。

爱上旬邑

有些人天天见面,毫无感觉;有的人冷不丁见了一面,便再也忘不了,放不下。地方跟人很相像,常年待在一个地方,往往熟悉到麻木;有些地方虽第一次来,却很快找到感觉。

一

8月的一天,我应邀第一次上旬邑,只待了不到两天便匆匆离去。这两天我马不停蹄地游览了很多有名的地方,临走时有点依依不舍。

去过不少地方,包括国内外一些有名的大城市,但位于渭北高原、咸阳市最北部的小县旬邑,却让我的感觉如此饱满,这是以前不曾有过的。

在陕西,随便一个地方,都能找出悠久历史、灿烂文化的痕迹,长安、咸阳、黄陵这些历史上的名地自不必说,就是地理位置相对偏僻的旬邑,也深藏锦绣。旬邑是《诗经》反复吟唱过的古豳之地,秦封邑,汉置县,周人先祖后稷四世孙公刘在此开疆立国,这片土地是华夏文明发祥地之一。

旬邑自古就是农业大县,东接铜川耀州区,北依甘肃正宁,南傍淳化,西临彬县。行走在田间垄上,映入眼帘的是成片的玉米地。因气温比原下偏低,玉米粒还没结满,但长势喜人;玉米地中间套种着荞麦,嫩白色的荞麦花铺排开来,成了花海;当地特产苹果也已挂果,俏皮诱人。立于田头,不由想到《诗经》中的《豳风》,其作为《诗经》十五国风之一，共有诗七篇，多描写农家生活、农人辛勤劳作的情景，是我国最早的田园诗之一，其中以《豳风·七月》最为著名。"七月流火，九月授衣……"该诗将农人一年十二个月的劳作情景原生态地呈现出来，而这样的诗三千多年前就以民歌的形式在旬邑大地传唱开来，至今听来依然朴实动人。

说到旬邑厚重的历史文化积淀，不能不提秦直道。原始的秦直道是秦始皇为抗击匈奴南侵，于公元前212年，派大将蒙恬率三十万大军修筑的一条军事大道。南起咸阳淳化县梁武帝村，北至内蒙古包头市，穿越陕西、甘肃、内蒙古三地区，全长700余公里。这条大道是秦朝继万里长城之后的第二国防工程，被誉为中国历史上最早的"高速公路"。近年来，国内外许多专家学者多次探访考察秦直道，旬邑从来都是一个绕不开的地方。秦直道从淳化进入旬邑县庙沟，经石门前枫树梁北上到马栏，从雕灵关进入黄陵县境内，在旬邑境内有90多公里，且遗迹清晰。2007年，旬邑县境内秦直道被国务院列为全国重点文物保护单位。

二

旬邑地处黄土高原，地势复杂，山地、丘陵、川塬间次分布。站在当年的秦直道上，遥想两千多年前，历史的车轮曾从这里碾过，留下一串串沉重的脚印，气势如虹的金戈铁马，演绎出一幕幕惊天动地的历史画卷，便不由生发思古敬畏之心。

旬邑从来都不是一块平静的土地，它跃动着，充满着勃勃生机。在土地革命时期，这里是陕甘宁革命根据地的重要组成部分，留下了刘志丹、谢子长、习仲勋等老一辈革命家的足迹。

"马栏桥长又宽，七个墩墩七个眼。百姓走着心喜欢，南北相连通陕甘"，这首歌谣形象地唱出马栏七孔桥的状貌和修建的意义。距旬邑50多公里，就是著名的马栏革命旧址。对第一次到这里的人来说，马栏给人的感觉是和谐安宁、民风淳朴。

马栏，在中国现代史上曾有过辉煌的一页。抗日战争和解放战争时期，马栏是陕甘宁边区的南大门。马栏时称"小关中"，是关中分区的"心腹"。虽然其面积远不及"大关中"八百里秦川，但其进可攻、退可守的战略优势明显。它曾是陕甘宁边区重要的南部屏障，更是其近距离俯视泾渭、剑指西安的前进基地，也是许多革命青年北上延安的重要通道，还是我党我军购运战略物资的必经之路。习仲勋、汪锋、贾拓夫、张仲良、赵伯平、高锦纯等老一辈革命家在这里长期工作和战斗过。习仲勋在马栏工作战斗十个春秋，主政关中特（分）区，守卫陕甘宁边区南大门六年之久。

来旬邑的当晚就住在马栏干部学院，学院门前的巨石上镌刻着毛泽东手书"实事求是"四个大字。在马栏革命旧址内，有一棵习仲勋同志当年亲手栽植的大树，枝干挺拔，郁郁葱葱。

走进中共陕西省委和关中地委旧址的小院落，映入眼帘的是一排齐整的窑洞。习仲勋当年居住的窑洞与其他人并没有什么区别，空间狭窄，陈设简陋，但收拾得十分整洁。习仲勋旧居的对面，是当年的一间会议室。土坯墙上悬挂着鲜红的党旗，长条桌铺着白桌布，上面摆着粗瓷茶壶和茶碗。当年领导人就是在这里相向而坐，倾心交流，共议大事。

历史不会忘记：1945年7月至8月，张宗逊、习仲勋在马栏指挥了爷台山反击战；李先念中原突围后由陕南途经此地，回到延安；彭德怀在马栏部署了西府战役……如今，马栏革命旧址保存完好，一孔孔窑洞、一帧帧珍贵照片、一件件战时遗物，都见证着这里曾经历过的峥嵘岁月。

三

旬邑是一片艺术的沃土，旬邑人有着张扬的个性、非凡的才情。提起旬邑，不能不说库淑兰。我曾多次在西安、北京等地见识过库淑兰的剪纸艺术，但真真切切地了解这个人，还是第一次。

库淑兰的剪纸跟惯常的剪纸形式都不同，是那么别具一格，充满艺术的想象力。一把普通的剪刀在她的手中，于她自编的抑扬顿挫的歌谣声中，神奇地幻化出一幅幅精美绝伦的"红纸绿圈圈"，给人以独特的美的享受。库淑兰把对岁月的理解，对人生的感悟，对生活的憧憬，全部凝聚在自己的作品中。她所创立的"彩贴剪纸"独树一帜：先剪出一件件生动的素材，红的、绿的、粉的、紫的，千姿百态，活灵活现，然后再将其艺术地拼接粘贴起来，成为独一无二的艺术精品。库淑兰为世界民间艺术宝库增添了一道绚丽的光彩，她由此被联合国科教文组织授予"杰出中国民间艺术大师"称号。在旬邑库淑兰剪纸艺术馆里，我见到了她20世纪80年代创作的代表作《剪花娘子》及大量的优秀代表作品，这些作品传神、精美、诙谐、明快，让人久久驻足。

1920年农历十月，库淑兰出生在旬邑县一个贫苦农民家庭，一辈子没上过学，吃过很多苦。包办婚姻下，她嫁给一个脾气暴躁的农村汉子，三天两头挨打，苦不堪言。沉重的生活负担，坎坷不幸的家庭生活，都没有泯灭库淑兰与生俱来的艺术天赋。剪纸，让她感受到人生的无穷乐趣。库淑兰剪纸时总是边剪边唱，我所见到的每幅作品都配有一首充满生活气息的歌谣，婚丧嫁娶，种地喂猪，相亲相爱……她将男人比成太阳，把女人比作月亮，她的创作中拟人、比喻、夸张的手法比比皆是，蕴含着哲学思想。我问同行的一位艺术家："库淑兰大字不识一个，怎么会有这么非凡的艺术想象？"对方答："她把艺术和生活完美结合了，这就是天赋！"中央美术学院教授杨先让先生说"库淑兰是中国的骄傲"，由此，她更是旬邑的骄傲。

这次到旬邑正值夏末农忙时节，没有看到著名的旬邑社火，听闻旬邑唢呐，有点遗憾。旬邑是著名的"唢呐之乡"，唢呐艺人达千人之多，他们吹奏的唢呐曲或婉转明快、激情洒脱，或丰满华丽、细腻绵长，都极富韵味。流行于旬邑的社火有高抬、高跷、马故事等多种形式，由群众自发组织，尽情娱乐，每至年节，观者如潮。当地朋友邀请说："你们年底一定再来啊,到时来看社火、听唢呐,那真会让你们大开眼界!"

四

明末清初,在人们眼中还极度贫困的旬邑县,曾出过一个比皇帝还奢侈的家族——"三水唐家"。唐家财大势大,名扬西陲。老人们都说,过去的唐家简直比皇家还奢侈。

到了旬邑,不去唐家大院绝对是遗憾。唐家大院修建于明末清初,系唐家大财主唐景忠家族的私人宅院,位于距离旬邑县城7公里处的大村镇唐家村。我曾去过山西的乔家大院、韩城的党家村,比起这些知名古民居群落,唐家大院的规模虽小一些,但内涵丰盈,建筑的精美程度让人叹为观止。

唐家第四代唐景忠以农为本,以商兴家,商号遍布全国十三个省五十多个县,商业街坊达九十余处,人称"汇兑遍及中国十三省,包捐知府道台衔;马走外省不吃人家草,人行百川不歇人家店"。

走进一扇不甚起眼的黑漆大门,里面别有洞天。虽是北方老宅,却有江南园林的气息,将古朴、雅致、清丽的风格体现到极致。随处可见的砖雕、木雕、石雕精美生动,巧夺天工,寓意吉祥。这个拥有万贯家财的大地主家族,从清朝末年到民国时期,在极度挥霍中,逐步败落下去。唐家大院现在被辟为民俗博物馆,包括幸存下来的毗邻的三大院和其他两大院共五院一百五十余间房舍,存有一批珍贵文物和许多值得观赏的匾额、楹联。唐家大院是我省少有的保留较为完整的古代民居之一,堪称渭北高原上民居建筑艺术的瑰宝。

"汃水西流环玉带,翠屏南耸拱文台",这两句诗生动地展现了旬邑县城的绰约风姿。在旬邑县城迎宾大道南侧,就是宽展清澈的翠屏湖,她像一条玉带流过旬邑,让这座小城一下子灵动活泼起来。沿着翠屏湖畔走一圈,但见这里湖光山色,相映成趣,草木丰茂,郁郁葱葱。翠屏湖南岸,耸立着著名的翠屏山。它犹如一道绿色的屏障,将翠屏湖紧紧相护。此山奇峰罗列,形态万千,苍松翠柏挺立,山径旁开满不知名的野花。山的英姿倒映水中，仿佛在天地间铺开一幅绝美的画卷。

旬邑平均海拔1350米，属于暖温带大陆性气候。然而在三百万年前，则为热带气候，水草丰盛，大象、犀牛等大型动物成群结队，这里成为它们的乐园。在旬邑，我们有幸看到了距今三百万年的古象、犀牛化石，其中大象化石体长8.45米，高4.3米，其体魄之大、象牙之巨都堪称世界之最，被誉为"世界第一象"。犀牛化石体长4.8米，高3.1米，是目前世界上复原装架的第一具完整的板齿犀牛骨架。位于县城文化中心广场的古象犀牛化石馆也成为游客的必到之地。

城市往往都会有一个中心坐标，一方水土的精气神在这里凝聚，比如西安的钟楼、上海的外滩。小县旬邑，也有这么一个地方，她的中心虽是一座广场，但与普通的城市广场相比，充满迷人的文化内涵。这个文化广场集博物馆展厅、文庙和文化中心于一体，扑面而来的艺术气息让人陶醉。下午五点的光景，老人们坐在雕梁画栋的凉亭里闲聊，孩子们在花园中追逐玩耍，广场四周芳草如茵，绿树环绕。"鸹鸹鸹，鸹树皮，江娃打马梅香骑。江娃拿哩花鞭子，打了梅香脚尖子。""嗯呀，嗯呀，我疼哩！我把我梅香能成哩。"广场上的剪纸民谣，十分逗趣。

我们在旬邑品尝农家饭，这里小吃堪称一绝：特产御面细滑如玉，切成薄片，调上辣椒酱醋蒜汁，筋韧耐嚼，余味悠长，有"豆腐得味远胜燕窝"之说；还有花子馍，用当地上好的小麦粉蒸成，如绽开的花朵，又软又香；烧馍则是一个个小圆馍馍，上面烧出一朵朵梅花，十分诱人。丰富、厚重、灵动、淳朴……真不知用什么词能恰当形容这一方水土，细思恍然：这就是爱呀！

旬邑，我还会再来。

神奇麦积山

麦积山，尽管她没有秦岭那样沉雄、博大、苍莽的气象，不似黄山那样钟灵毓秀，比不上泰山挺拔稳重，也并未被众多山水画家用激情的笔墨描画，但我心中，向往麦积山很久了。

20世纪80年代，我受同学的影响，迷上了集邮。那时课余时间没有多少文化活动，我们经常在一起互相欣赏各自收集的邮票，度过愉快的时光。而题材丰富、画面精美的邮票也给我们打开了一扇了解外部世界的窗口。一次，我在同学家见到一套麦积山石窟邮票，其佛像精美的造型一下打动了我。

这套《麦积山石窟》特种邮票是国家邮电部1997年6月13日发行的，全套六枚，题材全部选自麦积山石窟中的传世精品，邮票的发行引发了人们对麦积山石窟新的关注。人们不禁要问：为什么一个不太大的石窟竟珍藏着这么多法相庄严、造型优美的佛菩萨塑像精品？麦积山，究竟是怎样的一座山，究竟有着什么样的石窟呢？

麦积山，就是一座神山。

麦积山石窟与洛阳龙门石窟、大同云冈石窟和敦煌莫高窟并称中国"四大石窟"，被誉为"东方雕塑馆"。

2014年6月22日，在卡塔尔多哈召开的联合国教科文组织第38届世界遗产委员会会议上，中国、哈萨克斯坦和吉尔吉斯斯坦三国联合申遗的"丝绸之路：长安—天山廊道的路网"成功列入《世界遗产名录》。而麦积山石窟，就是这一世界遗产中的一处重要遗址。

长安是漫长的古丝绸之路的起点,从这里出发,向西到达的第一重镇,便是历史文化名城天水。一说天水,人们必提麦积山,津津乐道于这里厚重的历史、灿烂的文化,以及此地与秦地的情谊。

天水历来有"陇右门户""甘肃东大门"之称。其文明历史悠久,是中华民族发祥地之一,传说中"三皇五帝"之首的人文始祖伏羲氏就诞生在这里。承载着这股文脉,天水后来成为秦文化的源头,秦人数辈祖先曾在此积蓄力量,建功立业,沿渭水一路向东,追着太阳迁徙建国。平阳—雍州—泾阳—栎阳—咸阳,一路壮大,最终入主关中统一天下。

五代天水人王仁裕所撰《玉堂闲话》中说:"麦积山者,北跨清渭,南渐两当;五百里冈峦,麦积处其中;崛起一块石,高百万寻;望之团团如民间积麦之状,故有此名。"麦积山位于天水市东南约35公里处,从天水出发驱车半个多小时,就来到麦积山脚下。麦积山是我国秦岭山脉西端小陇山中的一座奇峰,海拔1742米,实际山高只有142米。远远望去,整个山形如同一个放大了的麦秸垛,透着自然、拙朴的气息。山的四周苍松翠柏环绕,郁郁葱葱,清静祥和,古意悠然。走近细观,别有洞天:在那麦秸垛式的山体中,一圈一圈集中了那么密集的洞窟、佛像,好似一个塔式的、柱形的高层展览厅,实在世所罕见。

麦积山石窟开凿在悬崖峭壁之上,用"密如蜂房"形容其洞窟,用"凌空飞架"比喻其栈道,毫不夸张。其洞窟层层相叠,惊险陡峻,形成一个宏伟壮观的立体建筑群。据统计,整个麦积山共存有窟龛一百九十四个,泥塑、石胎泥塑、石雕造像七千八百余尊,最大的造像东崖大佛高15.8米,壁画1300多平方米。

同行的专家介绍说,麦积山石窟始建于后秦,距今已有一千六百多年历史。其大兴于北魏明元帝、太武帝时期,孝文帝太和元年后又有所发展。西魏文帝元宝炬皇后乙弗氏死后,皇上命工匠在这里开凿麦积崖为龛埋葬之。北周的保定、天和年间,秦州大都督李允信在此为亡父建造七佛阁。隋文帝仁寿元年(601)在麦积山建塔"敕葬神尼舍利",

后经唐、五代、宋、元、明、清各代不断开凿扩建，遂成为我国著名的石窟群之一。

麦积山石窟艺术，以其精美的泥塑艺术闻名中外。历史学家范文澜曾誉麦积山为"陈列塑像的大展览馆"。如果说敦煌是一个大壁画馆的话，那么，麦积山则是一座大雕塑馆。这里的雕像，大的高达10多米，小的仅有10多厘米，体现了千余年来各个时代塑像的特点，系统地反映了中国泥塑艺术发展和演变过程。其中数以千计的与真人大小相仿的圆塑，极富生活情趣，被视为珍品。

从《麦积山石窟》特种邮票中，我们可以更直观地认识麦积山石窟不凡的艺术成就。这套邮票的第一枚《佛与胁侍菩萨》，以雕像形式展示了阿弥陀佛"身量无边，凡夫不能比及"的豁达轩昂的心胸。第二枚《胁侍菩萨与弟子》将正壁释迦佛的弟子和右壁弥勒佛的胁侍菩萨组合在一起，作品"秀骨清像"的风格鲜明，人物形体修长而优美。第三枚《女侍童》，画面取自石窟内供养女童的形象：头扎双头髻，肩挂粗大项圈，身穿背带长裙。她双目微闭，小嘴长翘，露出虔诚事佛、向往佛国的甜蜜微笑，显示出洁净无邪、聪慧俊俏的动人神志。第四枚《佛》，画面中的坐佛衣纹流畅，发髻高施，脸面玉润，眉目清秀，唇薄舒缓，鼻高梁直，整个造型极为精致，令人叫绝。第五枚《胁侍菩萨》，其头上塑有独特的花瓣形发式，脸形方中求圆，是北周时期典型的"珠圆玉润"风格。第六枚《供养人》，其塑像风格已由隋唐的丰满夸张转向写实，形体结构比例和肌肤衣着，都更显逼真，如同活人。她头饰花冠宝珠，蛋形脸广额面润，柳叶眉飞扬，丹凤眼竖立，樱桃小口精巧而美，符合宋代小说中对女性美的追求和审美观的改变。泥塑创作手法明快简洁，技法娴熟，圆刀滚压铲削自如，衣纹流畅，繁简适度，显示出当时工匠高超的造型技艺。

游走于麦积山中，细观一尊尊造型各异的佛菩萨造像，我时时有种恍若隔世的感觉，他们或微笑，或沉思，周身流淌着生命的温暖气息。在麦积山的众多洞窟中，还隐藏着一个凄美的爱情故事，其第一百二十七窟，就是前面所说西魏文帝元宝炬为屈死的夫人乙弗氏修建的。乙弗氏出身名门，节俭自律，心胸开阔，史书用"帝益重之"这四个字来形容元宝炬对她的宠爱。自从北魏分裂成东魏和西魏后，蒙古草原上的柔然汗国便成为两国在北方最强劲的敌人。为了讨好柔然，元宝炬不得不废掉乙弗氏的皇后之位，将其逐出长安，娶柔然公主郁久闾氏为妻。但即使这样，依然没有阻止柔然大规模犯边。虽然乙弗氏被废掉，但元宝炬对她的感情仍然让郁久闾氏心生妒忌，大臣们遂建议干脆杀掉乙弗氏，稳住了郁久闾氏，柔然的军队自然就退却了。乙弗氏被赐死后，西魏文帝请最好的工匠在麦积山崖开凿石龛埋葬爱妻，以示纪念。值得一提的是，这尊造像在手指、飘带等较易断裂处均加进直径两毫米的方棱铁筋，正因为工艺水平如此高超，所以在崖面崩塌以后，历经千百年的风吹雨淋，佛像仍颜面如初，而此窟也被认为是中国佛教史上的经典之作。

从正面看，麦积山中间有一部分坍塌下去，使"麦秸垛"分割成两部分。这是因为在唐开元二十二年（734），这里发生了强烈的地震，麦积山石窟的崖面中部塌毁，窟群分为东、西崖两个部分。东崖的石窟以涅槃窟、千佛廊、散花楼上的七佛阁等最为精美，西崖聚集着万佛堂、天堂洞等最有价值的洞窟。

我们知道飞天的故乡在印度，但"有龛皆是佛，无壁不飞天"，麦积山除泥塑、石雕堪称文化瑰宝外，壁画中的飞天同样多姿多彩，别具特色。麦积山的飞天是中外文化共同孕育的艺术结晶，是印度佛教天人和中国道教神仙融合而成的富有中国文化的飞天，展示出长安文化与西域文化的和谐共生。麦积山的飞天没有翅膀，没有羽毛，她借助云彩而不依靠云彩，只凭借飘曳的衣裙、飞舞的彩带，展现凌空翱翔的美丽少女形象，堪称中国古代艺术家最具天才的杰作。

自古以来，许多文人墨客曾登临麦积山，其中最为有名的就是唐代大诗人杜甫。杜甫与丝绸之路和麦积山有着不解之缘。唐中叶安史之乱后，杜甫为生计所迫，沿着丝绸之路来到了天水（古时叫秦州），开始了他后半生颠沛流离的生涯。他遍访名胜,多次游历麦积山,了解当地风土人情。在此期间,杜甫结合自己悲惨身世,写下了著名的《秦州杂诗》和其他诗作一百多首,诗作艺术水平达到了高峰。近年来有学者还提出天水是李白故乡的说法,尽管这只是一家之言,但当年李白被流放到天水却是不争的事实。有学者研究指出,在天水,李白曾兴致勃勃地游览麦积山,并写下脍炙人口的诗篇。

据我所知,在《麦积山石窟》特种邮票发行之前,国家邮电部于1988年还发行了《中国石窟艺术》普通邮票一套四枚,其邮票、邮戳及首日封均由邮票设计家群峰先生设计,画面精美绝伦。邮票的第三枚就是麦积山石窟的造像图《西魏·菩萨》。数次登上"国家名片",于方寸之间展示其精妙神奇的麦积山石窟艺术,着实令人叫绝。

麦积山是神奇的,其石窟建造经历了十二个朝代,遭受过八次大地震、六次水灾,至今仍散发出夺人心魄的魅力,她能够传世的秘密何在呢?史学家进行了大量的考证,得出的结论是:一方面,当时的最高统治者崇信佛教,舍得投入人力物力营造大型的石窟。另一方面,麦积山处于连接东西南北的交通要道,既得沿丝绸之路东传的凉州之风熏陶,又受中原文化的直接影响。更主要的是,大概是从麦积山石窟开始,已经在中原生根发芽的佛教,开始向西发展,与西来的佛教碰撞融合,从而产生了"秀骨清像"的风格。通俗一点讲,就是佛像塑造得越来越像中国人了。由此可见,麦积山作为丝绸之路上的一座重要驿站、文化交融的载体,承载着历史的沧桑,也承载着丝绸之路的辉煌,称其为一座神山毫不为过。

青海的色彩

这是我又一次到青海。

同样是8月,这次晚了十来天,青海还是一样地美。

中国大了,每个地方都有它的特色,而青海的特色就是色彩美到极致,让人亲近,让人回味。

青海之于我最初的印象就是青海湖和油菜花。先说油菜花,在甘肃民乐,一个叫扁都口的地方,我遇到了此生所见过的最灿烂的油菜花,是那种野性张扬、恣意竞放的;在陕南汉阴,我看到的是温婉的、充满泥土风味的油菜花,如乡间的少女般纯美。此番到青海,因为花期刚过,所见的油菜花呈现出热烈绽放之后的平静,它们簇拥在青海湖畔,淡淡的色彩淡淡的香气,装点着那一湖湛蓝。

得知我要到青海,刚从青海返回西安的朋友强烈推荐:"你一定要去门源,那是中国的油菜花基地,油菜花铺天盖地的,开得那叫一个美!"朋友用语言形容不出那油菜花怎样的美法,干脆用微信发来图片。于是我们提醒导游在路过门源时,让车放缓速度。车到门源,因时令刚过,一路上竟难觅油菜花的芳踪,不免有些怅然。不过心情很快调整:眼前那一大片一大片毡毯子一样的浓绿无限地铺展开来,呈现出油菜花褪却后大自然本来的色彩,充满无限的生机。土地,依然是蓬蓬勃勃的,如青海的人,坚韧、不屈。

事物并非在最辉煌、最巅峰时才最美,平淡往往更具有持久的生命力。油菜花花期很短,平均一个月左右,但我两次到青海,那秀美的山川、丰饶的物产、成群的牛羊依然如故。在青海，我见到过一脸黝黑的藏族大叔、脸颊上两朵"高原红"的姑娘，接触过虔诚做礼拜的回族兄弟，以及在水井巷卖酸奶的蒙古族小伙，不论干什么活计，他们都一样直爽好客。这片土地，既孕育出绚丽蓬勃的油菜花，同样，也孕育着醉人的美景、亲情和友善。

第一次亲近青海湖，因为路况不熟，竟歪打正着地跑到鸟岛，奔到半山腰上的观景台，大饱眼福。这次有导游指引，青海湖从正面迎接了我。青海湖是那么壮阔，远远望去湖天一色，湛蓝的天、碧蓝的水、大朵的云，构成了一幅在城市里无法想象的绝佳美景。

青海湖是我国最大的内陆湖，藏语里叫"措温布"，也就是"青色的海"的意思。青海湖的水为什么那么蓝呢？原因是湖水含氧量少，含盐量大，浮游生物稀少，透明度达八九米以上，所以显得格外湛蓝。湖边的栈桥包围着青海湖最有特色的景致，有大量的鸟儿在湖面上嬉戏，正怡然自得呢，游人的惊扰又使群鸟呼啦啦掠过水面，消失在云间。

站在青海湖畔，极目远眺，心境一下开阔起来。盛夏8月，远处山峦是黛青色的，山头还顶着凛冽的积雪，让人霎时想起"雪山飞狐"的意境。从湖边伸展开的是大片的草原，成群的难以计数的牦牛、藏羊在草地上吃草、撒欢。沿湖边的栈道走一走，人影就倒映在明净的湖水中，手伸进水里，撩起一串串水花。我们在湖畔的草地上蹦呀跳呀，畅快地说笑，就像孩子一样，全然忘了这是在海拔三千多米的青藏高原！

比起在景区内近距离欣赏青海湖，我更喜欢在大自然中远观这人间的奇迹。汽车绕着青海湖飞驰，远远望去，那块蓝宝石般的湖面与蓝天拉手，天地间一片纯净、安详。湖边有黑色的、白色的牦牛优雅地踱着步子，特别是白牦牛被精心打扮后，毛发闪着银光，头上顶着花环，像贵妇人一样，惹人喜爱。

青海的主色调是蓝、绿、黄，点缀其间的白色显示了青藏高原独有的壮美。她的白是立体的，且不说天空中形状各异、厚重如棉的白云，祁连山上缥缈的积雪，单说那茶卡盐湖里的晶盐，你就不能不叹服大自

然的神奇造化。

茶卡盐湖位于青海省柴达木盆地东部的乌兰县茶卡镇，这里属海西蒙古族藏族自治州，与青海湖相隔，是古丝绸之路的重要站点。

有生以来我从没见过这么多的盐。进入盐湖的道路是白色的，用盐铺成，而要深入进去，还要坐盐湖专设的小火车，为此当地人硬是在洁白的盐路上铺出一条铁轨。顺着铁轨往里走，不久，平地上忽现一片宽广辽阔的水域，银波粼粼，波澜不兴，一眼望不到边。远处的雪山映入湖中，如诗如画，据说茶卡盐湖有十个西湖那么大。

脱了鞋下到湖中浅水区，水刚没到小腿肚，温温的，感觉很舒服。脚下就踩着白色的盐，仿佛走在茫茫雪原，低头与倒映在湖水中的影子对视，又好像有云朵缠绕在裙间。

茶卡盐湖被誉为柴达木盆地的东大门，历史上是贾商、游客进疆入藏的必经之地。古往今来，茶卡盐湖就因盛产"大青盐"而久负盛名，其盐粒大质纯，盐味醇香，因盐晶中含有矿物质，呈青黑色，故称"青盐"。据了解，当地人喜欢用大青盐制作腌菜，此菜香味浓郁，久储不坏。青盐加热后还能治疗颈椎病、腰椎病及关节炎，是天然的良药。

盐湖现储盐量达4.4亿吨，其盐中氯化钠含量高达95%，据说加工成雪白的精碘盐可供全国人民使用约八十五年。记得有一年，城市里疯闹盐荒，许多人深夜排队，超市货柜中的食盐被抢购一空，想想都可笑。青海的盐怎么能吃完？盐湖里的盐不仅存量大、质量好，而且是可再生的，采完了还能源源不断地生长出来，你说神奇不神奇！

盐湖神奇，更神奇的还有盐雕。围绕在这盐湖四周，是体量巨大、造型各异的盐雕艺术品。这些盐雕全部是洁白的，犹如我在哈尔滨看到的雪雕，白得眩目，雕工真切。有成吉思汗与他众多的子臣，有古希腊神话中的著名人物，还有各种珍稀动物……湖水、大地、盐雕，眼前的一切都是洁白的，童话里的世界也不过如此啊。

在青海，随处可见迎风飘舞的经幡，每道经幡由蓝、白、红、黄、绿等颜色组成，意寓蓝天、白云、太阳、土地、湖海，而代表太阳的红色最为鲜艳动人。我们住在青海湖畔的那晚，听说这里能看到中国最美丽的日出，许多人不顾寒冷，凌晨五点就爬起来。那个点青海湖畔的气温接近零度，哈气成霜。然而当一轮太阳从地平线慢慢探出头，最后喷薄而出，那一道道夺目的曙光照亮大地时，所有人都感受到温暖的力量。经幡上，红色最为热烈，那是因为有了太阳，黄、白、青、绿各种色彩才更具生命力。

在青海湖、日月山，在海拔四千一百二十米的大冬树山垭口，在祁连山腹地的卓尔山，在茶卡盐湖、塔尔寺，我见到了青海最为传奇的色彩，它们就像一行行诗，渲染着这片神奇的土地。在我心中，青海是一生中总要千里迢迢去朝拜的地方，这是一个豪情和温柔并存的所在。青海之行让我意识到，生命中的渴盼、幸福、宁静就凝聚在那些奇山秀水之中，也在真切明快的色彩之间，我们亲近她、感悟她，就够了。

十里黑沟走祥峪

穿行于祥峪的一天，我们经历了阴天、急雨、狂风、朗日的不同天气变化。

上午七点出发，西安城已是车马如龙了。走西沣公路，等到了环山路，视野一下开阔，耳边也清净了许多。渐渐地，田野里、路两边的绿色浓了起来，山的形貌清晰起来，远观之，其势宏伟，其状绵延，因为是五月，漫山遍野的绿映入眼帘。

一

祥峪离西安三十八公里，其名有吉祥之峪的寓意。民谚有"七十二峪数祥峪"之说，这有何依据？

祥峪位于秦岭北麓中段，在人们惯常所指的秦岭七十二峪中并不是名气最大的，但极具特色。祥峪归属长安区东大街道办管辖，在辖区的位置比较偏远。它夹在沣峪和高冠峪这两个著名峪口之间，大致范围西至祥峪口，东至青冈岭，北起摩天岭，南至金兜岭，总面积两千多公顷。

从地图上看，祥峪山谷呈西北—东南走向，有大小二十四个山梁，长短二十三条沟，整体像一片树叶：山梁为叶梗和外轮廓，二十三条沟为叶子支脉。当地人形容祥峪地形为"十里黑沟，九里三弯，十里钻天"，可见其沟壑纵横，地形复杂。而"七十二峪数祥峪"的说法，很大程度是因为祥峪的峪道在秦岭诸峪中是最开阔、最平坦的，其他峪多沟深路窄。祥峪坐拥秦岭北麓一块绝无仅有的千亩小盆地,四面环山,山上六千亩的松杨槐竹等各种林木绿环翠绕,山下泉水处处,生态极佳。

祥峪海拔最低处是六百米,最高处是一千九百米,浅山区十平方公里,因为坡度小,地势缓平,大地受雨面积大,涵养的雨水较丰,因此植被良好。

进峪口的路不宽,蜿蜒如蛇,两边的绿树层层叠叠,茂密繁盛。"你们要早来几天就好了,道路两边全是盛开的紫荆花!"引路人说。车一进峪口,便给人以豁然开朗之感,犹如到了平原村庄。

进了祥峪口,就能听到哗哗或叮咚的水声。祥峪河从祥峪穿过,一年四季流淌不息,水质清冽。祥峪河是高冠河的支流,发源于秦岭北麓,流经祥峪沟村后汇入高冠河。祥峪河位于高冠河右岸,两河清流呈"V"形,河道弯曲,溪流纵横,峪口外是老环山公路上的一座峪桥,还有黑河引水管道等基础设施。

二

祥峪里面,只有一个村,就是祥峪沟村。在这里,我见到了村党支部书记许志成。七八年前的一个春节,我曾来过祥峪沟村,当时长安区文联组织摄影家为祥峪沟村的村民拍全家福。因为地域偏僻,这里的村民很少走出大山,一听说专业摄影师来给他们拍照,都赶紧收拾,换上新衣。记得当时沟里刚下过大雪,气温低至零下十几度,滴水成冰,许志成挨家挨户通知张罗,跑得满头大汗。

提及往事,许志成说:"现在的祥峪沟大变样了。"

他引领我们进了峪口。进山后的三公里路地势不高,道路平坦。路随山转,道路两边植被茂盛,几乎看不到裸露的土层,松树、槐树、杨树、紫荆、石楠、桂树等知名的、不知名的林木果树错落有致地生长,满树的石榴花开得正艳。城里的洋槐花已经过季了,山里气温低,洋槐花开得正盛,总计有三千多亩。白色的花一嘟噜一嘟噜,散发着香甜的气息。最妙的是见到几棵高大的紫槐,紫红色的槐花盖满树冠,远远看去，云蒸霞蔚一般。

由于不是节假日，山里游人稀少，只见麻雀、喜鹊、斑鸠，还有少量的鹳、天鹅飞来掠去，不断发出鸣叫。正走着，忽听前面传来大声说笑，原来是要进山的一群驴友，发现路旁大片的野樱桃林，欢呼着前去采摘。红红黄黄的樱桃挂满枝头，树枝不高，一伸手就能摘到。这种野樱桃虽小但味道酸甜，完全天然生长，进山的人可以随便采摘。

实行退耕还林后，山里的村民几乎都搬到了山外，山里仅有极少的老旧房子里住着人。踩着河中间的石头走到对岸，我们见到村里的养蜂人徐宝来，他还住在原来的土坯房中，屋后是一片整齐码放的蜂箱。祥峪是中华蜂养殖基地，要知道，中华蜂对植物的繁衍和多样性的保护，要优于洋蜂。山里气候好，花朵繁盛，适合蜜蜂采蜜，徐师傅割出来的土蜂蜜销量还不错。

越往山上走越冷，云层很低，天阴了，不一会儿竟下起雨来。正无奈时，猛发现前面三石顶立着一块巨石，形成一个天然石屋，好像孙悟空的水帘洞，旁边有传说中的"雷公电母"塑像，站在下面正好避雨。

这些石块最大的有一千立方米，重量达一千四百多吨，这种崩塌的石块可能是近百年来的一次巨雷击石后形成的。根据科学推断，此处山崖原来存在着断裂的悬空岩石，经巨雷轰击而垮塌下来，现在山崖上的石窝依然可见。

雨越来越大，许志成说，再往上走来回得四个小时，山上天气变化无常，万一有石头滚下来很危险，最好不要上山。我提议了解一下祥峪的历史人文风貌，许书记找来了一个内行。

三

来人名叫魏兴礼，今年六十八岁。他说自己就是一个地地道道的农民，祖祖辈辈都生活在这里，多年来对祥峪的历史文化感兴趣，并做了一点研究，完全是受父亲的影响。

魏兴礼的父亲名叫贺家贵，是中华人民共和国成立后祥峪沟村第一任党支部书记。"父亲1953年当村支部书记时,我才四岁。他长安师范学校毕业,喜好文史,也非常能干。"

说到六十多年前的祥峪沟,魏兴礼还有印象。"当时村里没有路,1958年才修了一条三米宽的土路,全村人住的都是草房。村民在坡地开荒,一亩地能打一百来斤粮食,遇到天灾,连种子都收不回来。"魏兴礼掰着指头说:"以前祥峪沟村民的收入来源有四个:一是种庄稼,靠这根本吃不饱。二是打猎,祥峪有原始森林,生态环境好,野生动物多,有熊、獐、鹿、羚牛、羚羊、野猪等等。那时村民没有动物保护意识,对付动物的办法多得很,捕捉后就拿到集市上卖钱,熊胆、麝香最值钱。三是砍树、卖树,搞点割条子编筐之类的手工副业。四是挖药材,终南无闲草,祥峪可以说遍地药材,猪苓、黄芪、党参、云苓等数不胜数。村民靠山吃山,对生态破坏严重,日子也没有多大起色。"

二十多年前,魏兴礼曾受村干部指派,背着方便面、馍、水,独自走遍祥峪的沟沟坎坎,对这里的山川地貌、人文风物进行深度考察,并写文章向外界宣传祥峪。

魏兴礼说起祥峪,话就收不住,不知不觉到了中午时分,许志成书记招呼我们去村集体企业员工食堂吃饭,米饭烩菜为主,还有蒸馍凉皮。关中一带村民多吃面食,很少吃米饭,看来祥峪是个例外。对此魏兴礼笑说:"你们可能不知道,祥峪是秦岭山中少有的鱼米之乡,这里地势平缓,水源充沛,以前有很多稻田,当地人习惯吃大米。"

20世纪50年代前,祥峪是一个鸡叫一声听三县的地方,处于长安、户县、宁陕三县的交会处,多半个村子归宁陕县,因此祥峪也是秦岭南北文化的交融点。过去这里的剧种也较多,村人不仅爱听秦腔,还能唱汉调二黄、花鼓戏,还会唱山歌。现在祥峪完全归属长安区,年轻人的生活习惯已与关中其他地方没多大区别。

四

秦岭山中,隐藏着不少庙宇道观,展示着佛道文化的兴盛和衰落。

在长安区沣峪喂子坪乡，有座知名的观音山，高二千二百米，传说是观世音菩萨的母亲观音老母的道场，与祥峪接界，祥峪的庙宇跟观音山有着很深的渊源。据魏兴礼讲，过去信众们和游客朝拜观音山时，要经过祥峪，为了方便他们歇脚、吃饭，千百年来，人们不断在祥峪修建庙宇，确切地说叫"汤房"，这些汤房就是供朝拜者歇脚的地方。

据考证，大诗人李白曾到访祥峪，并留下诗作。当年李白到长安后，本想施展抱负，却怀才不遇，于是走出长安城，一览终南美景。他本来要上观音山，到沣峪发现没有路，要上山只能走子午栈道，因这条道太窄，常有人坠崖身亡，李白只好返回。他听说唐太宗曾在终南山下一村庄受惊，有心到村子拜访，于是夜宿冯家滩好友斛斯山人之家。斛斯山人得知李白要上观音山，便告诉他，到观音山还有一条路可走。第二天，在斛斯山人引导下，李白经祥峪到达观音山，一路美景，让他沉醉，便作《下终南山过斛斯山人宿置酒》一诗记录此行："暮从碧山下，山月随人归。却顾所来径，苍苍横翠微。相携及田家，童稚开荆扉。绿竹入幽径，青萝拂行衣。欢言得所憩，美酒聊共挥。长歌吟松风，曲尽河星稀。我醉君复乐，陶然共忘机。"描写了山中景致及他与朋友把酒言欢的乐事，充满田园风味。后李白还将此峪口取名祥峪，将冯家滩改为惊驾村，此名沿袭至今。

在祥峪银洞沟口，我们见到一座小庙，匾额上写有"兴圣寺"三字。此庙背靠大山，门前流水潺潺，门两边有对联："寺庙无灯日月照，山门不锁云自封。"庙里有观音像。见明师父见有人来很高兴，在厨房切豆腐做饭的居士也忙着打招呼。见明是当地人，十七岁在长安香积寺出家，曾在南五台修炼三十年，平时就一人守在庙里，居士们不时带些食物过来，倒也清静自在。

离兴圣寺一里多，有座著名的大锅寺。我们到时不巧寺门锁着。此寺规模较大，从墙洞望进去，只见寺内郁郁葱葱，高大的树木伸出院墙，寺庙的墙壁都被涂成"佛教黄"，十分醒目。寺庙一门上也有一副对联："一粒米中藏世界，两口大锅煮乾坤。"寺前放有两口大锅，每口直径三米多，为铁铸，呈黑色，里面站四个人没问题。据我所知，在我国的寺庙中，以锅为名的极为少见。此寺有何来头？魏兴礼给我讲了一个在当地家喻户晓的传说。

当年观音菩萨见沣峪观音山风景极佳，便建了一别居。一次观音菩萨到山西五台山传经，五台山有个和尚，名叫"水勺"，因看上观音容貌而大胆求婚。观音哄他道：过日子得有家具，明天鸡叫前你能将俗家用具送到沣峪我别居处，我就与你成婚。水勺听后，在汾州购了两口三四吨重的大锅，铸了两个数吨重的铁缸、两个百斤铁勺，用一千多斤重的扁担担着走。半夜时分，走到了沣峪和祥峪的分界线青冈岭时，水勺走累了竟睡着了。为避免触犯天条，观音手捂樱桃口，学公鸡打鸣，这青冈岭也是三县交会处，一时间三县鸡鸣，惊醒水勺。水勺恨自己睡过头失信于观音，一气之下，把所负之物踢到山下。两口大锅滚到了现大锅寺所在，两口大缸滚到了灵严寺。魏兴礼说，他小时候见过那两口大锅，锅是倒扣着的，铁铸的，由于太重，大家翻不过来。大缸在山洪暴发时被淹没了，大锅在大炼钢铁时被砸了，现在寺门口的大锅是后来新铸的。

离开大锅寺，走不多远，便是灵严寺。寺庙不大，显得冷清，门也锁着。魏兴礼介绍说，除见到的这些寺庙外，祥峪还有五楼庙、韩家庙、姑嫂庙、大悲寺、青冈庙、黑沟庙等等，基本是一里一寺庙。

五

中午时分，雨停了，魏兴礼陪我们上山，老人毕竟年纪大了，没走多远便力不从心。于是让他在下面休息，东大街道办的何大姐和我攀登上去。

在一个叫大湾的地方，山势陡峭起来。此时水声鸣响，一挂瀑布从天而降，瀑布从幽谷丛林中跃出，紧依崖壁，潺潺落下，远看好似一挂珠帘。瀑布下有一块平卧着的巨石，相传李白曾在此饮酒赋诗。此处从上而下有三级断层石面梯台，瀑布倾泻而下，成为"三叠瀑布"，瀑下有一清潭，碧波荡漾。

五千年的造山运动构成了祥峪的峡谷地质地貌，祥峪河沿山谷流淌，在断层上自然形成瀑布、龙潭、溪流交织的景观，这里的大小瀑布就有九条。

再往上走，就看到一个由两块巨石搭成的石洞，两名身披铠甲的"古代武士"守在洞口，据说这是通往后山玉皇庙的门关。左边的巨石上赫然长出一棵石生树，枝干顽强。此树名叫元宝枫，已有百年树龄。因秋季红叶绽放，树形极像元宝而得名。何大姐指着树说，这上面还有只顽猴，仔细看果真如此。传说玉帝看两位门将守洞孤独，就派仙猴给他们做伴。

一路上行人稀少，仅见几个山民匆匆而过。祥峪地势落差大，十几公里峪道，落差一千三百多米。植被种类繁多，高寒地带的华山松、白皮松、马尾松、铁匠树、冷杉以及铁木、椴木等长青乔木葱郁蔽日，一些珍奇的落叶类，如榉木、苦栎、红玉兰等，高耸入云。路上不时有粗壮的藤条和树蔓挡住去路，它们攀崖缠树，奇形怪状。有的树干上渗出白色的液体，摸一下，黏黏的如泡沫。

祥峪东南段十平方公里，是原始森林带，山峰突兀，林木茂盛高大。原始森林地带的山脉呈"介"字状，四个岭汇集一处，最高处是"介"字的顶端。我们穿行在这片原始林带，四周寂无人声，担心一不留神就会有蛇窜出。一阵山风吹过，树枝摆动的唰唰声和河水奔腾的哗哗声交织在一起，如松林波涛一般。这个林带的树木很多都有几十年上百年的历史，接地气，迎日月，自由地呼吸生长。因为没有人为修剪，树木相互交错，虬枝盘旋，显示着顽强的生命力，与惯常所见的人造林带完全不同。

再往上走，就要登"通天梯"了。这通天梯说是一道人文景观，实则是上断崖的路。天梯几乎是直上直下，约百米高，两边悬有锁链，仰视让人眩晕胆怯。在天梯的一侧，有从山体断崖处喷出的一条巨瀑，顺山势飞流直下，直入谷底，这是祥峪落差最大、最有气势的瀑布。听说水声大时，其声如滚雷。我们双手抓牢锁链，一步步攀上天梯，从天梯上看巨瀑，更为壮观。

过天梯又上行一里多山路，林更密了，树更粗了。此处总算碰到了人，在一块稍平整的地方，有人在卖水卖饮料，旁边有树墩子可歇息。摊主姓李，当地人。他告诉我们，这地方就是"玉皇庙"遗址，瓦砾、破砖、石柱墩随处可见，庙已经没有了。

山路越来越险，此时狂风大作，雨丝飘飞，山间一片昏暗。再往上就到了祥峪的最高峰——卧虎峰了。此峰呈东西走向，南北面均为悬崖，顶部是不足十米宽的山脊，最高端一巨石突兀，恰似老虎躺卧，虎视眈眈。峰上长满的华山松、油松、白皮松，挺拔苍翠，枝干竖直地伸向天空，层层叠叠，形如座座小山。

站在峰巅，风止雨歇，阳光从云间射出，沟谷间云海变化万千，山峰时隐时现。极目远眺，云海、群山、沃野，交织成一幅壮观的画卷。北望古城，更是繁华一片。

甘 谷 行

2017年的春天,我去了趟甘肃东南部的甘谷县。

去之前,就听说甘谷是"华夏第一县",查阅资料后,方知这并非虚传。甘谷隶属天水市,在其西北。天水有"羲皇故里"之誉,而甘谷历史也很悠长:夏商时期,甘谷归属古雍州。公元前688年,秦武公伐冀戎,置冀县(即甘谷县),迄今已有两千七百多年历史。甘谷被公认为全国县治肇始之地,"华夏第一县"之称由此而来。甘谷人自称是秦人的后代,他们与秦地也有着千丝万缕的联系。

甘谷是古丝绸之路的必经之地。从西安向西,过宝鸡、天水到甘谷。车一出陕西,满目青绿的山梁、原野开始变得灰黄了,山坡上的植被稀疏起来,干巴巴的,覆盖不住裸露的山石。同行的甘谷朋友说:"我们这里穷,又缺水,山上啥都不长么。"阳光照得晴朗的天空碧蓝透亮,一路上都见不到几朵白云。

我曾多次到天水,上麦积山、游伏羲庙,但从来没去过离此仅一小时车程的甘谷县。

经过六个小时奔波,中午一点多才到了县城,人早已饥肠辘辘。朋友招呼大家坐定,上来第一个菜是豆芽炒粉条,里面有几根肉丝。主家说,这道菜叫"干部下乡",过去在农村人眼中就是高档菜,平时吃不上,干部下乡来才能解个馋。主食是烤土豆,焦黄喷香,烫得吃不到嘴里。又上了酸菜面,里面调有炒韭菜、辣子。当然还有鸡和鱼,但没人动,倒是那些小吃被吃光了。

甘谷人的苦焦，从他们居住的环境就可看出来。这片土地有着黄土高原地貌，被南北两山夹着，南边是秦岭山脉西延段，北部为六盘山余脉。发源于定西渭源县的渭河流至这里，冲积出一片地势平坦的小平原，就是甘谷县的"白菜心"，而周围更多的是干硬难嚼的"白菜帮子"，沟、壑、梁、峁纵横，湾、坪、川、滩交错，光听村名就知道地势，不是沟、湾，就是洼、岔。一家跟一家崖上畔下，互相望得见，但要过去，得走上大半天。农作物只能种在沟沟畔畔，加上缺水，收成不行。地里刨挖出来的多是土豆，这也是甘谷人的主食。过去甘谷人羡慕陕西人，最穷的人家都有一碗粘面，而他们没有。

贫瘠闭塞的甘谷，可以说是甘肃最穷的县之一。为了生存，这里的人就显得"精能"。20世纪五六十年代，在灾荒困难的日子里，甘谷人把树叶树皮都吃光了，许多人背井离乡，外出讨饭，这成为他们心头永远的伤痛。过去外地人到甘谷，被再三告知不敢在甘谷火车站买东西，这也有"典故"：说是一列火车在甘谷小站稍停，火车上一外地人看到站台上有人卖毛衣，也不贵，就买了一件。谁想毛衣拿在手里，线头却在卖家手里，卖家一个劲扯线，火车开了，毛衣变成个袖子了。还有一个外地人，见站台上有人卖银圆，也不贵，就买了几个，明明看着是真银圆，但火车开动后，却发现银圆被调包了，变成一块废铁，又不能回去追，只好自认倒霉。现在说起这些事，甘谷人叹气："唉，那年月，也没办法，总不能眼瞅着一家老小饿死吧。要有口饭吃，谁干那日鬼事！"

其实，我所了解的甘谷人，更多的是"能"。穷则思变，出来求学、当兵、做生意的甘谷人特别多，一个小县竟出了几十位将军，而且从政、从医、经商、做学问、搞书画的也是人才济济。一位甘谷朋友告诉我，小时家穷，经常挨饿，冬天零下十几度天气，母亲穿着破衣、踏着厚厚的积雪去要饭，走了很远很远才要来一个馍。母亲舍不得吃一口，拿回来让四个娃娃充饥。更因为穷，学习成绩优异的他被迫辍学。每每想到这些，七尺男儿心如刀绞，立志非干出一番事业不可。

西安甘谷人不少，对他们的突出印象是精明、抱团、能吃苦，往往把事就干成了，"人都是被逼出来的"，这句话在甘谷人身上有了形象的体现。

我们去的朋友家在一个叫"中岔"的村子，在半山腰。车在狭窄陡峭的山路上爬上蹿下。听说家里有老人，于是让车停下，打算在路边买点礼品。进得小商店，见一位大嫂正给孩子喂饭，小商店里也找不到像样的礼盒。得知我们的意图，大嫂笑着说："咱这达拿鸡蛋的多。"边说边把几层蛋托用尼龙绳麻利地捆好，又翻出一箱八宝粥，送出门，叮咛道："这就是重礼啦，提好！"

车终于停在一户农家，朋友掀开门帘，冲屋里喊道："来客人了，快熬茶！"屋里炉子上架着烟筒，主家把铁箅子架在火上，往搪瓷缸子捏把大片茶叶，加上水，放上去熬，当地叫这"罐罐茶"。一会儿突突突茶滚开了，他憨笑着倒入我们面前的茶碗里。茶汤黑稠，味道倒不浓。"喝些，茶比白水解渴。"

喝了茶，便去看中岔堡子。堡子指有城墙的村子，中岔堡子为清朝所建，历经三百年沧桑，黄土被风雨侵蚀剥脱，但数丈高的城墙，至今屹立不倒，这也从一个侧面印证了甘谷历史的悠久。城堡下，一伙村民正合力用数根木梁加固城垣，没有机械，全靠人力，每个人都是灰头土脸，他们说："一辈辈人在这里过活，堡子可不敢在我们手里塌喽！"也许在相对闭塞的地方，农耕文明的最后一点印记才得以守护。

清代及民国时期，甘谷一带匪盗猖獗，堡子是村民们抵御外敌的一道屏障，城高墙厚，土匪进不来，子弹打不透。我攀着悬空的梯子，在村民保护下爬上城头。城头上的小道一米宽，没有任何防护措施，风呼呼从耳边刮过，甘谷景致尽收眼底：片片绿意映衬着厚重的山梁，一条河从山上蜿蜒流下，空气干燥清凉。

我们在村子里转，碰巧西安易俗社正在这里演戏，本戏、折子戏轮番上，苍劲的秦声飘得很远。

甘肃出陇剧，但甘谷人乃至甘肃人却发疯似的爱好秦腔。不说当地剧团，单说像陕西省戏曲研究院、易俗社、三意社这样在西安城里挑梢的院团，没有一个没到过甘谷，而且一演就是十天半月，这个村里演完，那个村子请，不像有的地方草台班子唱主角，这里全是名角云集的专业队。当地人说："弄其他事还要考虑花销，请戏班争着出钱哩。"在甘谷，几乎村村都有庙，庙里有戏台，戏台搭在村里最平整的地方，旁边盖有简易小楼，专供演职人员住，村上派专人给演员做饭，服务很周到。

有名角唱戏，村民们像过年一样，往常冷清的坡道，这会儿竟被"戒严"了。山坡上到处是人，路两边搭起彩色篷篷，摊主大声吆喝着当地小吃，油圈、甜醅子、酿皮、烤土豆……路上尘土飞扬，嘈杂热闹。提着板凳的老汉加快着步伐，抱着娃的妇女小跑着，只怕误了看戏。不管老少，看戏的都是行家，谁是名角，谁是"梅花奖"演员，清楚得很。有回"肖派"传人李淑芳来甘谷，台上一站，下面就喊声一片："唱《藏舟》！"唱完《藏舟》又唱《数罗汉》，根本下不了场。

说到甘谷的文化，也是有渊源的。这里是人文始祖伏羲氏、孔子七十二贤人之一石作蜀、蜀汉名将姜维等先贤的生息之地，自古崇武尚文，民风彪悍淳厚。离中岔堡子不远，有座关帝庙，几位民间艺人正为关老爷塑像，那眉眼也是栩栩如生。

甘谷人生活中的最大乐趣是舞文弄墨，这让我对"精神的高贵"有了直观的理解。再穷的人家都收拾得利利索索，正屋墙上悬挂着装裱过的字画，蓬门荜户熠熠生辉。在甘谷，谁家没有字画，就说明没文化，钱再多也会让人看不起。老百姓对字画的需求达到让人吃惊的地步。由于经常在一起探讨议论，谁是中书协、省书协会员，谁得过"兰亭奖"，谁在圈内被认可，都了然于胸，"二把刀"绝对糊弄不了。据说有一年，西安城一位大书法家到甘谷，百姓闻听纷至其下榻的宾馆。有人来欣赏他的书法，有人出钱买他的墨宝，有人没有钱，竟牵了头牛来，要用牛换字。越写人越多，书法家实在招架不住，借口上厕所从宾馆偏门"逃之夭夭"。

距离甘谷县城五里路，有座大像山，山脉属秦岭西端，是古丝绸之路上融石窟和古建于一体的重要文化遗存。山中悬崖间、峭壁上有洞窟，洞内赫然端坐大佛一尊，高二十多米，据说其一个脚趾盖上能站四个人。从山下远观之，大佛眉眼都看得一清二楚，慈祥威仪令人震撼。大佛初建于北魏，完工于唐，其高度超过洛阳龙门石窟大佛，其文物价值不逊于四川乐山大佛，然外界知之甚少。大佛凝视护佑甘谷千载，见证着世世代代甘谷人的挣扎、奋斗、痛楚和欢乐。

甘谷人走南闯北，许多人落脚西安，便认为进入了福地。他们有浓厚的家乡情结，经常回家探望。朋友说：现在日子好了，老家人也不愁吃喝，还办起农耕文化博览园，搞乡村旅游；乡亲们来看病，为娃上学、寻工作到西安，自己想方设法都要帮忙；有一年，家乡搞饮水灌溉工程，政府虽给了一些资助，但资金缺口仍大，在西安的甘谷人一呼百应，纷纷捐款，解决了大问题……

去甘谷一趟，我吃了一肚子土豆。这种困难时期的救命粮，在甘谷人看来是待客的最高礼遇。回西安很久了，仍时常想起那个地方，想起城堡上枯黄的草和湛蓝的天，想起老乡们对秦腔的渴盼。想到那里走出了一批能人，固执地爱吃土豆。我时常见到他们凑在一起大嚼蒸土豆的风采，便觉得他们的根还在甘谷。

黎坪走笔

也曾去过陕南汉中的一些地方，不同的季节，汉中都有着别样的美，苍翠的山、清澈的水，滋润的树呀，草呀，争俏的花呀，果呀，总之让人精神放松，乐不思蜀。然而，出行多了，也便坦然享受了。每次回到秦岭以北的长安，便埋头于烦琐的事务，无暇回味那山水的美。顶多在街头吃一碗不太正宗的热面皮、菜豆腐，过过嘴瘾。

然而这次到黎坪，跟以往却不一样，我的心仿佛留在了那里，时时想起那片天地，便不由动情。

去黎坪的路并不近。一大早驱车上西汉高速，路上车多隧道长，下午两点到达南郑县城，已是饥肠辘辘。吃过午饭，继续赶路，很快，车子钻进山谷，人也昏昏欲睡了。

此刻天气突变，飘起了雨丝。丽日很快隐在浓云背后，不肯露头。四周云山雾罩，让人不辨东西。山路蜿蜒，风大路滑，气温骤降，前方能见度不过几米。经验丰富的司机师傅一路开着大灯，拼命鸣着喇叭，速度却不减。车子摇晃着在云雾中奔突，同行者都灵醒了，我捏把汗，竟有些后悔来了。司机却道："我们常走这条道，早习惯了，不碍事。"

三个小时的奔波，赶到南郑县黎坪镇时，雨还未停歇。五六点钟，山里已暮色四合，处处炊烟了。

入住一个叫"西流人家"的旅店，店门外就是山，迎面一块巨大裸露的山岩，刀劈斧砍一般，突兀凌厉。没有电梯，没有空调，房间里有点阴冷。窗外,一条河果真向西流去,雨点打在上面,溅起朵朵水花。

放下背包,迫不及待地想去亲近那条河。在河边徜徉,发现河不宽,水不深,但从山间泻出,自东向西绵延长远,一眼望不到头。自古"河水向东流",此处有何隐秘?好不容易碰到几个当地人,问起缘由,争相回答,大致的意思是:此河原名"黄羊河",发源于石马山脚下的老龙潭。潭里曾有两条恶龙在此兴风作浪,祸害乡民。玉帝闻之大怒,派二郎神下界斩杀。老龙王痛失二子,一气之下喝令此河掉头向西流,九曲八折后汇入嘉陵江。这个传说虽说的是玉帝惩恶,除暴安良,但河水的西流的确给黎坪森林注入勃勃生机和活力,造福了当地百姓。

尽管已是深秋季节,但西流河岸边的花却不避风寒,开得奇艳,一群群壮实的土鸡在草丛中觅食。山间静谧,空气清冷,少有人烟,弥漫着神秘的气息。同伴呼喊吃饭,闻香而去,一桌美食:蒸土鸡、青椒腊肉、土豆片烧干豆角、菜豆腐……还有当地特有的"甜蜜蜜"——自酿的苞谷酒里掺了当地土蜂蜜。品味着满满一桌当地美食,喝着清香的"甜蜜蜜",不醉都不由人了。

一觉醒来,天已微亮,雨不知何时住了,晨曦急切地透射出来,空气清新湿润。

黎坪,被誉为"中国最神秘美丽的地方"。在中国,美丽的地方很多,但由于过度的开发,神秘的所在已不多见。黎坪景区很大,她不是人们惯常理解的人造景区,完全是大自然的慷慨赐予,雄山、奇石、瀑布、林带、草甸……汇织成一幅绝佳的山水画卷。

车子驶上盘山道,一路峰回路转,山峦起伏。深秋的黎坪,天蓝得耀眼,舒展着朵朵白云,苍翠的林间点缀着大片大片的红叶,山坡上满是金黄色的落叶。奇石林立,五色斑斓。

进山不久,便遇剑峡。顾名思义,像剑一样的峡谷。走近一看,此峡窄长而凌厉,山泉飞一样地从峡谷穿出,水花狂溅,腾起白浪,发出哗哗的巨大声响。远看,恰似一柄碧玉宝剑,斜刺在两岸峭壁之间。作家傅晓鸣攀着石头小心翼翼走到水边,迫不及待地掬起一捧泉水灌入嗓

子，兴奋地呼喊："这水真清，真甜！"他一招引，又有几位勇士奔到水边，饱饮甘泉。

如果说剑峡充满侠客的风骨，枫林瀑布则多了女神的柔情。她如两条玉带，从高高的崖壁上飞流而下，水花飞落崖底清澈的水潭。飞瀑之下，枫林层叠，更映衬得满山红叶明媚醉人。

一路走，一路看，黎坪处处景致不同，每一个峰回路转处都有让人惊喜的发现。玉带河、七星潭、玉镯潭、红尘峡，这些水呀、潭呀、瀑布呀，千姿百态，在太阳的照射下发出粼粼的波光，腾起的水雾折射出赤橙黄绿青蓝紫七彩幻景。我们呼吸着山里鲜润的空气，享受着雨后初晴的阳光，只觉得眼睛看不过来了。

黎坪的山水让同行的几位画家兴奋不已，因为一路上的风景就仿佛是一幅延伸不绝的山水画。每到一处，他们迅速拿出速写本，刷刷刷地画起来。黎坪的美处处是景，处处入画，让人惊叹，画家们只恨停留的时间太短。

据史料记载，黎坪在上古时期曾是一片浅海区，野生动物、海洋生物在这里繁衍生息，此地生物种群丰富。随着剧烈的地壳运动，海水退去，这一带形成独有的地理面貌。因自然环境保护得好，多少年来很少遭到破坏和野蛮式开发，整个黎坪景区就像一个世外桃源，有一种"采菊东篱下，悠然见南山"的意境，闲适而优雅。

2008年5月12日，距离汶川不远的黎坪也经历了强烈的地震。地震导致积盖在景区内一座山体上的陈年浮土松动，天降大雨，浮土被冲落，山体真容得以显现。当地群众发现，该山体上纹象众多，极像龙鳞。一位村干部带领村民一点一点地将整个山体清理出来。令人震撼的是，此刻整个山体像一条威猛的巨龙！一些海底古生物的化石也显现出来，而此山之后也有了"中华龙山"的名号。

这座"中华龙山"形成于四五亿年前的奥陶纪，被誉为人类21世纪的伟大发现。它就盘踞在黎坪绵延不绝的山峦间，我们去的时候这里刚下过雨，红褐色的巨龙傲然挺立，周围海底古生物化石随处可见。岩石上龙鳞簇拥，龙头、龙脊、龙身、龙爪犹如鬼斧神工，惟妙惟肖。攀上巨大的龙脊，四周似乎充满一股神秘的气息。黎坪虽离汶川不远，但地震并未对当地群众的生命财产造成太大的伤害，更幸运的是无一人伤亡。当地老百姓纷纷说，这是有龙山镇着呢！此说法不无迷信色彩，但此地的神奇可见一斑。

同行的几位山水画家对龙山的山体结构大感兴趣，都有着强烈的创作愿望。老画家相敬森抚摸着龙岩，琢磨如何用国画表现这种特有的石质纹理。"传统的皴擦已难以表现，必须创造新的技法，我以前从未见过这样结构的山势，不由得有了创作的冲动。"

当天晚上，相老就画了一幅中华龙山图，苍朴之气扑面而来。这位画了一辈子山水的老画家意犹未尽地说："回去我要再沉淀沉淀，好好创作一幅大画，这座山太神奇了！"

这边刚见识了龙山，转个弯，又进入另一个奇妙的世界——海底石城。前面说过，黎坪在上古时期是一片浅海区，可以想象当时海底是多么瑰丽多姿，成群的海洋生物在这里游弋栖息。之后海水退去，海底世界呈现出来。由于很少受外部侵扰，千百年来这里基本保持着原始风貌，像一片纯洁的处女地。走进海底石城，仿佛进入一个远古时期的城堡。红褐色的石柱拔地而起，像石笋，像灯塔，造型生动。由于时代的变迁，有些古树已枯朽，树身布满苔藓，岩石风化，身披沧桑，但始终卓然而立，诡异神秘，令人叹为观止。

黎坪的秀美让人沉醉其间，黎坪的神奇让人感叹大自然的不凡造化。

尽管行程较紧，此行我们还是抽时间专程去了一趟位于老黎坪的安汉故居。对于黎坪来说，安汉可以说是一部最耐读的故事，被当地人津津乐道。

民国时期，老黎坪曾经是西部开发先驱安汉所开辟的黎坪垦区。安汉是南郑梁山人，生于1896年。二十二岁时，自费赴法国勤工俭学，跟同在法国留学的周恩来、邓小平都有过交往，1927年回国。抗战期间，为安置更多难民，黎坪垦区管理局成立，安汉被任命为管理局局长。他组织民众先后垦荒六万余亩，修建战时孤儿院、小学四所，吸纳安置四川、湖北、河南等各地难民三万余人。与此同时，安汉还鼓励垦区办林场、开工厂，开拓川陕大道，一时市场繁荣。就是这样一位民族功臣，1943年竟被以莫须有的罪名，秘密枪杀于汉中西门外，年仅四十七岁。安汉被害，朝野震动，时任中央检察院院长的于右任闻讯后亲笔为其题词："天地有正气，园林无俗情。"

去安汉故居的沿途，山峦起伏，幽深静谧，小溪潺潺流动，只听到飞瀑倾泻而下撞击岩石的哗哗声。下车步行，眼前阡陌纵横，大自然显示出勃勃生机。在安汉故居的门外，是一大片茂密笔直的松树林，郁郁葱葱。安汉故居四周人烟稀少，走进一看，其故居更像一所学堂，有门楼、教室、讲台、课桌，只是都已残破不堪，在风雨中默默守候，似乎还有安汉的气息与痕迹。

凤凰古镇因有沈从文而富有灵气，汉阴因诞生"三沈"（沈士远、沈尹默、沈兼士）而闻名遐迩。对于现代人来说，安汉的惊天伟业、坎坷辉煌，已成为尘封的历史，被人们渐渐遗忘。然而，黎坪的百姓始终在怀念他，其故居目前也在修葺之中。小县出大才，安汉以他体恤乡民的高洁人品和爱国情怀感召日月，其品格修为、人生传奇，使这里深具浓厚的人文气息。

黎坪，一个沐浴着清风浩气的地方，一个让人心灵安详的地方。身处其间，不由感恩大自然的奇崛壮美与朴实淳厚的民风民俗。这样的地方，怎能不再来，即使路途遥远，翻山越岭也不惧啊。

后　记

应了一句话，凡书，皆心血。

在我心里，这不是一本普通的书。并不是说写得多么好，而是书中的每一篇文章，都凝结了太多的情感。动情之时，或凝神静思，或痴笑轻狂，或潸然泪下，亲身经历或熟知的那些人、那些事，走过的那些路，不时浮现眼前。

岁月匆匆，写了多少字，作了多少文，数不清。这本小书，是书写生涯的一个顿号，是对曾经文字的思考和梳理。在师友鼓励下集结成书，我也是鼓了一点勇气的。全书按内容分"那人""那事""那景"三辑，共五十篇，从一百多篇文章中选出，二十万字，全部在国内多家报刊发表过，其中一部分为获奖作品。

长安，是一个地域概念，又是一种文化象征。说地域，它是盛唐皇城所在地；谈文化象征，它被作为一种"精神"谈说。我生长于长安，这块历史文化的厚土曾给我无穷的滋养，书中写的多是长安、秦地的人事景物，又由此延伸到西部大地，因此书名曰《风起长安》。从长安起步，我也看到了更多更美的风景。

十分感谢陕西师范大学出版总社的全力支持，特别是刘东风社长的鼓励，总编室主任胡选宏先生作为本书责任编辑更付出大量心血。编辑们严谨细致、一丝不苟的审阅校改、立意提升，以及从内容到装帧的完美追求，使我见识到一家知名大社的实力，他们使这些平实的文字灵动起来、鲜活起来。

在这里还要感谢多位老师如亲人般的厚爱：陕西省作家协会主席贾平凹先生听说我的散文集将出版，百忙中欣然题写书名，并给以热诚推荐；陕西省新闻工作者协会主席，著名作家、诗人薛保勤先生不辞劳苦为此书撰序；西安美术学院博士生导师、著名画家王保安教授依据文章内容，用几个通宵创作十多幅国画为文章添彩；著名作家雷涛、评论家李星等先生从多方面给以指导、帮助。他们就像一座座灯塔，为一个文学爱好者指明了方向，这些深情厚意，会留存于内心，永远永远……

漫漫长路，经历了多少人事，记录下来的仅仅是沧海一粟。也许，多年的记者人生，使我笔下的每个人、每件事、每处景都过于写实，没有风花雪月的虚构和浪漫，这似乎是文学创作不成熟的表现。然而我想，真实的文字或许更能打动人，更能引起共鸣，寻觅到知音。一直以来，我似乎更偏重叙述的亲历感和大众视角，这或许是非虚构写作的一种情怀，一种尝试。

2018年的中秋前夕，书稿整理好发给师大出版社后，我有了一点空闲时间。此时，受陕西省作家协会、陕西文学院的推荐，我参加了鲁迅文学院陕西中青年作家高级研修班为期两周的学习，在这里聆听文学大师、大刊编辑知无不言的讲座，与文友们交流碰撞，我忽然有种醍醐灌顶的感觉。贾平凹先生在讲座中再提"大散文"写作，提到作家的格局、胸襟、历史使命。他说得最多的一个词就是"真诚"：真诚地面对社会，真诚地面对写作，真诚地面对自己。闻此言，我感同身受，更有了一种责任感。

文学，是我平凡生活中心灵的一点归宿，是独享的一块安静的所在。写作，是多么美好的一件事，它让人放松，让人思索，让人神游，让人激动。它如此神奇，可以让人以另一种方式与生命对话。因为文学，除了生活，我们还拥有了一个诗意的世界。

做实诚人，写有良心、有温度的文字。人生仅此而已。

周 媛
2018年10月于西安